盛爱晚夏

安晴 著

U0781912

北方联合出版传媒(集团)股份有限公司
万卷出版公司
2017年 · 沈阳

图书在版编目（CIP）数据

盛爱晚夏 / 安晴著. -- 沈阳：万卷出版公司，
2017.4
ISBN 978-7-5470-4411-7

Ⅰ.①盛… Ⅱ.①安… Ⅲ.①长篇小说－中国－当代
Ⅳ.①I247.5

中国版本图书馆CIP数据核字(2017)第025606号

出版发行：北方联合出版传媒（集团）股份有限公司
万卷出版公司
（地址：沈阳市和平区十一纬路29号 邮编：110003）
印 刷 者：长沙银都印务有限公司
经 销 者：全国新华书店
幅面尺寸：158 mm × 229 mm
字　　数：225千字
印　　张：16
出版时间：2017年4月第1版
印刷时间：2017年4月第1次印刷
责任编辑：王亦言
封面设计：齐晓婷
版式设计：齐晓婷
责任校对：曾乐文
ISBN 978-7-5470-4411-7
定　　价：25.80元

联系电话：024-23284090
邮购热线：024-23284050
传　　真：024-23284448
E－mail:vpc_tougao@163.com
网　　址：http://www.chinavpc.com

目录

C　O　N　T　E　N　T　S

目录

C O N T E N T S

楔子

明晃晃的太阳悬在头顶，就像一颗巨大的洋葱，热辣辣地刺激着眼睛，让人生出流泪的冲动。

盛夏走出监狱大门时，看守的警卫阿姨忍不住多瞅了她一眼。也是，谁能想到这样漂亮而乖巧的女孩子竟然会坐牢呢？

安妮立刻捕捉到了对方眼里的怜悯，原本因出狱而雀跃的心情暗了下来，她下意识地朝盛夏挪了几步，伸手想要去拉住她。

盛夏几乎是迫不及待地奔向那片明亮，她猛地跑了几步，然后停下来，深深地呼吸了几下。也许是眼睛被光刺痛了，有湿润的水汽夺眶而出，她狠狠地擦了一下眼角。

天空异常蔚蓝，没有一丝风，所有的云朵也下落不明。

阳光暖烘烘的，落在身上有一股躁意，让她觉得自己从头到脚都是不干净的。盛夏突然就胆怯了，她立刻握住安妮的手，结果却摸到满手的汗，凉凉的。

“小夏？”安妮的目光透着胆怯。多年的监狱时光让这个姑娘看上去灰蒙蒙的，不像明媚的二十三岁，更像是一朵橱窗里放久了的花，没有生机和水分，灰头土脸。

一瞬间涌上来的涩意让盛夏生生按下心里的惊惶，她冲着安妮绽开一个大大的笑容，说道：“安妮，我们都会好好的。”

眼泪同时在两个姑娘的脸上恣意横行。

第一章

这好像是他第一次叫她的名字

刚刚过完年，整个A市还留着喜庆的余味。商场里到处挂着大红色的中国结，广播里一遍又一遍地循环播放着那首《恭喜发财》，大人和小孩的脸上都带着笑容，被身上的红衣衬托得喜气洋洋。

季长生沉默地跟在父母身后，手里拎着一个袋子。他低着头，四十一码的鞋踩在雪上，发出细碎的声响。空气里还飘着残余的鞭炮的气味，闻着有点儿刺鼻。

“长生。”一直没有吭声的季母突然回头问道，“盛先生能瞧得上咱们这些东西吗？”

他们已经站在了独栋别墅前，富丽堂皇的装饰让这对农村来的夫妇胆怯了，他们不安地攥紧了手上的尼龙编织袋，突然觉得此行突兀而又没有必要。

“盛先生是个很好的人。”季长生从母亲手上接过袋子，那里面装着两只鸡，不时地还闹出动静。

他率先走上前，伸手按了门铃。

应声而来的保姆姚姨开了门，看到季长生，她明显愣了一下。这几天来盛家送礼的人不少，可这人看着也忒年轻了，穿得也普通，实在不像那些生意场上的人，难不成是来打秋风的远方亲戚？

“阿姨。”季长生礼貌地打招呼，“我是受盛先生资助的学生，特意来给他拜年的。”

姚姨正犹豫着，客厅里传来一个洪亮的声音："是小季吗？赶紧让他们进来吧，外面冷。"

季父季母这才暗暗松了口气，进了门，跟在儿子后面小心翼翼地换鞋。

盛家的客厅出乎意料的大，布置也很讲究。盛家业裹着一件皮毛大衣，正坐在电视前的沙发上，手里拿着报纸。

"盛先生。"季长生看上去有点儿紧张，一直盯着盛家业。

盛家业已经四十出头了，大概是年轻时吃过苦，面相并不如其他有钱人那样安逸，反而有几分刚毅。他的额头和眼角有很深的皱纹，笑起来尤其明显，不过这也让他看起来更亲切。

对于这位恩人，季长生其实是见过的。不过，那会儿是在高中的颁奖典礼上，他把奖学金递给自己，周围乱哄哄地挤着很多人，没有现在的这份局促。

"小季，这是你父母？"盛家业站起身，冲他们笑着打招呼，"坐吧坐吧，别客气。"

"不坐了，不坐了，太打扰您了。"季父忙不迭地堆起笑脸，说道，"我们就是过来跟您拜个年，长生能读上大学，多亏您了。我们也没啥好东西送您，这是家里自己种的一点儿瓜果，您尝尝吧。"

"您太客气了。"盛家业哈哈笑着，看了看季长生，赞许道，"小季是个好孩子，人又上进，将来肯定有出息。"

季长生白净的脸一红，季父和季母局促地笑着，神情却多了些欣慰和期许。

"我资助了那么多孩子，觉得小季真不错……"

这时，楼梯的转角处，一个红色的身影闪了出来。

盛夏有赖床的毛病，尤其是大冬天的早上，这会儿都快十点了，她才拖拖拉拉地起了床。

"爸，您在跟谁说话呀？"盛夏没头没脑地往楼下冲，地板被她踩得"噔噔噔”直响。

“起这么晚！不吃早饭会得胃病的。”盛家业的脸立刻笑成了一朵花，那些干巴巴的皱纹也变得舒展，他虽然在斥责，但谁都听得出来他的宠溺。

季长生的目光忍不住跟着瞟了过去。这是个漂亮的女孩子，穿着一件红色毛衣，戴着红色绒线帽，那么鲜艳的颜色，却一点儿也没有压住她的五官，反而像鲜花著锦，让她的长眉妙目更明艳了。

她漂亮得像花儿。他心里冒出这个念头，很快又觉得失礼，佯装镇定地挪开了视线。

盛夏一眼就看到了季长生，他穿着黑色的棉袄，眉眼清俊，看着很干净，像月夜里的雪，泛着一层柔和的微光。

“爸，这是您的客人吗？”她肆无忌惮地盯着季长生，灵动的眼睛闪了又闪，流露出一点儿欢快的笑意。

盛家业正叮嘱姚姨把早餐端过来，并没有留意到她的小动作，听到她发问，他回道：“有长辈在也不知道打招呼，没礼貌！”

季父季母露出惶恐的表情，盛夏倒是笑嘻嘻地叫了声“叔叔阿姨”，目光却一直往季长生身上扫，心里满满的都是好奇。

“小季可是A大计算机系的高才生，你得向人家学习，瞧瞧你上个月的月考成绩。”

盛家业笑着揪了揪女儿头上的帽子，冲季父季母说道：“我女儿被我宠坏了，不如你们家小季懂事。”

“爸！”

怎么能在外人面前揭自己的短呢。盛夏的眼神有些哀怨，嘴巴却很甜：“小季哥哥。”

盛家业哼哼两声，笑道：“我冤枉你了？都快高考了，你那数学居然还不及格。”

“人家考试那天生病了嘛。”盛夏挤出一个讨好的笑容。

“那上上个月呢？”盛家业故意板起脸。

盛夏的眼珠滴溜溜直转，她小声嘀咕：“人家那天心情不好。”

这下不只是盛家业，连季家人也都笑了起来。

“其实数学比较重逻辑思维，很多女生都偏科，学不好这个。”季长生脸上有浅浅的笑意。

盛夏的目光又溜了过去，她注意到季长生的右边脸颊上有个小酒窝，左边却没有。这个发现让她偷偷地乐了，就像知道了一个了不起的秘密。

姚姨把温着的早餐端了过来。

盛夏一看到牛奶，马上嘟起了嘴：“我一点儿都不饿。”

她看盛家业皱起眉头，立刻堆满娇笑，转头问季母：“阿姨吃过早餐了吗？姚姨今天煮的是海鲜粥，您尝尝吧。”

季母愣了一下，不自在地说道：“我吃过了。”

季长生在和盛家业说话，这时微微侧过脸，看了她一眼。盛夏浑然不觉，她的注意力被季母脚下的那个尼龙编织袋吸引了。

“阿姨，这是什么呀？”她问完，自己也觉得不礼貌，吐了吐舌头，脸上红扑扑的。

“是自己家种的红枣。”季母连忙利落地解开了袋子，抓出一捧枣，说道，“很甜的，你吃吃看。”

枣是新摘的，一个个红艳饱满，还带着细小的枝叶，气息清新。

盛夏刚要伸手，姚姨就咋咋呼呼地嚷起来：“哎呀，这枣还没洗呢，说不定还有农药。小夏，你肠胃不好，别乱吃东西。”

盛夏被唬住了，她没有去接。季母手上还捧着枣，僵在那里，看起来有些滑稽。

“姚姨，你去洗点儿枣吧。”盛家业并没有留意，随口嘱咐了一句，继续问起季长生的学业。

季长生礼貌地应答，态度始终彬彬有礼，目光却再也没有投向那个红色的身影。

季母手忙脚乱地帮着姚姨收拾，等把洗好的枣端上来，她没有像之前那样热络，只是束手束脚地干坐着。

“真甜。”盛夏啃着枣子，眼睛却偷偷地瞟着季长生。他似乎完全没有察觉，而季母也不搭腔。她后知后觉地发现了这两人的冷淡，清甜甘美的枣子顿时就变得索然无味了。

盛夏莫名其妙地生起气来，她猛然站起来，冲盛家业嚷道：“我出门啦。”说完，她偷偷地踢了一下沙发，嘟着嘴往玄关处走。

“去哪儿啊？”盛家业连忙叫住她，“外面冷，我让司机送你吧。”

“不用，我去高淼家。”

不等盛家业再开口，那抹红色身影已经蹦蹦跳跳地出了门。

盛家业摇了摇头，脸上的表情既无奈又宠溺：“嘿，你瞧她！”

季长生抿嘴笑了起来，右边脸颊上那个小酒窝若隐若现。

外面又开始下雪，就像梨花簌簌地落，在地上铺了薄薄的一层。盛夏朝着高家的方向小跑，雪花沾在头发和睫毛上，很快又不见了。

“高淼！”盛夏站在楼下，冲着二楼的阳台嚷嚷。

“夏夏，你快进来吧。”一个胖胖的人影很快出现在阳台上，他嚷道，“你这样会感冒的。”

盛夏兴奋地冲他挥手：“高淼，快下来，我们堆雪人吧。”

她上下蹦跳着，就像一只可爱的松鼠，脸蛋和鼻子都冻得红红的，声音却异常欢快。

高淼立刻笑了，那双细长的眼睛变成月牙儿，几乎快看不见了。他飞快地下了楼，手上还拿着一件黑色羽绒服。

盛夏乖乖地穿上了高淼的羽绒服。他的衣服太大，她一次次地甩着空荡荡的袖子，玩得很开心。高淼在一旁嘿嘿地傻笑，白胖的脸像刚出炉的包子，让人想咬上一口。

“高淼。”盛夏将脸埋在毛茸茸的领子里，小声地说道，“我今天认识了一个男生，他长得可真好看。”

高淼偷偷看了一眼自己胖乎乎的手，问道：“是你的同学吗？”

“不是。”盛夏不自觉地抠着衣服上的绒毛，嘀咕道，“他是A大的学生。你不知道他有多棒，我爸一直在夸他。”

淡淡的红晕在她脸上晕开，就像一朵绽放的梅花，那么清丽脱俗。

高淼的目光一直落她身上。他们自小一起长大，她是个漂亮的姑娘，总有人惦记，但那些人都不知道，她的好不只是美貌。

“你怎么了？”盛夏察觉到了他的走神。

“没什么。”高淼莫名地红了脸，“夏夏，听说我们班的班长在追你，你喜欢他吗？”

盛夏很干脆地摇了摇头。事实上，她压根儿没记住那个班长的名字。说她骄傲也好，说她没心没肺也好，她身边从来不缺追求者，但她从来没有认真搭理过谁。

“那……那你喜欢什么样的？”高淼的声音里透着试探。

盛夏有点儿发蒙。喜欢什么样的男生？季长生那张干净的脸突然闪过，她悄悄红了脸。难道她也是个肤浅的花痴女，喜欢长得好看的？

看着她恍惚的神色，看着她的眼底慢慢燃起烟火，光亮闪烁，高淼心里突然就难过了，嫉妒着那个不知名的男孩。

盛夏没想到自己和季长生会这么快再见，而且是在她狼狈的时候。

“你到底要我说几次啊，我不会做你女朋友的！”

这家咖啡厅的环境很好，音乐很优美，灯光很温馨，桌上那束玫瑰花也很漂亮，但盛夏的心情一点儿也不愉快，她愤愤地瞪着对面的人。要不是他每天都去教室门口堵人，闹得老师和同学都有意见了，她才不愿来赴这个约呢。

“盛夏，你相信我，我会对你好的。”男孩急切而冲动，眼底是炽热的光，“我从来没有这么喜欢一个人，真的！”

盛夏站起身，恨恨地说道：“有你这么喜欢人的吗？你都影响我上课了！我不喜欢你，你别再缠着我了！”

“你给我一个机会吧。”男孩一个箭步上前，利落地拦住她，“盛夏，我给你准备了惊喜，你肯定会喜欢的。”

“你放开我！”

他们争执起来，厨房里却并不知道，依然按客人的交代准备着。

甜点是冰激凌，五彩缤纷，盛放在一盏高脚水晶杯里。当然，它最大的看点并不是漂亮的造型，而是里面放了一条钻石项链。

“啧啧，真会玩。”这家店有不少大学生兼职，看到这些小把戏，免不了八卦几句。

“这肯定是个富二代。”一个女生羡慕地说道，“这款项链我在专柜看到过，好几万呢，那女生可真幸福。”

“人家女生未必看得上。”负责上餐的男生随口说道，“她应该也是个白富美。吴培洁，你说是吧？”

被点到名的吴培洁低头清洗餐具，没有搭腔，脑子里却想到了刚才见过的女孩。那是真正的白富美，又漂亮又天真，像是橱窗里的瓷娃娃，像是掌上精心呵护的明珠。

“白富美又怎样，你也就看看。”有人摇头晃脑地说道，“那和咱们是一个世界的人吗？你没看到那男的多嚣张啊，小小年纪，真是狗眼看人低。”

几个年轻人小声嘀咕着。

吴培洁留意到身边的伙伴在走神，偷偷看了一眼他俊朗的侧脸，小声叫道："季长生？"

"嗯，怎么了？"季长生回过头，浓密的睫毛颤了颤，掩盖了他眼底微妙的情绪。

他知道他们在议论外面的客人，不知道为什么，他突然想到了盛夏。那个无忧无虑的小公主，会礼貌地跟他的家人打招呼，也会在言辞中伤到他们的自尊心。她是无心的，但恰恰是这种无心透露了一股天然的优越感。

吴培洁微微红了脸，胡乱找了个借口："我还有盘子要洗，你帮我送一下甜点吧。"

季长生点点头，一旁的伙伴却促狭地嚷道："吴培洁，你不去可以叫我嘛，我还没看到你们说的那对帅哥美女呢。"

"你就看看季长生和吴培洁嘛，这可是咱们咖啡厅的金童玉女。"

"你们胡说什么？"吴培洁看起来既气恼又甜蜜，目光偷偷地瞟向身边的人。可惜季长生并没有理会，大步走了出去。

盛夏正气急败坏，那个男生嚷嚷着要送她礼物，不让她走，拉扯中，她的手腕被扭到了。

"你放开！"盛夏急得直跺脚。

季长生一眼就看到了她，不由一愣，难道他们议论的人就是盛夏？那男生强制性地拽着她，她显然并不乐意，涨红了脸，不知道是气愤还是羞恼。

还没等季长生开口，男生瞥见他手上的托盘，急急地端过那盏水晶杯，不由分说地塞到盛夏手里，说道："你喜欢吗？我特意挑选的，这是最新款的……"

盛夏下意识地甩开手，杯子摔在地上，四分五裂，漂亮的冰激凌糊了一地，显得狼狈不堪，那条钻石项链也露了出来。

"你有病啊，我都跟你说了，我不要你的东西……"尖锐的声音戛然而止，盛夏愣愣地看着眼前的季长生，他怎么会在这里？难道他在咖啡厅打工？那他为什么拒绝爸爸的资助呢，是想要半工半读吗？

无数念头一一闪现，她直勾勾地盯着他那身白色员工装。

季长生微微皱眉，而后若无其事地转开了视线。

他闪避的态度刺痛了盛夏，她觉得有点儿羞愧：放狠话、摔东西、吵架，就差没打起来了，他不会觉得她像泼妇吧？可明明是她被欺负了啊，他竟然也不帮腔。

她越想越生气，狠狠地瞪了他一眼，扭头就走。

那男生偏偏不依不饶："盛夏，你以为你是谁啊？给脸不要脸！你爸就是个暴发户而已，你还真把自己当公主了！"

这种话盛夏听得多了，却从来没有像现在这样难受过。暴发户的女儿怎么了，她就活该受歧视吗？

"是我让你追我的吗？是我让你送东西的吗？我还看不上你呢！"盛夏恨声说道，"有句话说得好，癞蛤蟆想吃天鹅肉，你回去照照镜子吧！"

她知道自己的话刻薄，但心里那股怒气怎么也压不住。看着季长生有些惊疑的表情，她忍不住吼道："看什么看，没见过人吵架吗？"

盛夏其实早就红了眼角，她也不管这满地的狼藉，匆匆忙忙地跑出了咖啡厅。

这一幕早被大家看了去，议论四起。

那男生折了面子，又被人看了笑话，等到老板赶来时，自然大发脾气，非说是季长生毛手毛脚，打翻了东西，害得他出糗。

当着客人的面，老板劈头盖脸地骂了季长生一顿。

等回到厨房，一帮同事自然为他打抱不平。

"老板也真是的，明明知道不是你的错。"

"我看是那个男的恼羞成怒吧。人品也太差了，难怪人家姑娘不接受他。”

“有钱就可以任性吗？也不管别人的死活。”对盛夏这个娇娇女，吴培洁没有半分好感，她歉疚地看着季长生，说，“对不起啊，要不是我让你帮忙，你也不会被骂。”

季长生摇摇头，温声道：“没事。”

他越是这样，吴培洁越是内疚，一张清秀的脸上露出几分柔弱，看着楚楚动人。

身旁的小伙伴忍不住插嘴道：“吴培洁，你别自责了，说不定他正偷着乐呢，毕竟认识了大美女啊！”

“对啊对啊，你们看到没，那小姑娘长得真漂亮。”

聊到美女，这群年轻人很快嘻嘻哈哈地闹起来，一扫刚才的愤懑。

季长生低头干着手里的活儿，没有吭声，明净的侧脸在灯光下有些恍惚。

“季长生。”吴培洁咬了咬唇，低声道，“要是那个女生说了什么过分的话，你别放在心上，她那种人……”

季长生忽然抬起头，微微笑道：“别想这些了，赶紧忙吧，洗完餐盘就能下班了。”

白皙修长的双手染了油腻和泡沫，他看着那些污渍，恍惚地想到“她那种人”是哪种人呢？是和他们完全不同的吧，骄矜、任性、盛气凌人，但偏偏让人讨厌不起来，更多的是羡慕。

或许，她根本就没认出他吧，他只是一个不起眼的、靠她爸爸资助才能上学的路人甲。

季长生并不知道，此刻的盛夏有多懊恼自己的失礼。

“你不是和朋友出去玩了吗？怎么吵架了？”盛家业正打算出门，见她闷闷不乐的，不由得生出几分警觉，“你那朋友是男的还是女的？夏夏，你不会是恋爱了吧？”

盛夏将脑袋埋进抱枕里，瓮声瓮气地说："没有，我才不喜欢他呢。"想到咖啡厅的不愉快，她忍不住又唉声叹气起来。

盛家业不放心地叮嘱道："你这学期就要高考了，有时间多看看书，你上次不是嚷嚷着要考A大吗？"

"爸。"盛夏突然坐起来，试探地问道，"上次来咱们家的那个小哥哥，就是你说的A大的高才生，我今天看到他在咖啡厅上班。"

盛家业看起来有些惊讶，随即点了点头，赞道："这孩子不错，宁愿自己吃苦，也不愿再伸手找人要钱。"

盛夏的心情有些微妙，她别扭地说道："爸，你怎么不说他假清高呢，他上大学之前都是你给的钱啊！"

"小季家里情况不好，还有弟弟妹妹都在念书。我原本打算资助他到大学毕业的，但他自己争气，拿到录取通知书就去打工了，连学费都是自己挣的。"盛家业赞叹道，"你啊，跟人家多学学，要是有他一半的懂事就好了。"

盛夏难得的没有回嘴。她想到季长生皱起的眉头和那一地污渍，有种说不清道不明的情绪浮上心头。或许她有点儿冲动了，他会不会被老板骂呢？会不会觉得她是个泼妇呢？要是连累他被炒鱿鱼，那他岂不是没有生活费了？

她想得出神，盛家业拍了拍她的头，笑道："爸爸要去参加一个晚宴，你要不要去凑热闹？"

盛家业不止慈善做得好，公司也经营得有声有色，盛夏以前也常常跟着他出席各种晚宴和舞会，见多了公子名媛，她现在却有些怏怏的，对那种浮华的场所不怎么感兴趣。

"我还有事呢。"她重新窝回沙发上，心里暗暗盘算：不如找个时间再去咖啡厅，弥补一下上次的鲁莽。

盛夏说到做到，这天放学后，她找借口支开了司机，一个人进了那家咖啡厅。

店子就在A大附近，来往的多是年轻人，不乏帅哥美女。即便如此，当盛夏推开店门的时候，还是引来了大家的注目。

这当然也包括几个正在忙碌的服务员。

“咦，我觉得这美女有点儿眼熟呀。”

“你看美女都觉得眼熟吧。”

“真的。”那人急了，推了推季长生，“长生，她就是上次那个害你挨骂的人吧？”

季长生早就看到了盛夏。不得不承认，她是个极其漂亮的女孩，身上仿佛发着光，在人群里也不会被淹没。

但这和他有什么关系呢？季长生面无表情，没有理会同伴的追问。

盛夏找了个靠窗的位子，刚坐下，目光就看向了服务台。

“哎，她在看我！”

身旁的同伴一声低呼，季长生下意识地看了过去，刚好撞上了盛夏的视线。

看到他，盛夏眼睛一亮，笑容爬上脸庞，柔美如花。她冲他挥了挥手，脸上有几分孩子气的惊喜。

季长生愣了愣，若无其事地转开了头。他踢了踢身旁的人，低声道：“还不去招呼？她要点单。”

“我去我去！”

两人正嬉笑着，刚送完咖啡的吴培洁又好气又好笑，径直拿了菜单和茶水往窗边走去。

盛夏正在生闷气，她明明跟季长生打招呼了，他竟然视而不见，还让别人来招待她！看着眼前这个清秀文弱的女生，她不免有几分哀怨。

“请问您要喝点儿什么呢？”吴培洁满脸微笑地站在一旁，眼角的余光偷瞟着对方，白色刺绣的裙子、巴掌大小的贝壳包和一串温润的白色珍珠手链，她虽然不识货，却知道那都是价格不菲的东西，羡慕和妒忌同时涌上来。

“一杯卡布奇诺吧。”盛夏随口点了单，堆着笑脸，对吴培洁说道，“不好意思，你能不能帮我叫一下季长生？”

难道她还想找季长生的碴？吴培洁心里有些不快，也有些警惕，但她还是笑着点了点头。

咖啡送上来时，盛夏眼里带上了掩饰不了的失望。

“季长生正在忙呢，我们人手少，这会儿客人又多。”吴培洁避开她热切的目光。其实她并没有告诉季长生，一来，她怕盛夏再给他惹麻烦；二来，她并不希望季长生和这个漂亮的小姑娘认识。

盛夏有些生气了，鼓着腮帮子。什么叫正在忙？她又不是瞎子，他明明就在服务台和同伴闲聊啊？他就这么不待见她吗？

“那我自己去找他。”盛夏又气又恼。

吴培洁立刻挡在她前面，有些慌乱，很快又换上了委屈的神色：“你有什么需要跟我说好了，能不能别找季长生的麻烦？你知道你上次害他被老板骂了吗？”

“我什么时候要找他麻烦了？”盛夏没好气地回道，“上次的事我又不是故意的，我会自己找他说清楚的。”

“你和季长生认识？”吴培洁愣了一下。

“我为什么要告诉你啊？”盛夏微微提高了声音，“还有，你能不能别挡着我？”

吴培洁一时没回过神，直直地杵在那儿。盛夏作势要推开她，没想到她并没有退让，因此不可避免地撞到了她手上的托盘。

“呀！”吴培洁一声惊呼，下意识地往后退，同时松开了手上的托盘。

那杯滚烫的咖啡跌落在地，发出一声闷响，也溅了盛夏一身。

“你怎么回事啊？”盛夏忍不住呵斥，肘部传来的刺痛也让她更急躁了，“有你这样的服务员吗，连个咖啡都端不好？”

几个服务员急急地跑过来，忙不迭地道歉。

那条染了咖啡的裙子惨不忍睹，就像一件被毁的艺术品。季长生忍不住开口问道：“你没事吧？”

“我没事。”吴培洁抢先开口，她看起来既惶恐又柔弱，说还没说完，眼泪就簌簌地往下掉，“是她先推了我一下，我才……”

盛夏气极了，跺脚嚷道：“你还怪我啊？我为什么要推你啊，明明是你拦着我……”她生生地将话咽了下去，难道让她承认她死皮赖脸地要去找季长生吗？

想到这里，盛夏愤愤地瞪了一眼季长生。

她本来就长得漂亮，生起气来也不见狼狈，脸红透了，明艳如石榴花。即便她盛气凌人地嚷嚷，大家也并不觉得嚣张，反而有哄一哄她的念头。

老板不在店里，季长生心一软，主动承担了错误：“对不起，是我们的失误，我向你道歉。”

他盯着她烫伤了的手臂，心里飞快地盘算起店里的医药箱在哪儿。不等他再次开口，盛夏伶牙俐齿地回道：“跟你有什么关系啊？你们店的服务员就这种素质吗？犯了错就只会让别人道歉？”

她清甜的声音此刻听起来刻薄极了，吴培洁脸色苍白，细声道：“我不是故意的。”

“你别哭了，她也没怪你。”季长生低声安慰道，“把事情说清楚就好了。”

吴培洁的眼泪越掉越凶，季长生也不好再苛责她，默默地将纸巾递了过去。

盛夏气他是非不分，包庇朋友，当即冲吴培洁嚷道：“算了，我也不要你道歉，你就等着被炒鱿鱼吧。”她放下狠话，转身跑出了咖啡厅。

季长生想也没想，拔腿追了上去。那个娇小的身影并没有走远，她快跑了几步，很快停下来，愤愤地踢着路边的石子，大概是泄愤吧。

“盛夏！”他没有察觉到自己笑了，右脸颊的酒窝若隐若现。

盛夏愣了，回头看到季长生那张清俊的脸，心扑通扑通地跳起来，这好像是他第一次叫她的名字呢。

“干什么？”她恶声恶气地道，低下头，脸却偷偷地红了。

季长生似乎看穿了她的虚张声势，轻笑道：“我送你回去吧。”

“谁要你送啊，刚刚在咖啡厅里还装作不认识我。认识我很丢脸吗？”盛夏哼道，脸上全是傲气的神色，不一会儿，她又嘀咕道，“你不是要上班吗？”

他会被扣工资的吧？她的睫毛扑扇扑扇的，泄露了那点儿纠结的心思。

“没事，反正快下班了。”季长生嘴角的弧度又大了些。

盛夏当然很开心季长生能送她，心里却又怀疑自己是不是太好说话了，明明刚才还在生他的气。她憋着气，磨磨蹭蹭地跟在他身后。

“你还在生气？”季长生温声道，“吴培洁不是故意的，这份工作对她很重要，你能不能别跟老板投诉？”

盛夏猛地站住了，反问道：“你就是为了帮她说话啊？”

“我让她给你道歉吧。”季长生解释道，“她是艺术生，家境又不太好，丢掉工作的话……”

“你怎么这样偏心啊？你看，我还受伤了呢。”盛夏揉着红肿的手腕，委屈地嚷道，“你没看到她把我的裙子都弄脏了吗？这洗不掉的，她得赔我！”

季长生捉住她的手，仔细地检查了一遍，发觉烫伤并不严重，才松了口气，说道："这是应该的，我让她赔你一条同样的裙子。"

盛夏"嗯"了一声，见他关心自己的烫伤，心里甜滋滋的，瞬间忘了刚才的不愉快。

"她是你的朋友啊？"她尽量装出若无其事的样子。

"吴培洁是A大艺术系的，我们不算熟，只是都在咖啡厅兼职。"季长生显然并不热衷这个话题，他指了指盛夏的手，问道，"我送你去医院吧？"

她皮肤白嫩，那片红肿看着触目惊心。

盛夏摇摇头，满不在乎地说道："我回家让姚姨抹点儿烫伤膏就好了。"

季长生诧异地看了她一眼。他原本以为她娇纵惯了，这点儿烫伤也会哭哭啼啼地闹，没想到她倒不当回事。盛夏并不知道他的心思，两人一时沉默了，隔着不远不近的距离走着。

"哎。"眼看她低头一个劲儿往前走，季长生忍不住好笑，叫住了她，"你还往哪儿走？"

盛夏不明所以地看着他。他指了指身后，笑道："公交站在这儿。"

"我没坐过这个。"盛夏眨了眨眼，脸上的表情既新奇又茫然。

季长生的脚步顿了一下，犹豫了片刻，他问："你家的司机呢？"

"我让他回去了。"盛夏并没有听出他的局促，兴致勃勃地研究着路牌，问道，"我们要坐哪路公交车呢？是不是1路？嗯，好像13路也可以。"

她回过头，笑意盈盈地看着他。

季长生心里的那点儿别扭很快散了，他笑了笑，将"还是让司机过来接你吧"的话咽了回去。

还好没有赶上人流高峰期，他们顺利上了车，找到了座位。

车厢里有些空荡，几个人零零散散坐着，有买菜回家的中年妇女，有手牵着手的小情侣，有白发苍苍的老爷爷，也有打闹的小孩儿。

这一切对于盛夏来说都是新鲜的，她兴致盎然地打量着每个人，偶尔发出几声窃笑。前排的两个小孩盯着她的脏衣服，好奇地问个不停。她扮着鬼脸，笑容甜美，哄他们叫姐姐。

她玩得开心，回头看身旁的人，他却靠在椅背上睡了。他或许是累了，或许是想避开两人无话的尴尬。

盛夏愣愣地盯着季长生，从黑色的眉到白皙的指尖，无一处不好，就像冬日里落了雪的树，挺拔而清秀。

他的睫毛颤动了一下，她慌忙看向车窗，佯装在欣赏风景。很快，她偷偷地笑了，他的身影隐约地映在玻璃上，她看到他睁开了眼睛，发了会儿呆，还看了她一眼，似乎担心她发觉，又迅速地移开了视线。

丝丝缕缕的甜蜜冒出来，就像照进来的阳光，暖暖的。

盛夏靠在车窗上，看着外面的行道树呼啸而过，心里有个奇异的念头：这是开往夏天的车，往后都是绿叶成荫，繁花似锦。

第二章

确确实实是少女的心动

高三的生活辛苦而忙碌，总有做不完的题，考不完的试卷，还有越拖越长的上课时间。连盛夏这样对成绩不上心的学生也变得紧张起来，开始正儿八经地备考。

她偷偷在心里定了目标：A大。

夜深了，盛夏的房间里还亮着灯，她正愁眉苦脸地对着一张数学试卷，这样的状态已经持续一个月了。

盛家业深感欣慰，他推开了女儿的房门。

“夏夏，姚姨煮了绿豆沙，你要喝点儿吗？”他走过去翻了翻盛夏的试卷，有意想指点一二，无奈他自己没念多少书，只得改口鼓励道，“做完卷子就睡吧，别熬太晚了。”

“唉！”这不知是盛夏第多少次叹气了，她悻悻地对盛家业说道，“爸，你给我找个家教吧，我的数学太糟糕了。”

盛家业忙不迭地点头：“明天爸爸就去找个老师来给你做辅导。”

盛夏烦透了那个不苟言笑的数学老师，她狡黠地笑了笑，一个大胆的念头产生了。

“爸，你让季长生给我补课呗。”她越想越兴奋，“他不是高考状元吗？肯定能带领我考上大学的。”

盛家业狐疑地瞥了她一眼，没有立刻应允，他最近似乎总听她提到这个名字。

“爸，你怎么能怀疑我呢，我动机单纯得很。”盛夏立刻发觉了他的犹豫，笑眯眯地抱住他，撒娇道，“我现在的目标就是考大学，哪有心思想别的啊！再说了，我怕那些学校的老师嘛，所以才听不进去的。你不是总夸季长生吗？他经历过高考，又还是学生，肯定比那些老师会教。”

盛家业立刻心软了，问道：“真的？”

盛夏点点头，继续游说道：“他是大家崇拜的‘考神’啊，我肯定乖乖听他上课。”

“好吧，爸爸明天问问他。”盛家业爱怜地捏了捏她的鼻子，笑道，“我女儿这么聪明，肯定能考上大学的。”

“那是，女儿都像爸爸。”盛夏大言不惭地自夸。

盛家业宠溺地看着她，默默地叹了口气。其实女儿更像妻子，又聪明又漂亮，当初若不是岳母家出现财政危机，他这个大字不识几个的暴发户，怎么会娶到家世好、学历高的妻子？

“爸，你有白头发了。”盛夏调皮地拔着他头上的白发，嘀咕道，“下次我们一起去染头发吧，我染红色，你染黑色。”

她想了想那个画面，似乎觉得很有趣，搂着盛家业的脖子不放，嘿嘿地傻笑。

盛家业心里不免一阵感慨。这些年他和妻子的感情并不好，她心里大概是嫌弃他出身草根，连女儿也一起讨厌，对这个家的关心少之又少。好在盛夏现在长大了，活泼开朗，漂亮大方，是个讨人喜欢的姑娘。尽管这样，他依然有着深深的内疚和自责，对她溺爱如慈母。

盛夏并不懂他的心思，临睡前，她还念念不忘地叮嘱他别忘了家教老师的事。

这一晚，她睡得格外香甜，期待着和季长生的再次见面。

当吴培洁找上盛夏的时候，她有点儿蒙了。

吴培洁似乎看出了她的疑惑，勉强笑了笑，解释道：“你叫盛夏是吧？是我向季长生打听到你在这个学校的。”

她只知道盛夏在这所重点学校，原本还以为找不到人，没想到盛夏顶着校花的头衔，名声不小，她很快就找到了班级。

这才是得天独厚的娇娇女啊！吴培洁看着她漂亮而无辜的眼睛，再想想自己，心里涌起一股酸涩和难堪。

“我是特意来跟你道歉的。”吴培洁的语气小心翼翼，“上次的事是我不对，希望你能原谅。”

盛夏不在意地挥了挥手：“那天我的态度也不好，这事就让它过去吧。”

“那个……”吴培洁局促地攥着自己的裙角，声音低低的，“你的裙子，我买不起。”

“裙子？”盛夏眨了眨眼睛，似乎完全不明白她的意思。

“你不是让我赔一条裙子吗？我拿不出那么多钱。”吴培洁忍着羞耻说道，“我知道我应该赔的，但是……而且，季长生他们为了帮我，晚上还出去兼职。我不想麻烦大家，我们马上就要考试了。”

她说得断断续续，盛夏却听懂了。他说过会让吴培洁赔一条新裙子，原来他是认真的。

“我就是随口一说，没有恶意的，你们不用当真。”盛夏有点儿慌张，也有点儿负罪感。她那条裙子要好几千元呢，她虽然衣来伸手，饭来张口，但也知道这笔钱或许是吴培洁一个学期的生活费。

“我也不是不愿赔，只是手上没有那么多钱，都怪我开口找季长生借，害他晚上还去酒吧兼职，我不想因为自己的事耽误他考试。”吴培洁松了一口气，随即又补充道，“如果你坚持要那条裙子，你可以多给我点儿时间吗？我一定赔给你。”

这些话她说得硬邦邦的，显然这是个傲气的姑娘。她现在应该比谁都难受吧，如果不是不得已，她大概不会跑到盛夏面前示弱。

“真的不用了，我本来就是开玩笑的。”盛夏并没有在意吴培洁的态度，她的心思都放在季长生身上，“我会跟季长生说的，你也不用放在心上了。”她急着去找季长生，匆匆忙忙地走了。

吴培洁在原地站了一会儿，看着她上了私家车，心里五味杂陈：不过是人家“开玩笑”，自己却惶恐不安了好几天。

三月的天，满校园都开着樱花，一簇一簇的粉色，柔嫩而明媚。微风里，那些凋零的花瓣坠落在地，香气中透着一股清苦。

盛夏回家的第一件事就是给季长生打电话。电话号码还是她上次厚着脸皮要的，她也没好意思骚扰他，偶尔发短信问道数学题，没想到第一次打电话还是因为吴培洁。

他和吴培洁关系不错嘛，居然还借钱给她，居然还为此去酒吧兼职。她心里有些小小的嫉妒。

电话接通的那一刻，盛夏噼里啪啦地追问：“你的朋友今天来找我了，你是不是在帮她攒钱啊？你真的又找了一份兼职啊？你忙得过来吗？啊，你现在是不是在上班？我没有打扰你吧？”

她的声音越来越低，隔着电话，季长生也能听出她的懊恼。他笑了笑，说道：“你还在学校吗？我有事找你。”

“在啊在啊。”盛夏欲盖弥彰地说道，“今天老师课后辅导，我们放学比较晚。”

“那我过去找你，你等我一下。”

挂了电话，盛夏立刻火急火燎地冲下楼，满屋子都能听到她的嚷嚷：“爸，李叔在家吗？我要回学校，让他送我吧。”

难得回家的盛母正坐在客厅里，见到她，忍不住拧起眉头，斥道：“咋咋呼呼的像什么样子？”

盛夏脸上的笑容顿时淡了，她磨磨蹭蹭地走过去，小声道：“我有东西落在学校了，想回去拿一下。”

“跟你说过多少次了，不要丢散落四的。”盛母淡淡地瞥了她一眼，说道，“马上要吃晚饭了，让李叔帮你跑一趟吧。”

盛母生了一双非常漂亮的丹凤眼，像水汪汪的湖，又像开得正好的桃花。可是盛夏并不喜欢，每次母亲用这双眼睛看过来的时候，总是那么漫不经心，带着点儿怜悯和施舍，这让她觉得自己很可怜。

“妈，我想自己过去，李叔又不知道我的东西放在哪里。”

盛夏的话一出口，盛母的脸便冷了，扔了一句“随便你”，便不再搭理她，转身招呼姚姨给自己涂珍珠粉面膜。

“夏夏，今天你不用上晚自习，咱们一家人一起好好吃顿饭吧。”在看报的盛家业适时开口，看到女儿幽怨的脸色，他又心软道，“那让李叔送你去吧，早点儿回来。”

“谢谢爸。”盛夏扑过去，在盛家业脸上飞快地亲了一下，喜滋滋地出了门。

偌大的客厅里一时静了下来。良久，盛母哼了一声：“子不教，父之过，你看看你把她宠成什么样了！”

她话里的轻视让盛家业心寒，他盯着报纸版面，久久没有搭腔。

今天是周五，晚上没有自习课，这时的学校却依然很热闹，随处可见走动的学生，有的抱着书匆忙地往图书馆赶，有的三三两两地聊天，有的在篮球场上打球。

盛夏在校门口等了一会儿，就看到了季长生匆匆忙忙的身影。

“你等很久了吧？”他走得有点儿急，微微喘着气。

盛夏连忙摇头，同时好奇地盯着他的手上。他拎了一个漂亮的包装袋，看起来像是礼物。他要送她东西吗？今天是什么节日？

季长生将纸袋递了过来，解释道：“这是赔给你的裙子。”

盛夏急了：“你还真买了啊？你干吗浪费钱，我那天说的是气话。”

想到他花了好几千块，她忍不住心疼，悻悻地打开了袋子。的确是一条白色的连衣裙，精致的花纹，暗色的刺绣，看着既漂亮又大方。

盛夏一眼就看出这条裙子是仿款，她想问问季长生花了多少钱，又怕不礼貌，改口道：“你在哪儿买的？肯定是被人家骗了，我们去退了吧，反正我也没想让她赔。”

“有问题吗？”季长生面露尴尬，他从来没有给女孩子买过东西，对这些名牌更是不懂，裙子是他在商场挑的，他隐约记得有刺绣花纹。

“我不要。你是不是把工资都用来买这个了？”盛夏干脆把话挑明了，“你看，你买错了，我又不喜欢，不如拿去退了。”

“可是……”季长生有些犹豫。

“你在哪家店买的？”盛夏不给他思考的机会，扯着他的胳膊往前走，“走吧，我们去把钱要回来。”

事实证明，季长生并没有随便糊弄她，他在商场挑了一家专卖店，算是国内一线品牌了，裙子虽然不是正版，估计也花了不少钱。

当听到他们要退货，那些店员脸上的笑容立刻消失了。

“对不起，如果没有质量问题，我们这边是不接受退货的。”店员捺着性子解释。

季长生为难地看了一眼盛夏，他原本是想拿到退款，再让她自己去挑一条裙子的。

“美女姐姐，你通融一下嘛。”盛夏开始卖萌，“这是我哥哥买来送我的，可是我穿着不合身，你就帮帮忙吧。”

她长得漂亮，嘴巴又甜，店员的脸色缓和了些，说道：“要不你换个码吧，我们这儿真的不能退货。”

盛夏有些气馁，她就是不想要这件衣服啊。

季长生见状，反过来安慰道：“要不算了吧。”

“怎能算了呢，这可是你用工资买的。”盛夏嘀咕着。她想了想，突然答应了店员的建议，眉开眼笑地说道：“那你帮我换个码吧。”

等店员挑了衣服，带着她进了试衣间，她却笑眯眯地说道：“美女姐姐，要不这样吧，我也不退衣服了，你告诉我花了多少钱，我在手机上转给你，你再把现金给外面那个人行吗？”

那个店员被她逗笑了，问道：“你费这么大劲，就是要把钱退给你哥哥？”

“姐姐你真聪明。”盛夏连连点头，将那条裙子胡乱塞进自己的包里，笑眯眯地说道，“就让他以为这裙子退了。”

“我看他不是你哥哥，是男朋友吧？”店员促狭地笑了起来，“你们可真有意思，一个要买，一个要退。”

男朋友？盛夏顿时傻乐起来，一抹红晕如蔷薇爬上了脸颊。

季长生等在外头，盛夏出来时，他满脸的疑惑。不是去换裙子了吗，怎么她身上还穿着校服？

“我们本来是不退货的，但看你是学生，我就帮你这一次吧。”店员朝盛夏使了个眼色，笑道，“喏，一共两千一百块。”

盛夏忍着笑，示意季长生接过钱，回道：“谢谢啦，我们下次再来挑衣服。”

出了店，季长生忍不住问道：“你是怎么说服她的？”

“可能是我漂亮可爱吧，她不忍心拒绝。”盛夏满脸笑容，心底也一个劲儿夸自己：能想到这么完美的方法，我可真是聪明伶俐啊！

如果季长生知道她脑子里的念头，一定会啼笑皆非。

他笑了笑，这样的盛夏调皮而可爱，倒有点儿像家里那个活泼的小妹妹。

“要不我们再逛逛？”季长生建议道，“或者你拿着这些钱，就当折现给你了？”

盛夏连连摆手，收起嬉皮笑脸的样子，认真地说：“小季哥哥，我真的不要。你那个朋友已经道歉了，我又不是不讲道理的人。再说了，这是你在酒吧打工攒的钱，多不容易啊！”

她突然停下来，看了一眼季长生，支支吾吾地解释：“我……我不是那个意思，我是说你挣钱很辛苦，不能浪费在我身上，你留着自己用吧，我又不缺钱——我……我不是说你缺钱，反正我不要，我也没有看不起你的意思。”

盛夏颠三倒四地讲了一大串，好像怎么也说不清楚，脸上不禁露出几分苦恼。

不知道怎么的，季长生突然有点儿想笑。她未免把他想得太脆弱了，他家境不好是事实，他从来不遮掩。有什么好遮掩的？就为了那点儿可怜的自尊心？他远比她想得坚韧，旁人的白眼和鄙薄只能让他更上进。

“我明白了。”季长生觉得自己再不开口，这小姑娘都要急哭了。

盛夏呆呆地看着他：“明白什么了？”

“不给你买裙子了。走，请你吃饭去。”季长生笑了笑，拍了她的脑袋，随即又觉得有点儿尴尬地解释，“不好意思啊，我在家就爱拍妹妹的头。”

盛夏捂着脑袋傻笑，红扑扑的脸蛋看起来就像刚洗好的海棠果，让人想咬上一口。

这顿饭还是泡汤了，半路上季长生接了个电话，似乎是学校有点儿事，他把盛夏送上公交车，自己便走了。

这并没有影响盛夏的好心情。车窗外渐渐亮起了灯火，这个城市似乎前所未有的可爱。她偷偷地弯起了嘴角，开始期待两人的下一次见面。

大半个月后，盛家业终于记起家教的事，让季长生来家里给盛夏做课后辅导。

对于这件事，盛夏是既开心又痛苦。学校的课程本来就很满，她回到家也八九点了，再花上两个多小时补课，其实很辛苦。但见了季长生，她总会有一种莫名的快乐，那快乐让她忽视了辛苦。

季长生倒是很乐意接这份工作。一来，盛家对他有恩，就算分文不收，他也会答应盛家业的要求；二来，小姑娘立志要考A大，他还是想帮帮她的。

不过，盛夏的数学实在太差，即便是季长生这个高考状元，也常常被她弄得哭笑不得。

“这个题型你竟然又错了？”季长生叹气道，“我讲过很多次了。”

盛夏可怜兮兮地看着他：“你等等，让我再做一次。”

她忙不迭地抢过试卷，皱着眉，再次研究起那道该死的题。

季长生忍不住笑了。盛夏其实很聪明，英语和文综都学得不错，不知怎的就是讨厌数学，明明知识点都能记住，做题却一塌糊涂。

他总觉得是这小姑娘太懒，不肯动脑筋。

“看看，这回对了吧？”盛夏巴巴地把卷子递过来。

季长生扫了一眼，无奈地笑道：“你考试的时候干什么去了？现在倒变聪明了。”

“我也不知道啊。”盛夏振振有词，“我觉得是你的原因，不如我高考的时候，你也坐在我旁边吧。”

季长生抬手拍了下她的头，难道他是吉祥物吗？

“小季哥哥，不如我考艺术系吧，分数线会低一些。”盛夏咬着笔小声道，“那也不好，我不想和你那个朋友在一个系。”

季长生哑然失笑，说道："你以为艺术系很好考吗？你得有艺术特长吧。吴培洁很有画画天赋，在她们整个系都是出类拔萃的。"

"我会弹钢琴啊，我弹得很好的。"盛夏不乐意了，"季长生，你这是小瞧我。"

季长生算是明白了，她撒娇卖萌的时候就叫"小季哥哥"，生气的时候就叫"季长生"。他忍着笑，右脸的小酒窝若隐若现，说道："你钢琴弹得再好，拿了证书吗？别想那些了，我做了分析，A大今年的招生线很可能下调，假如你的其他科目正常发挥，而数学达到110分，考上A大还是有希望的。"

这个要求并不高。要知道，盛夏所在的班级是重中之重，那些"考神"数学经常考满分。可是这不包括盛夏，她是严重拖了班级后腿。

"110分啊？"盛夏啧啧有声，"小季哥哥你真有勇气，我上次月考数学才70分，都没及格呢。"

"你不用再做题库了，把这学期的数学试卷都找出来，重新做那些错题。"季长生不再和她耍嘴皮子，将手上的试卷摊开，说道，"还有最后一道错题，你更正完，我们就下课。"

盛夏乖乖地应了，一边画着辅助线，一边回道："小季哥哥，你留下来吃夜宵吧，姚姨今天煮了水果粥。"

回答她的是一记轻喝："专心点儿！"

夜渐渐深了，季长生拒绝了李叔开车送他的好意，一如既往地坐上末班公交车。

回到学校，室友都还没睡，小二开着电脑玩游戏，小四在台灯下看书，小三大概又出去玩通宵了。

他们寝室成员关系不错，很有点儿拜把兄弟的情意，于是按成绩排了名次，季长生当然是老大。

"哎，老大，你那酒吧的工作还没辞吗？"小二冲他打了个招呼，问道，

“这下班时间也太晚了，每天早上都有课啊，你撑得住吗？”

季长生笑了笑：“我辞职了，最近找了个家教，比较轻松，不碍事的。”

“你也太拼了，有时候也别逼自己太紧嘛。”小四插话道，“对了，今天吴培洁找我要你的电话号码呢。你说她为什么不直接问你啊，她是不是对你有意思？”

小四和季长生都在咖啡厅兼职，平时没少开他的玩笑。

“吴培洁？是那个艺术系的学霸？听说她超级牛，大一时就有作品进了省艺术展。你见过吧，长得漂亮吗？”

“还不错，就是不知道老大喜不喜欢。”

季长生一阵头疼，无奈地说道：“你们别八卦了，我跟她不熟。”

“我觉得你们挺熟的啊，上次吴培洁闯了祸，你不是还帮她忙吗？”小四笑得贼兮兮的。

小二不清楚是怎么回事，脸上写满了好奇。

“你不也借钱给她了吗？”季长生认真地说道，“以后别开这种玩笑了，免得大家尴尬。我只是看她一个女孩子不容易，大家又是同事，才想着尽量帮点儿忙。”

“老大，你是不是傻？”小二恨铁不成钢地瞪他，“这是个多好的机会啊，英雄救美，然后美女以身相许，你快到她的碗里去吧！”

季长生不打算再搭理他们，拿了睡衣，进了洗浴间。

小二仍然不死心，嘀嘀咕咕了半天。在他的撺掇下，小四给吴培洁发了条短信，主动透露了季长生的电话号码和微信号。

“老大不会生气吧？”小四有些忐忑。

“不会的。”小二胸有成竹地说道，“你看咱们一屋子的单身人士，能撮合一对是一对啊！”

“有道理。”

收到短信的吴培洁既惊又喜。碍于面子，她不好意思主动接近季长生，只能从小四那儿旁敲侧击。他之前并不肯给她电话号码，说是怕季长生生气，现在他又改变了主意，应该是征求过季长生的同意了吧？

吴培洁越想越甜蜜，忍不住给季长生发了条短信。

“小洁，你给谁发短信呢？”室友忍不住打趣她，“是不是季长生啊？”

“计算机系的男神和咱们艺术系的女学霸，这可真是天造地设的一对。”

吴培洁娇嗔地瞪了她一眼，低声说道：“别胡说，我们只是朋友。”

“朋友和男朋友只是一字之差哦。”室友打趣道，“你喜欢他吧？再犹豫可就是别人的了，我听说很多系的女生都盯着季长生呢。”

室友的调侃让吴培洁羞红了脸，那点儿心思也更加蠢蠢欲动，就像风中的蜡烛，飘忽不定，怎么也静不下来。

他对自己是不是有一点儿好感呢？吴培洁暗暗地想，他好几次出面维护自己，难道都是无心的吗？

发出去的短信迟迟没有得到回复，她期待而又不安。

“季长生，这段时间谢谢你的帮忙。如果你有空，明天一起吃早餐吧，就当给我个机会表达谢意。”

季长生洗完澡出来，看到这个，第一反应就是骚扰短信。经常有女生给他发这些，他从来不留意。

他习惯性地选择了忽视，注意力被另一则短信吸引了，内容是一道复杂的函数题。不用说，那是盛夏发的。她常常大晚上的发些数学题过来，嚷嚷着解不出来。

季长生的嘴角弯了起来，盛夏那么聪明，如果能保持这种勤奋，高考不会有大问题的。

在他的背后，小二和小四偷偷地挤眉弄眼，露出一个心照不宣的笑容：看吧，老大和吴培洁果然有猫腻。

这一夜，吴培洁辗转反侧睡不着。

她在脑海里设想了各种质问的场景，等第二天到了咖啡厅，见了季长生，那些委屈又通通不见了，只剩下忐忑和羞赧。

季长生似乎没有留意到她的异样，像往常一样打过招呼，便不再吭声。小四在一旁笑得意味深长，偷偷向她竖起大拇指。吴培洁一时又有些浮想联翩，心里就像有只猫在挠，又痒又难受。

好不容易熬到下班，吴培洁鼓起勇气拦住了季长生。

“你是不是没有收到我的短信？”她飞快地瞥了他一眼，然后低下头。

“短信？”季长生迟疑了片刻，露出一个恍然大悟的表情，“原来是你的短信。抱歉，因为是陌生号码，所以我没留意。”

“是小四给了我你的电话号码，我以为你知道呢。”吴培洁按下心里的失望，笑着说道，“你帮我好几次了，我想请你吃顿饭。”

季长生不知怎么就想到了小四的玩笑话，他的语气不禁有些疏离：“你不用放在心上。”

“季长生，你也太不给我面子了吧。”吴培洁说不清自己是真恼还是假恼，“你下班了还有事？”

季长生诚实地说道：“我晚上还有家教。”

吴培洁的失望显而易见，她勉强笑了笑：“那你去忙吧，等哪天有空了再约。”

当着其他同事，季长生也不好驳她面子，含糊地应了一声，心里既讶异又不解。他不认为自己多有魅力，吴培洁的示好有些突然，难道是他之前的举动真的让人误会了？

他心里装着事，晚上在授课时难免有些走神。盛夏偷偷瞟了他好几次，他都没有察觉。她放下笔，小声道：“我去下洗手间。”

季长生点了点头，拿过她写好的卷子，认真看了起来。

盛夏出了书房，直接去了楼下的厨房。不一会儿，她端了一碗热气腾腾的牛肉面进来。

“姚姨的牛肉面做得可好吃了。”盛夏笑眯眯地看着他。

“我吃过晚饭了。”季长生看起来有点儿呆呆的。

“你星期三、星期五和星期六的兼职在下午，下班就要赶过来给我上课，根本没时间吃饭嘛。”盛夏摇头晃脑地说道，“你肯定就吃个饼啊什么的。放心吧，我骗姚姨说是我晚上肚子饿，让她多留了一碗。”

她满脸都写着“求表扬”，季长生有点儿想笑，心里又有点儿暖暖的。见他没有动，盛夏把碗推到他面前，催促道：“季老师，你吃吧。等你的面吃完了，我的卷子就做完了。”

她乖乖地坐下来，继续写那张没有完成的试卷。当然，她的乖巧只是片刻的，等季长生拿起筷子，她又忍不住开始碎碎念：“明天周六，我能不能放一天假？”

“你去跟盛叔说。”

盛夏撇撇嘴，小声道：“你可以在我爸面前夸夸我嘛，就说我头悬梁、锥刺股，我爸会主动给我放假的。”

季长生忍俊不禁，拿筷子敲了敲碗沿，问道：“原来你这碗面是想收买我啊？”

“当然不是！”盛夏连忙解释，看到他眼里的笑意，意识到他是故意的，不由得娇嗔道，“我听高淼说明天有一部新电影上映，小季哥哥，我们一起去看呀。”

季长生暗笑她懵懂，那个高淼约了她，肯定是不乐意她带个电灯泡的。

“如果你下次的数学考试能够及格，那我就给你放次假。”他松了口风，却并没有承诺要陪她。

盛夏不满地嘟起了嘴巴：“如果我考得更好点儿，你就和我一起去吗？”

“你对自己还挺有信心。”

盛夏微微有点儿失望，不过她很快又给自己打气：这已经是阶段性的胜利了，要再接再厉！

也许是季长生的话刺激到了盛夏，她的学习热情前所未有的高涨，不仅在家里老老实实看书，到了学校，也一改以前的懒散。连班主任也是又惊又喜，特意当众提出表扬：连盛夏都知道努力了，你们还不抓紧学习？

盛夏觉得这话听着怪怪的，私下向季长生抱怨，却被他毫不留情地反驳：“由此可见，你平时有多么不爱学习。”她气得干瞪眼，当天晚上化悲愤为食量，多吃了一碗饭。

好在她的努力没有白费，四月份的月考成绩出来，她终于在年级排行榜上往前挪了几位，不再垫底了。

季长生将她的成绩单反复看了几遍，心里暗自盘算：她们这所重点高中实力很强，别看盛夏的年级排名靠后，但把她随便扔到市一中、市二中，那都是出类拔萃的苗子。关键得看分数，她们学校甩其他学校一条街，这也是为什么她们的升学率号称百分百。

“怎么了，你对这个成绩不满意？”季长生看了一眼郁郁寡欢的盛夏。其实她要考个普通本科不在话下，A大是重点大学，所以她才得加把劲。

盛夏闷闷地说道：“这回我的数学还是没考好。”

她的数学这次拿了91分，这几乎是她高三以来的数学巅峰了，她开心之余又有点儿失望，要是再考好点儿，就能拉着季长生去看电影了。

“不错不错，还知道检讨自己了，我还怕你骄傲呢。”季长生调侃道，“虽然考得不好，但说明你还有很大的进步空间。”

这是盛夏的口头禅，每次考砸了，她都振振有词：“这说明我还有很大的进步空间。”面对他的戏谑，盛夏哀怨地“啊”了一声，趴在桌子上装死。

六月来得悄无声息，只是教室里的风扇似乎转得越来越缓慢，窗外的蝉鸣越来越热闹，黑板上的倒计时也越来越紧迫，一树又一树的樱花谢了，到处都是洁白芳香的栀子花。

高考在即，气氛紧张如同绷直的弦。学校已经放了假，让学生们在家休整一天，好好准备。

盛夏看起来很放松，季长生像往常一样过来时，她正翻看他整理的题集。

“考试的东西都准备好了吗？记得带2B铅笔，做完选择题马上涂答案。”季长生忍不住叮嘱道，“考完不要对答案，免得影响下一科。”

他啰啰唆唆说了一大堆，盛夏调皮地说道：“小季哥哥，你怎么比我还紧张？”

季长生哭笑不得，这孩子的心理素质真好。

“小季哥哥，你明天能不能陪我一起去考场啊？”盛夏笑嘻嘻的，一副理直气壮的样子，“每次在你旁边做题，我都发挥得比较好。”

“盛叔会陪你去的，你还紧张啊？”这并不是什么过分的要求，他也担心她临时怯场。

盛夏摇摇头，闷闷地说道：“你没发现他这几天不在家吗？出差去了，回不来。”

事实上，心怀歉疚的盛家业说已经和盛母商量好了，由她陪考，但盛夏并不相信她会出席，甚至怀疑对方是否还记得女儿高考。

盛家夫妇的感情不和睦，季长生也是知道的，他笑了笑：“那我只好给你当一回吉祥物了。”

“太好了！”盛夏眉开眼笑，一双明亮的眼睛在灯光下熠熠发光。她兴奋地说道：“小季哥哥，等我考完了，你是不是该奖励我？我们一起去看电影吧，吃饭也行。”

这次季长生没有爽快地答应："等你考完再说。"

两天的高考很快结束了。或许对每个当事人来说，关于考试的悲喜没有那么清晰，反而是那闷热的天气和风扇吱呀的声音更让人记忆深刻。

汗水似乎让一切记忆都变得湿嗒嗒的，晕开了，就像被阳光融化了的咖啡糖，又甜又苦，还有种说不出的腻味。

考完试，盛夏乐滋滋地去日本玩了一圈，压根儿不关心成绩，倒是盛家业时时刻刻地念叨。她的成绩是季长生帮忙查的，出乎意料的好，他第一时间告诉了盛家业。

电话里，盛家业激动地追问："小季，你没有弄错吧？哈哈哈，她真的考了六百多分？"

"盛夏这次考得还不错，和A大去年的招生线差不多。"季长生也笑了，"看她自己的意思吧。"

"没事，咱不上A大也行，这分数可以读个很好的一本嘛。"盛家业笑得合不拢嘴，"小季啊，这次多亏你了，等叔叔回去，一定要好好谢谢你。"

"盛叔，您太客气了，这都是盛夏自己努力。"季长生谦逊地答道，"再说了，我还得谢谢您给我安排这份家教，您的恩情我会一直记在心上的。"

"这回可真不是我故意安排的。"盛家业笑着说道，"夏夏一直夸你优秀，还说要向你学习。要不是她嚷嚷，我还真没想到你做家教也这么出色。"

季长生有些惊讶。

手机很快被盛夏抢了过去，她欢快地嚷道："小季哥哥，我要上A大了，以后请多多关照学妹。"

"现在说这个还太早了。"季长生不自觉地笑了起来，"拿到通知书才算数。"

"你一点儿都不相信我的实力！"盛夏骄傲地哼了哼，不一会儿又兴奋地追问道，"你会给我奖励吧？我这算是超常发挥啊，平时都没考这么好。你给我准备了礼物吗？”

“胡闹，你怎么找小季要东西呢？”

盛家业的呵斥声隐隐传来，夹杂着盛夏小声的撒娇，电话那头听起来热闹而温馨。

季长生的脸上始终挂着微笑。

等他挂了电话，宿舍的小五忍不住问道：“老大，你有亲戚高考啊？”

“嗯，一个妹妹。”季长生想了半天，一时竟不知道该怎么定位盛夏，自己的学生？恩人的女儿？盛氏集团的千金？他按下这些乱七八糟的念头，问道：“我们学校的新生入校大概是什么时候？”

“跟往年差不多吧。”小五随口答道。

一旁玩游戏的小四突然凑过来，兴致勃勃地问：“老大，你妹妹漂亮吗？需要男朋友吗？介绍给我啊！”

季长生一脚踹过去，寝室里顿时只剩哀号和幸灾乐祸的笑声。

九月来得不早不晚，菊花黄了，橘子红了。

A大的校园里种满了桂花树，米粒大小的花藏在绿叶深处，躲着不露面，馥郁的香气却随处可闻。这清香悠久而宜人，在每个露水降临的清晨或落日染红天空的傍晚，它们见证了一个又一个匆匆而过的身影。

在前来报到的新生里，盛夏无疑是最耀眼的。尽管她拒绝了盛家业的陪同，和高淼一起来学校，但高家的私家车同样显眼，而且她又漂亮又活泼，很快就成了新生的热门话题。

盛夏报的是计算机系，高淼既惊讶又不解：“夏夏，你什么时候喜欢计算机了？”

“我不喜欢。”盛夏狡黠地眨眨眼，心里说道：我只是喜欢那个喜欢计算机的人。

高淼一头雾水，但他没有再刨根问底，看着她一个劲儿地笑。不管她做什么，他都觉得是对的。

“傻笑什么呢？”盛夏一把楼过他的肩膀，豪爽地说道，“走，我带你吃大餐去。”

为了庆祝她顺利考上A大，盛家业特意在酒店举办了一场庆功宴，作为主角的她也该去露个面了。

高淼突然羞红了脸，慢腾腾地掏出一个礼物盒，递给盛夏，小声道：“夏夏，生日快乐。”

“高淼，你太够意思了。”盛夏像小时候一样，在他肉肉的脸上揉搓。他也不避开，两人在车里闹成一团。

“夏夏，你喜欢吗？”

高淼送的是一条新款手链，是她最喜欢的牌子，碎钻和白金的光泽迷人而低调，是一种含蓄的奢华。

盛夏点点头，心里却偷偷地想到季长生。他知道她的生日吗？他会不会送她礼物？他还欠她一个奖励呢。

季长生自然收到了盛家的邀请，他并不打算去，但他决定给盛夏买件礼物，算是满足她“奖励”的要求。

他去了上次那家专卖店，打算买回那条裙子。他总觉得盛夏不是不喜欢，只是为了替他省钱，况且他没有给女生买礼物的经历，也不知道该送什么别的东西。

店员似乎对他还有印象，当季长生详细地描述了那条裙子的样式，并且说出退货的事时，她忍不住笑了起来。

“那条裙子根本就没退啊，我们这里不能退货的。”她笑着解释道，“那是你女朋友骗你的，钱是她给的，裙子也被她拿走了。”

“女朋友？”季长生下意识地重复。

“对啊，你们不是情侣吗？”店员惊奇地问道，“你女朋友是为了替你省钱吧。那款裙子已经下架了，你是要买来送给她吗？我可以给你推荐其他款式。”

季长生空着手出了那家店。

他第一次认真地审视盛夏。他从前只觉得她是个娇纵而善良的小姑娘，偶尔发脾气也并不让人讨厌。他承认她是可爱的，也愿意和她亲近，但这并不等于异性间的欣赏。

那些被忽视的细节此时也一一浮现，季长生清楚地意识到，盛夏是喜欢他的，尽管这种喜欢可能是心血来潮，可能是浅薄地挂在嘴边的，可能是来自于习惯和依赖，但确确实实是少女的心动。

他的心情顿时有些微妙。

与此同时，庆功宴正是热闹的时候，除了学校的师友，盛家业生意场上的朋友也来了不少，衣香鬓影，谈笑风生。

盛夏似乎并不高兴，给老师敬了酒之后，一个人窝在角落里吃东西。酒会依然热闹，每个人的脸上都挂着笑容，杯盏交错，少了她，好像并没有影响。

这些人里面有几个是真心来祝贺她的呢？盛夏盯着人群发呆。连盛母都没有来。她给盛夏买了一个名牌包包，说是奖励。她压根儿忘了今天是女儿的生日。

盛夏越想情绪越低落，忍不住给季长生打了电话。

隔着手机，酒会的嘈杂依然清晰可闻，盛夏的声音听起来有些可怜兮兮的。

“小季哥哥，你能不能安慰我一下？”

季长生有些无措，也有些莫名的不自在：“出什么事了？”

“你说我是不是捡来的啊？我觉得我妈一点儿都不喜欢我，考大学这么重要的事，她不愿意陪考，现在庆功宴也不来。”盛夏小声地抽泣，“今天是我的生日，她肯定又忘了。”

季长生沉默了。每个人都有一些暗地里的伤口，外人无法温暖。他也帮不了盛夏。况且，在他看来，盛夏比很多人都过得幸福，他不希望她为了这点儿不幸自艾自怜。

“小季哥哥，你今天为什么不来？”盛夏的问话里透着小心翼翼。

季长生顿了顿，回道：“我今天有兼职。”

两人都没有再说话，突如其来的沉默有几分心照不宣的对峙。季长生莫名地心虚，他刚要开口，盛夏那边已经利落地挂了电话，只剩下“嘟嘟嘟”的声响。

季长生微微地叹了口气。

“老大，还玩牌吗？”寝室里的另外三人从柜子里拿出麻将，利落地摆好桌子，齐刷刷地盯着他，“快点儿。”

这是他们常玩的，无聊时打发时间。季长生的牌技是最好的，一向都是大赢家，今天的状态却有点儿不对劲。

“胡了！”

“哈哈哈，清一色！”

“老大，你也有今天啊！”

恣意的嬉闹中夹杂着轻快的笑声，还有麻将与桌面碰撞发出的清脆声响。这一切热闹而喜庆，但似乎和季长生没有关系，他的心里寂静而无奈。

第三章

你能做我的男朋友吗

新学期开始没多久，盛夏一跃成为了计算机系最炙热的话题人物。要知道，这专业一向男多女少，好不容易有女生报考，哪怕长相一般，那也是享受国宝级待遇。而盛夏可是货真价实的美女，不高冷，不做作，轻轻松松摘走了系花的头衔。

新生欢迎会上，盛夏安安静静地弹了一支钢琴曲，台下掌声如潮，纷纷打听她的名字和院系，阳盛阴衰的计算机系也第一次成为八卦娱乐的谈资。

不提其他院系的学生，本院的学长更是蠢蠢欲动。

“哎，这个小师妹真不错啊，我怎么看着有点儿眼熟呢？”正在逛校园贴吧的小四一个人碎碎念，抓耳挠腮地想了半天，就是想不起咖啡厅的那一幕，“哎，你们过来看看，我总觉得在哪儿见过。”

他极力撺掇室友们过来欣赏美女，几个人呼啦围了过去。

小二啧啧有声：“咱们院难得有这样的美女啊，真让人眼前一亮。老大，你不看绝对会后悔。”

“老大已经有主了，哈哈哈。”小五挤眉弄眼地说道，“我今天早上在食堂看到他和那个艺术系的美女了。”

“真的假的？老大，你还不老实交代？”

正在书桌前的季长生被他们拖了过去，几个人闹成一团。

“小五，你别造谣了。”季长生无奈地说道，“我就是意外碰到了吴培洁。食堂又不是我开的，难道我能赶走她吗？”

“真是气死我了，你是不是榆木脑袋！”

“算了，反正我也觉得吴培洁那种高冷的女生不好相处，天涯何处无芳草，老大你继续努力。”

“对对对，我比较喜欢小师妹这样的，娇滴滴的，哈哈哈。”

季长生当然知道他们口中说的小师妹是谁，他笑了笑，没有搭腔。小四的电脑还开着，贴吧里有盛夏的照片，她弹钢琴的那张尤其显眼，白衣黑发，灯光迷离，她美得如同童话中的小公主。

晚会前，盛夏曾打电话来，兴奋地邀请他去看她表演，他找借口拒绝了，他现在也不知道为什么自己会拒绝。

小四推了他一下：“老大，你有电话。”

季长生回过神，桌上的手机正欢快地响着。

“小季哥哥，你看了我昨天弹钢琴的视频吗？”盛夏欢快地说道，“怎么样，还不错吧？我就说我很会弹钢琴的，你还不相信。”

季长生无声地笑了起来，回道：“早知道你弹得这么好，就让你报考艺术系了。”

“那不行，我就是喜欢计算机系。”盛夏嘿嘿地傻笑。

电话那头有点儿吵，夹杂着吵闹和笑声，季长生随口道：“你在忙吗？那我挂了。”

“不忙不忙。”盛夏连忙笑道，“我正在参加社团招新呢。小季哥哥，你加入了什么社团？”

“我在辩论社。”季长生建议道，“社团不用选太多，根据自己的爱好选一两个就好，不然你也没有时间和精力兼顾。”

“小季哥哥，我也要报辩论社。”电话那边盛夏已经嚷嚷起来。她急急地挂了电话：“社长，你们辩论社的报名表还有吗？我要加入。”

社长？季长生脑海里自动浮现乔燃那张俊秀的脸。乔燃是副校长的儿子，长得斯文白净，成绩也不错，唯一的毛病就是花心，风评不太好。

要不要提醒盛夏一下呢？季长生犹豫了一下，她那么机灵，应该能分清好坏吧。

"盛夏，这个名字真好听。"乔燃看着报名表上的信息，又惊又喜地问道，"你也是计算机系的？太巧了，我是你的直系学长，我叫乔燃。"

"真的吗？"盛夏瞪大了眼睛，一双水灵的眸子里满是笑意。

乔燃点了点头，几乎挪不开目光。他女朋友换得勤，见多了美女，盛夏和她们都不同，她明艳如玫瑰，还是夏日里开得正好的玫瑰，一颦一笑都无比生动，让正午的阳光也暗淡了。

盛夏热情地攀谈起来："学长，你认识季长生吧？"她的笑容里多了一丝甜蜜，像是花瓣上的露珠，衬着那娇嫩的小脸，显出一种相得益彰的美。

乔燃立刻警觉了，季长生？他当然认识这家伙。一方面他们都在辩论社，季长生的人气不输给他；另一方面，季长生在系里也是赫赫有名的人物，大大小小拿了不少奖，他虽然不服气，但确实比不上，而他那当副校长的老爸也对季长生赞赏有加。

乔燃心里是看不起季长生的，再能干又怎么样呢，家里一穷二白，连读书都得靠人资助。人都是现实的，当初评选"校草"时，也有人提名季长生，但最后榜上有名的还不是他乔燃？所谓的校草，那就是高富帅的代名词，季长生长得再好考得再好，哪个女孩关心呢？

"认识，我们还是好朋友呢。"乔燃暗笑道。

"我也是季长生的好朋友。"盛夏调皮地笑道，"请学长多多指教！"

乔燃满脸笑容，看着有些温文尔雅的意味。他大方地邀约道："这样吧，晚上我请你们这些新社员聚餐，大家多多交流。"

盛夏没有多想，喜滋滋地答应了。一直陪着她的高淼将头垂得更低了，他小声地提醒道："夏夏，你不是答应了晚上去我家的吗？"

高父常年在国外，因为儿子考上了大学，这才特意回家的。但父子俩见面少，加上高淼生性腼腆，在父亲面前就像老鼠见了猫似的，反倒是盛夏机灵活泼，一直很讨高父高母的欢心，时常在中间充当润滑剂。

"哎呀，我一激动就忘了。"盛夏拍了拍脑袋，懊恼地对乔燃说道，"学长，不好意思，晚上的聚会我去不了，我还有点儿事。"

高淼嘿嘿地笑了起来，白胖的脸上，那双眼睛眯成了两弯新月。

乔燃瞥了他一下，眼里是掩饰不了的轻视，转头却又换上了笑脸："这是社团第一次聚会，你还是尽量参加吧，太离群了可不好哦。"

盛夏为难地说道："要不这样吧，我改天再请大家吃一顿吧。学长，可以吗？"

乔燃脸上的表情僵了一下，他组这个局就是为了接近她，这姑娘是真傻还是假傻？

"请吃饭就算了，怎么好意思让学妹破费。"他勉强维持着笑意。

"没关系，就这么定啦。"盛夏冲众人挥了挥手，笑着跑开了。

那些大一新生还围在乔燃身边，叽叽喳喳地议论。

"学长，我们晚上去哪儿聚餐？"

"学长，你能给我留个电话号码吗？"

每张青春洋溢的脸上都带着笑，就像从树叶缝隙漏下来的阳光，异常灿烂。

说出去的话，泼出去的水，这天晚上，辩论社新老社员十多个人聚在了A大最好的饭店。趁着乔燃不注意，小四在季长生耳边嘀咕道："这顿是乔燃请吧？我得敞开肚皮吃。"

季长生无奈地摇头，他一向不爱参加这种联谊性质的聚餐，要不是小四嚷着要看新来的学妹，拉他做伴，他是不会坐在这个饭局上的。

几个新来的学妹倒是很活泼，你一言我一语地聊着，时不时发出娇俏的笑声，引得那些男生频频注目。

安静的季长生显得有些不合群，总有学妹试图和他搭话，隔着大半个桌子，大胆地向他索要电话号码。

“哟，季长生，你今天怎么来了？”乔燃心里有些不是滋味，酸溜溜地说道，“你不用去做兼职吗？”

季长生微微一笑，语气有些无辜：“我收到通知短信，所以就过来了。”

乔燃一拳打在棉花上，不解气地嘀咕道：“难道以前就没收到过通知？”

季长生只当没听到，低头吃菜。

一旁的吴培洁忍不住开口道：“乔燃，你是不欢迎我们吗？”

“怎么会。”乔燃的表情有些讪讪的。

说起来，这又是乔燃的一块心病。吴培洁长得清清秀秀，又是有名的学霸，乔燃也曾展开热烈的追求，无奈对方始终不搭理，一来二去，他就淡了这份心思，结果她偏偏和季长生亲近。

小四连忙打圆场：“乔燃，不是说这届招了个特别漂亮的学妹吗？怎么没看到？”

“学长太过分了，难道我们都是恐龙吗？”学妹也跟着凑热闹。

吴培洁偷偷地瞟了一眼季长生，问道：“你们说的是盛夏吗？”

“盛夏？”小四笑道，“这名字也好听，难怪人长得好看。”

吴培洁咬了咬唇，低声道：“长得好看又怎么样，你忘了咖啡厅的事？”

“咖啡厅？你说谁啊？”小四后知后觉，想起那个娇滴滴的富家千金，不禁低呼道，“不会吧，这么巧？”

他们正议论着，乔燃插嘴道：“季长生，原来你也认识盛夏啊？今天她还跟我们打听你呢。”

一桌人的注意力都被吸引了过去，乔燃微微睨了一眼季长生，说道：“真可惜，小师妹今天晚上已经佳人有约了。”

一个学妹插嘴道：“学长，你还不知道吧，盛夏已经有男朋友了，人家这会儿正在约会呢。”

“啊，她有男朋友？”乔燃既惊讶又惋惜。

“就是今天陪她来报名的那个胖子嘛，我也是听说的。”聊起八卦，几个女生格外兴奋，“不过那男生家里很有钱，盛夏和他还是青梅竹马呢，在一起有什么奇怪的。”

乔燃不以为然地撇撇嘴，那胖子长得太一般了，家里有钱又怎么样？自己条件也不差啊，如果有机会，盛夏说不定会选自己。

季长生知道他们嘴里说的胖子就是高淼，也知道他和盛夏并不是男女朋友关系，但他并没有开口解释。在他看来，他们交往是迟早的事，毕竟，就算在童话里，公主也都是和王子在一起的。

“哎，我看乔燃对那个小学妹挺有意思的。”小四踢了季长生一脚，“咱们要不要赌一把，我觉得盛夏搞不好会被乔燃追到手。”

季长生瞥了他一眼，低声道：“你是有多无聊。”

“我这不是苦中作乐嘛，好不容易来了个漂亮的学妹，结果还是轮不到我。”小四长吁短叹。

吴培洁突然幽幽地接过话题：“我赌她选那个有钱的青梅竹马。”

小四来了兴趣，追问道：“为什么？”

“因为他们才是一个世界的人啊！”吴培洁的语气说不出是嘲弄还是羡慕，她笑容温柔地看着身边的人，“季长生，你觉得呢？”

她的声音又轻又柔，就像头顶的灯光，就那么飘着，却照着季长生每个细微的表情。又像一片羽毛，悄无声息地在他心里挠着，戳到了那个痒痒的地方。

季长生没有回答，微微一笑，夹起了盘子里的苦瓜炒蛋，那种苦而涩的味道在他舌尖萦绕了很久。

这顿饭吃到很晚，回到寝室，小五已经睡了，小二依然在打游戏，见了季长生，他抽空说道：“老大，你出门没带手机啊，响了一晚上了。”

季长生应了一声，拿起手机一看，四五个未接电话都是来自盛夏。或许是有事吧，他犹豫地给她回了一则短信。

来电铃声几乎是同时响了起来，他一惊，立刻按了“接听”，大步走到了寝室的阳台上。

“小季哥哥，你晚上出门了吗？”盛夏的声音里透着睡意。

季长生“嗯”了一声：“社团里有聚会，你找我有事？”

“我本来也想去的。你不知道吧，我也加入了辩论社！”盛夏笑得很是得意，不一会儿，又唉声叹气道，“真是不凑巧，高淼的爸爸今天回国，我去陪他们吃饭了。”

她零零碎碎地说起和高家的交往，她和母亲关系不好，而高母是那种温柔贤惠的传统妇女，很疼她，常常邀她去家里吃饭。

“高妈妈可会做菜了，我今天都吃撑了。”

这是一种甜蜜的抱怨，看得出，盛夏的心情很好。季长生并没有打断她，但他知道，那是一个和自己无关的世界。

“我跟乔燃学长说了，改天请大家一起吃饭。”盛夏霸道地命令道，“你不能缺席。”

“有空再说吧，这不是才聚过吗？”季长生温声道，“已经很晚了，你早点儿休息吧。”

“等一下，我还有事。”盛夏踟蹰了一会儿，娇声道，“马上就是中秋节了，小季哥哥，你会回家吗？”

季长生有点儿意外，老实地答道：“应该不会。”

盛夏嘴角的笑意一点点绽开，她欢快地说道："那你来我家一起过中秋吧。"

"不用了，我那天应该也要去兼职。"季长生想也没想就拒绝了。

"你可以下班了再过来嘛。"盛夏嘟起了嘴，"我妈是不回家的，我爸说不定又加班，我一个人过节太凄惨了。"

"你可以叫上高淼一起。"季长生耐心地哄道，"我过去不合适。"

"怎么不适合？你给我补课的时候不也常常来吗？我们算是熟人了吧。"盛夏怏怏的，季长生完全可以想象到她现在耷拉着脑袋的样子。

他没有搭腔，盛夏也没有再继续游说，电话里一时沉默下来。半晌，盛夏突然幽幽地叹气道："小季哥哥，我发现你对我一点儿都不好。"

季长生一愣，她继续嘀咕道："你对别人都很好，要是你朋友让你去家里吃饭，你说不定就答应了，我邀请你，你却一口拒绝。"

似乎真的是这样，季长生有些恍惚。

"我考上大学的时候，你不是还欠我一个礼物吗？"盛夏放软了声音，可怜兮兮地说道，"我不要礼物了，你来陪我过中秋节吧。"

季长生一时心软，低声道："那好吧。"

因为室友睡了，他刻意压低了声音，听在盛夏耳里，比平时的温和又多了几分磁性。她欢快地说道："真的？太好了，你可不能反悔。"

像是担心他随时改口似的，她匆匆地挂了电话，脸上的笑容却久久没有散去。她捂着自己发热的脸，嘿嘿地傻笑起来，一时半会儿也睡不着，索性在床上滚了两圈。

月色如水，无声无息地流淌，美好得就像锦帛，轻轻地落在地上，也轻轻地覆在她身上。整个房间里都浮着一层柔和的光，她睡在光里，如同童话里的睡美人。那些少女的心思偷偷地溜出来，是另一种无形的光，一瓣一瓣绽放，看不到，却如昙花般美丽。

中秋节，学校放了三天假。季长生的家在一个偏远的小镇，他假期并不回家，因为假期兼职多，而且工资比平时高。

发传单时，季母打电话过来，听说他要去盛家吃饭后，她再三叮嘱道："可不能空手去盛先生家里，你买点儿东西拎过去吧，别太失礼了。"

"我知道，您别操心了。"季长生温声回答。

"你上次汇来的钱，我收到了。"季母哽咽地说道，"你在学校也别太省了，多留点儿钱吃饭，家里好歹能吃饱穿暖，别再汇钱过来了。"

"妈，我挺好的。"季长生温声哄道，"那钱是给小妹的，她上次说想要一条新裙子，您给她买吧。还有大弟，给他买一双好点儿的运动鞋吧。"

"我记着呢。"季母柔声道，"好了，你去忙吧，妈不打扰你了。"

季长生刚挂了电话，不到一分钟，盛夏就打电话过来了。

"小季哥哥，你的电话怎么一直打不通？"她咋咋呼呼地嚷道，"记得今天晚上来吃饭啊！对了，你千万不要买礼物，我已经给你准备好了。"

"这怎么行？"

季长生刚皱起眉头，盛夏就笑眯眯地打断了他："放心吧，你肯定会满意的。记得来哦，我爸也会在家。"

她的兴奋隔着电话也能感受到，季长生被感染了，涌到嘴边的话又咽了下去。其实她还是个小姑娘，由着性子来，有些话、有些事，都是无心的。

六点的天空浮着一些晚霞，烟灰、绛紫、橙黄，绚丽的色彩铺开，美不胜收，偶尔有晚归的鸟雀飞过。

盛夏孤零零地站在公交站牌下，一会儿走走停停，一会儿东张西望，脸上不仅没有焦躁的神色，看起来还很自得其乐。

"盛夏。"季长生一眼就看到了她。

盛夏兴奋地冲他挥手，小跑过来，手上还拎着礼品袋。

“你怎么在这里？”季长生不解地看着她。

“我这不给你把东西拎过来嘛。”盛夏娇嗔地瞪了他一眼，“我前几天在网上买的，为了不让我爸发现，收货地址填的高淼家。”

礼袋里是盒装的月饼和一罐茶叶，都不是什么名贵的东西，但月饼是他家乡的特色手工月饼，茶叶也是当地人采摘烘焙的，特别香，胜在天然无污染。

这是盛夏精心准备的，虽然并不昂贵，但心意十足。盛家业果然很喜欢，一边斥责季长生乱花钱，一边赞不绝口地夸他。

“爸爸，你看这月饼是不是很特别？听说是小季哥哥家乡那边独有的特产呢。”盛夏在一旁不遗余力地称赞。

季长生自小就吃这种小糕点，倒不觉味道有多好，只不过看着漂亮而已，有点儿像冰皮月饼，却染了各种颜色。

“这个都是食材染的。”见父女俩都感兴趣，季长生解释道，“红色的是红豆，黄色的是芒果汁，黑色的是豆沙，绿色的是艾草。”

“艾草是什么？草吗？草也能吃啊？”盛夏满脸的惊讶。

“你呀，就是蜜罐里长大，没吃过苦。”盛家业很是感慨地叹道，“像爸爸这代人，还是不容易的，别说吃草，闹饥荒的时候，连树皮都吃呢。”

盛夏瞪大了眼睛，季长生也动容地看着他。

“我年轻的时候家里可穷了，连饭都吃不上，一栋老房子又漏风又漏雨的，到了冬天，压根儿住不了人。”想起往事，盛家业说不出的惆怅，“你看，你们现在是不是比我那时候幸福多了？”

“爸，你真能干。”盛夏亲昵地抱住他，娇声道，“你建了这么大一家公司，还娶了妈妈，还生了一个这么聪明的女儿。”

盛家业被她逗得哈哈大笑，摸了摸她的头发，说道：“为了我的宝贝女儿，我必须得能干啊。”

盛夏在他怀里蹭了蹭，笑容天真，而季长生的心情却复杂得多。

“好了，咱们别提这些不开心的事了，来来来，吃饭。”盛家业热情地招呼季长生，“小季，你家离得远，有空就来盛叔这儿吃饭，姚姨的手艺还是不错的。”

“不是我自夸，我可不比外面那些厨师差。”姚姨笑吟吟地接过话，端上一锅刚煮的绿豆沙。

季长生连忙起身，给盛家业和盛夏各盛了一碗。

正说笑着，门铃突然响了起来。

盛夏冲姚姨笑道：“肯定是高淼，他最喜欢喝姚姨煮的绿豆沙了。”

姚姨急急忙忙地开了门，果然是高淼提着礼物来了。

“盛叔叔，夏夏。”高淼腼腆地笑着，胖乎乎的脸上露出两个酒窝，显得憨厚可掬。

“高淼，你给我带了什么好吃的？”盛夏亲昵地挽着高淼的胳膊，嚷嚷着让他拆开礼品袋，回头又对季长生说道：“小季哥哥，你有口福了。”

高淼的嘴角咧到了耳边，将特意买给她的甜品拿出来：“是你最喜欢的那家店的。”

盛家业及时喝住她：“先吃饭，等会儿又嚷嚷肚子饱了。”

盛夏乖乖地坐回了饭桌旁，朝高淼吐了吐舌头，说道：“都怪你，谁让你这时候买蛋糕过来。”

高淼抓了抓头发，满脸憨笑地说：“那以后等你吃完饭，我再给你买。”

盛夏调皮地摸了摸他的头，夸奖道：“真乖。”

盛家业看得连连摇头，脸上的笑容却骗不了人，满是宠溺。

季长生在旁看着，不知怎么就想到了小四的那个赌约，或许他是有道理的，盛夏和高淼才是一个世界的。

“小季哥哥，小季哥哥？”

盛夏一连叫了好几声，季长生才回过神，他歉疚地笑了笑：“怎么了？”

“高淼说吃完饭去看电影，你也和我们一起吧？”

她湿漉漉的眼睛看过来，笑意盈盈，就像一只山林里无忧无虑的小鹿。季长生忍不住弯了弯嘴角：“你们去吧，我就不凑热闹了。”

“去吧去吧，高淼他一定要请我们看电影。”盛夏冲高淼眨眨眼，“是吧？”

高淼连忙点了点头。

“我可能要早点儿回学校……”

“你都忙了一天了，也要劳逸结合嘛。”盛夏眨巴着大眼睛，讨好地看着季长生，“你说对吧？”

盛家业在旁笑道：“也有几分歪道理。小季，你可别成了书呆子。”

季长生也不好再坚持，松口答应了。

这一顿饭吃得宾主尽欢，临走前，盛家业还叮嘱季长生常来，他只是笑，没有搭腔。

天色渐渐晚了，呈现出一种幽暗的光晕，夜来香的气味弥漫开来，若有似无地飘浮着。他们三人沿着别墅前的林荫道慢悠悠地走着，清静而闲适。

眼看就要到公交站了，盛夏伸手拽住了高淼，暗暗在他腰上掐了一把。

“呀！”高淼涨红了脸，飞快地看了一下盛夏，随即结结巴巴地说道，“我突然想起来，我爸让我早点儿回家呢。”

季长生不明所以地看着他。

“我就不和你们一起去看电影了。”高淼的脸更红了，双手不知不觉地握在一起。

“没关系。”季长生笑道，“你要是有事，我们不看也行。”

“怎么能不看呢？小季哥哥，你可答应了的，不能反悔。”盛夏立刻抓住他的胳膊，拉扯着往前拖，同时回头对高淼说道：“高淼，你去忙吧，改天我请你看电影。”

她调皮地扮了个鬼脸，高淼站在原地一动不动，看着她，心里既甜蜜又酸涩。

也许是节日的关系，电影院很热闹。年轻的小情侣成双成对，喁喁私语，连空气里都是甜蜜，像甜丝丝的棉花糖，让人想咬上一口。

买票的队伍有点儿长，季长生倒很有耐心，一声不吭地排着队，偶尔低头看看手机。他让盛夏在零食售卖区等着，那里开着空调。她一边心不在焉地挑选零食，一边时不时地抬头看看买票的进展。

季长生个子高，长得又好，在人群中很打眼。盛夏再次看了过去，他穿着最普通的黑色T恤衫和浅色牛仔裤，留着干净的板寸头，低头看手机时，露出白净俊朗的侧脸。

他好像察觉到了她的注视，回过头来，微微笑了笑，带着安抚的意味。

盛夏的脸不可遏制地红了，有什么东西在胸腔里怦怦乱跳，躁动如即将破土而出的小草。

他们这样看起来就像一对男女朋友。这个念头让她面红耳赤。

她胡思乱想时，季长生拿着买好的票走了过来。

“要吃爆米花吗？”他并没有留意到她的异样，体贴地问道。

盛夏胡乱地点点头，看到他走向柜台，连忙说道：“我自己来。”

“你就别争了。”季长生将一桶爆米花塞到她手上，微笑道，“买礼物的钱还是你出的呢。花了多少？我给你。”

“没多少钱。”她那双水灵的眸子乱转，就是不肯看他。

季长生似笑非笑地看着她。

盛夏觉得自己的脸又热了，她急急地说道：“你这不是请我看电影了吗？咱们算是扯平了。”

“两张票才多少钱。”

"那你有空再请我看一场呗。"盛夏嬉皮笑脸地说，"就这么说定了。走吧，电影要开始了。"

她急匆匆地往放映厅跑，季长生无奈，笑着跟了上去。

不远的地方，吴培洁怔怔地看着这一幕。季长生什么时候和盛夏关系这么好了？小腿处的酸痛一阵接着一阵，她回过神，跺了跺脚，望着手上厚厚的一沓传单，忍不住叹了口气。

整个晚上，吴培洁都有些心不在焉。

宿舍里有些空荡，两个本地室友都回家过节了，只有一个外地姑娘留在学校。见到吴培洁，她诧异地问道："怎么弄到这么晚？"

"一个小时六十块呢，能多挣一点儿就多挣一点儿。"吴培洁自嘲地笑了笑。

"你呀，钻到钱眼里了。"室友笑着打趣，"过节嘛，就该开开心心地去约个会。"

吴培洁被她逗笑了："约会？我和谁约啊？"

"之前乔燃那样追求你，你也不搭理，现在后悔了吧？"她来了兴致，追问道，"哎，你不是对那个季长生有意思吗？他今天没约你啊？"

吴培洁并不喜欢这种太私密的聊天，但可能是今天太累了，可能是在电影院撞见的那幕让人灰心，她接过室友的话茬，说道："我和季长生可没有什么关系。"

"有猫腻哦。"

"我在电影院发传单的时候，看到他和盛夏了。"吴培洁幽幽地说道，"就是那个计算机系的系花。"

"真的假的？"室友大惊小怪地嚷道，"季长生这是谈恋爱了吗？大新闻啊，想不到他也喜欢那种胸大无脑的美女，不过盛家有钱啊！"

"谁知道呢，反正不关我们的事。"见室友絮絮叨叨地说着，吴培洁莫名地厌烦起来，淡淡地回了一句，“我去洗澡了。”

室友“嗯”一声，进了校园贴吧，开始热火朝天地八卦起来。

第二天，关于季长生和盛夏的绯闻在学校被传得沸沸扬扬，大家津津乐道地议论着男神和校花的爱情，有人羡慕，有人嫉妒，有人等着看笑话。

小二最先在贴吧上看到新闻，他立刻跳了起来，嚷嚷道：“你们快来看，老大有重大新闻！”

季长生身为系里的男神，偶尔也会出现在各类“比美帖”上，所以室友的反应并不热烈。

小二急得直跺脚：“快来快来，不看绝对会后悔的！”

几个人这才围了过来，连季长生也好笑地问道：“什么事啊，怎么连我自己都不知道？”

他的笑容在看到那硕大的新闻标题时僵住了。

“男版灰姑娘：季长生与校花盛夏不得不说的故事！”

“计算机系草季长生暗地里与校花交往，有人亲眼看到两人在电影院约会，举止亲密。”小四仔细地念道，“吧主赌十包辣条，这绝对是假的，我们的女神应该配个高富帅啊！”

季长生面无表情，另外两个人已经惊掉了下巴。

“咳咳咳，老大，你别伤心，这里也有支持你的。”小四连继续念道，“‘就冲高颜值，我决定站这对CP（人物配对）’。嘿嘿嘿，这人真有意思。”

小二猛地拍了一下他的后脑勺，笑道：“这是重点吗？重点是老大竟然把校花追到手了啊！”

“哈哈哈，老大是不是该请吃饭？”

“老大，这是真的吗？”

“谣言止于智者。”季长生镇定地推开了搭在肩膀上的那只手，认真地说道，“你们就别以讹传讹了。”

几个人同时露出失望的神色。小四促狭地追问道：“什么是假的，你没有和人家看电影，还是没有和她交往？”

季长生没好气地白了他一眼，利落地收拾着东西，说道：“等会儿还有课，你们不去上？”

“你敢不敢回答我？”小四嬉皮笑脸地缠着他不放，“老大，你心虚了吧？”

回答他的是一记清脆的关门声。

从宿舍通往教学楼的是一条宽阔的林荫道，两旁的香樟树长得青葱茂盛，在地面铺了一层深深浅浅的影子，阳光透下来，只剩下星星点点的光斑。

季长生沉默地踩着那些斑点往前走。那些纷杂的流言似乎对他没有任何影响，就像从头顶洒落的阳光，虽然灿烂，虽然歇在他肩上，却很快会被抛在身后。

不过，在众人眼里，这显然是一则值得议论的爆炸性新闻。

但其他人可能只是凑热闹，乔燃却是真真切切地恼火。

“你说贴吧上的消息是真的吗？”

“季长生还真是艳福不浅啊，下手真快。”

乔燃翻了个白眼，哂笑道：“这种谣言你也信？季长生那小子有什么好，盛夏怎么会看上他？”

“看不看得上季长生，我不知道，但我听说你给人家送了好几次花，都被退回来了。”一旁的同学开始起哄。

乔燃的脸色有些难看，他不屑地哼道：“季长生不就有副好皮囊吗，长得帅能当饭吃啊？你们还不知道吧，他连读书都是靠盛夏家里资助的。”

“真的？以前没听说过啊？”

“我还骗你不成？”乔燃笑得很得意，“我爸不是副校长吗，季长生的事我听他提起过。”

“季长生真有心机啊，他找的不是女朋友，是长期饭票吧。”

“乔燃，你得加油啊，说不定咱们的校花不喜欢高富帅，就喜欢季长生那样的穷小子呢。”

“你们等着，盛夏迟早会是我的女朋友！”乔燃恼羞成怒。

谣言的传播堪比一场流感，来得莫名其妙，去得却很拖沓，还伴随着一系列的不良反应：发烧、咳嗽、打喷嚏等，好不容易熬到痊愈，还有后遗症的折磨，你畏寒，你消瘦，你食欲不振。

整个学校都在议论季长生攀上富家女的事，他自己倒像是台风的中心，异常安静，虽然上课时免不了被几个好奇宝宝追问，他也好脾气地解释。

“季长生，说吧，这是真的吗？”

“假的。”季长生无奈地说道，“你们信吗？反正我自己都不相信。”

周围唏嘘声一片，有质疑，也有调侃。季长生摇了摇头，自顾自地看起了书。

教室里正热闹着，一个俏丽的人影急急地从窗外跑过，她停在教室门口，犹豫了片刻，对前排的学生说道：“不好意思，我找季长生有事，能帮忙叫一下吗？”

那人头也不抬地嚷道：“季长生，有人找你！”

他身边几个人先是一愣，随即哄堂大笑，冲着季长生挤眉弄眼，有人还促狭地吹起了口哨。

季长生看到盛夏时，心里也有些惊讶。她大概是跑得急了，脸上透着一丝不正常的红色。当然，这并不影响她的美丽。

教室里的人齐刷刷地看过去，盛夏似乎有点儿难为情，退了几步，低下头，目光在自己的鞋尖上打转。

“啧啧啧，你还不承认？人家都找上门了。”同桌暗笑着搭上季长生的肩膀，挤眉弄眼地说。

季长生没好气地拍开对方的手，起身走了出去。

这是盛夏第一次来找季长生。A大说大也不大，偶尔她也会在校园里遇见季长生，她远远地打个招呼，不等走近，他就和身边的同学一起离开了。

“有事吗？”季长生看出她的纠结，主动开口。

“小季哥哥，你有没有听到一些奇怪的谣言啊？”盛夏飞快地瞥了他一眼，讪讪地笑道，“那些人真无聊，背后说人坏话，算什么英雄好汉嘛。”

她眼睛一眨不眨地盯着他，漂亮的眼睛仿佛在说话，带着试探，也带着委屈。季长生无端地有些尴尬，他索性沉默了。

“你是不是觉得是我说出去的啊？不是我，真的！”盛夏委屈地说道，“虽然那天看电影的时候只有我们两个人，但真的不是我说的！还有我爸爸资助你的事，我从来没有跟别人提起过！”她似乎要哭了，瞪着泛红的眼睛，就像不知所措的小兔子。

“他们说的都是事实。” 季长生淡定地说道，“我的确是接受盛叔的资助才能上学的，这不算什么谣言。至于看电影的事，清者自清，以后咱们见面少了，他们自然就不会再八卦了。”

盛夏愣愣地看着他，不知道怎么回事，胸腔里扑通扑通，热闹如擂鼓。

“你也别为这个困扰了，这种八卦，过两三天就没事了。”季长生的语气就像在哄一个小妹妹。

“小季哥哥，你就没有别的话要跟我说吗？”盛夏幽幽地看了他一眼。季长生面露疑惑。她深吸了一口气嘀咕道：“虽然传谣言的人是很可恶，可是，你就没有想过无风不起浪吗？”

她的脸更红了，这时却大胆地直视着季长生，亮晶晶的光芒在眼底闪烁：“我不介意把谣言变成事实。”

季长生几乎是立刻皱起了眉头。盛夏心里一慌，连忙磕磕巴巴地开口道：

“这只是我的建议，你可以考虑考虑。”

她不敢看季长生的反应，慌忙转过身，一溜烟地跑了。

空荡的走廊上，她落荒而逃的身影就像一只受惊的小鹿。

距离那次冲动的告白已经一个星期，盛夏再也没有见过季长生。她心里忐忑不安，又有几分埋怨：难道他打算一直躲着自己吗？

她真是冤枉季长生了，他们在学校碰面的机会本来就少，一向是她积极地联系他，现在她却连短信也不敢给他发，怕他觉得自己不矜持，更怕从他嘴里听到拒绝。偏偏他又不主动打电话过来，她委屈而焦急，一颗少女心七上八下的。

季长生并不知道盛夏的小心思，也没有她想象中的欣喜和为难，他像平时一样上课、兼职、帮老师做课题。学校的流言已经平息了不少，毕竟一则再劲爆的八卦也会过期，况且当事人不搭理，大家也就没有兴趣了。

当然，偶尔还会有人私下嘀咕，尤其是季长生的室友，这已经成为他们挂在嘴边的笑料了。

“老大，乔燃刚刚发消息过来，说是晚上社团有聚餐。”趁着洗碗的工夫，小四偷偷地和季长生咬耳朵，“好像是盛夏小师妹请客。”

季长生没有吭声，瞥了一眼厨房外面。也许是雨天的关系，今天咖啡厅没什么人。

“今天客人少，经理又不在，咱们提前走呗。”小四兴致盎然地说道，“这免费的大餐，不吃白不吃啊！”

一旁的同事“扑哧”笑起来，调侃道：“你自己就算了，拉上季长生干什么，旁边坐个绯闻女友，估计他什么都吃不下吧。”

“谣言，这都是赤裸裸的谣言啊！”小四连忙跳出来说道，“我们老大还是货真价实的单身人士。唉，我也是为他操碎了心。”

“你还是操心自己吧，人家季长生好歹还能和校花传点儿绯闻，你是一点儿动静都没有啊！”

小四装模作样地捂着胸口，一脸自尊受挫的表情，大伙轰然而笑。

吴培洁心不在焉地叠着纸巾，听着大家的调侃，目光忍不住落到了季长生的身上。他正在帮师傅拉花，这细致的活儿，他做得有条不紊，那双白皙修长的手格外引人注目。

“季长生。”吴培洁低声叫他，同时在心里暗暗给自己打气。其实这几天她一直都在犹豫，学校的谣言传得热火朝天，这和室友在贴吧上的爆料脱不了干系。说到底，她就不应该把那些事告诉室友。

季长生侧过脸来，微笑着问道：“有什么事吗？”

在柔和的灯光下，他的脸明净得像一幅水墨画，吴培洁有种莫名的卑微。她轻声道：“你和盛夏的事，我听说了，其实……”她支支吾吾的。

正在和小四耍嘴皮的那个同事插嘴道：“都说了是谣言，吴培洁，你就别八卦了。”

吴培洁顿时红了脸，到嘴边的话又咽了下去，她故作轻松地说道：“我就是想问他知不知道是谁在背后传这种闲话，挺无聊的。”

“谁知道呢，说不定老大得罪谁了。”小四随口说道。

“你说会不会就是那个校花自己传的？她喜欢长生，但是长生不喜欢她，于是她伤心之下选择了报复。天啊，这简直是一出相爱相杀的狗血剧。”

大家一时被逗乐了，纷纷调侃道：“爱情的小船真是说翻就翻。”

吴培洁也跟着笑，眼角的余光却跟随着季长生。她暗暗地安慰自己：算了吧，他看起来并不在乎那些流言，自己的道歉无关紧要，只会让他对自己的印象扣分。

想到刚才收到的短信，她再次瞟了一眼那个清俊的身影，他真的会去吗？他和盛夏之间真的只是绯闻吗？

外面的雨似乎越下越大，玻璃窗上爬满了狼狈的水渍，那些噼里啪啦的雨声更是杂乱无章，就像她纷繁的思绪，理不清，断不了。

同样的雨声，在盛夏听来却格外欢快。她刚刚接了一个电话，对方自称是辩论社的社长乔燃。她隐约有些印象。这个乔燃一直约她吃饭看电影，她没搭理过，这次她却茅塞顿开，一口应了下来。

她不是说过要请社团的人吃饭吗？要是乔燃通知了大家，季长生肯定也会知道吧？他肯定也会参加吧？那样自己就能跟他见面了。

盛夏越想越开心，在床上滚来滚去，笑得嘴角几乎咧到了耳根。

晚上的聚会定在海鲜城，地点是乔燃选的，他早就打听过，盛夏喜欢吃海鲜。他赶到时，人已经到得差不多了，三三两两地聚在一起聊天。

盛夏正在和小四闲聊，她今天穿了一件淡绿色的连衣裙，一头长发扎成马尾，看着既清新又活泼。尤其是她笑起来，粉面盈盈，就像一束刚摘下来的栀子花。

乔燃一眼看到了她，连忙走过去。等看到小四身边的人时，他的笑容僵住了，为什么季长生也来了？

绯闻的余波还在，在场的人有意无意都在打量盛夏和季长生，至少从相貌上看，他们相当般配。乔燃也察觉到了，他愤愤地瞪了一眼季长生，小师妹是自己约出来的啊！

似乎是感受到了他“热切”的注视，季长生抬头看了看乔燃，微微有点儿不自在。他当然也想过自己的出现会引发话题，但小四的话也有道理，“要是你不去，大家更会觉得你心里有鬼。再说了，人家小师妹第一次请客，你缺席多不好啊”。

其实，当他意识到自己想避开盛夏时，他就决定来了。他不想让盛夏误会，也不想让自己误会。想到这儿，季长生转过头，若有所思地看了一眼盛夏。

盛夏表面上在和小四聊天，注意力却一直放在季长生身上，时不时地还偷看两眼。当他的目光转过来时，她第一时间察觉到了，两人的视线顿时撞在一起。

乔燃立刻打翻了醋坛子。小四和季长生坐在盛夏的右边，左边则坐着一个学弟，他恶狠狠地瞪着那人，直到对方灰溜溜地让出位子。

“夏夏，这里的虾和螃蟹都不错，你等下多吃点儿。”乔燃殷勤地跟盛夏搭讪。

盛夏笑着点了点头，跟他打过招呼之后，就继续和小四侃大山。这两人倒是一见如故。乔燃也不灰心，满脸笑容地听他们聊一款游戏，时不时地插话，画面看上去竟然很和谐。

等到上菜时，乔燃主动端过盛夏面前的盘子，温柔地说道：“说到剥螃蟹，我最拿手了，你就等着吃吧。”

小四诚心看热闹，推了推身边的季长生，促狭地说道：“老大，你也帮夏夏剥龙虾嘛，你看人家手多细腻，要是伤到了怎么办？”

季长生拍开他的手，给了他一个警告的眼神。小四肆无忌惮地吐吐舌，转头对盛夏嘀咕：“我们老大就是有点儿木讷。这年头，木讷的男人才可靠——”

季长生在桌子底下踢了他一脚，他冷不防吃痛，尾音都颤了起来。

盛夏忍着笑，目光不自觉地瞟向季长生，却刚好看到吴培洁将一碟龙虾推到季长生跟前，她立刻嘟起了嘴。

这一顿饭，大家都吃得有些心不在焉。

吃完饭，乔燃立刻提议道：“我们去唱歌吧，我预订了KTV的包厢。”

人群立刻分成了两派，一派表示要早点儿回去，一派则兴致勃勃地赞同。吴培洁和季长生、小四站在一处，微笑着说：“太晚了，要不，我们就先回去了。”

她口中的“我们”自然是指季长生。他静静地站在人群里，没有同意，也没有拒绝。

盛夏有些闷闷不乐，赌气似的转过头， 对乔燃说道：“我去。”

小四连忙拉过季长生，笑着说道：“哎，女孩子是该注意安全，早点儿回去没关系。老大，咱们还是去唱歌吧，反正也没什么事。”

下过雨的街头，有一种独特的气味，像是草腥味，又像是行道树被冲刷出来的树皮的味道。马路上车子疾驰而过，偶然卷来一股混合着尘土和汽油的空气，在车灯里扬长而去。

霓虹灯一盏一盏地亮了起来，季长生站在背光的地方，看不清表情，只听到他轻声应道：“好啊。”

他身上总有一股安静的气质，即便到了最热闹的KTV，他坐在那里，四周便都静了下来，自成一个小世界。当然，他并不离群，包厢里充满欢声笑语，他也和旁人搭话，也喝酒，也会应要求唱歌。但他就是那么独一无二，让人一眼就能看到。

盛夏不知不觉地又盯着季长生。这不知是今晚第几次了。她偷偷地叹气，心酸中又觉得甜蜜。

“你刚刚喝了酒，吃点儿水果吧。”吴培洁把刚剥好的橘子递给季长生。

“学姐，你刚刚不是说要回去吗？”明明知道这样不礼貌，盛夏还是忍不住开口挤对她。

吴培洁不自在地缩回了手。想到自己当众改口的尴尬，以及大家心知肚明却又佯装无事的窃笑，她的脸顿时涨红了。

季长生不赞同地瞥了盛夏一眼，对吴培洁说道：“盛夏和你开玩笑而已，你别放在心上。”

谁跟她开玩笑？盛夏气鼓鼓的，却也知道收敛，只在心里嘀咕。

“小夏夏，你怎么不去唱歌？”刚唱完歌的小四挤过来，顺手拿起茶几上的啤酒，给自己倒了一杯，“你觉得我跟老大谁唱得好？”

盛夏生着闷气，学他倒了一杯啤酒，眼也不眨地灌下去。

“女中豪杰啊！”小四的话还没说完，正在和吴培洁聊天的季长生脸色一变，眼疾手快地抢下盛夏手里的杯子，顺带给了她一记恶狠狠的眼神。小四顿时泄气了，小声道：“这关我什么事啊，真不是我教唆的。小夏夏，你没事吧？”

盛夏喝得急，大半杯酒都进了肚子，这会儿呛到了，不停地咳，小脸憋得通红。她看起来可怜兮兮的，扯着季长生的衣角，声音像猫叫似的：“小季哥哥。”

季长生没搭理她，一只手却不轻不重地替她拍着背。

吴培洁一下子被晾在了旁边，她勉强挤出一丝笑容，关切道：“没事吧？女孩子还是不要喝酒，很伤身体的。”

“夏夏，这啤酒不好喝。”正在唱歌的乔燃这时也跑了过来，“我去叫人送几瓶红酒吧。”

季长生盯着盛夏说道：“不许喝酒。”

乔燃立刻不乐意了，哼道：“季长生，你跟盛夏什么关系啊，在这儿唧唧歪歪的。”

季长生没有搭理乔燃，自顾自地说道：“我会告诉盛叔的。”

“季长生，你什么意思啊？”乔燃立刻火了。

“哎哟，喝酒多没意思啊，灌人家小姑娘喝酒更没意思啦。”小四连忙站出来打圆场，“我们来玩游戏吧，真心话大冒险，输的人喝酒，怎么样？”

乔燃看看季长生，又看看盛夏，不情不愿地点点头。于是，那些正在扯着嗓子唱歌的学弟学妹也被叫了过来，组成了一个小小的局。

“我先来。”小四积极地热场子。啤酒瓶转了一圈，瓶口对准了一个小学妹。他乐了，嬉皮笑脸地问道：“真心话，还是大冒险？”

“真心话吧。”小学妹清清秀秀的，脸上有些许羞涩。

“那行，我问了啊——”小四拖长了声音道，“你的电话号码是多少？”

人群里立刻爆发出笑声，另外几个学妹相互撺掇着，将她的号码报了出来，气氛很是欢乐。轮到那个小学妹时，瓶子却对准了乔燃。

乔燃选择了“真心话”。几个女生挤眉弄眼，纷纷和那个小学妹低语。最终，她羞涩地问道：“学长有女朋友了吗？”

“没有。”乔燃的脸上露出得意的神色，他特意看向盛夏，意味深长地说，“不过，我有喜欢的人了。”

女生们一时既开心又失望，小四暗暗翻了个白眼，催促道：“乔燃，该你了。”

不知道是故意还是偶然，乔燃手下的啤酒瓶停下来时，瓶口刚好朝着季长生。

“选真心话吧。”乔燃似笑非笑地问道，“季长生，你跟夏夏是男女朋友吗？”

那明晃晃的笑容里都是挑衅，盛夏下意识地看向季长生，可惜他的脸色太平静，连回答都波澜不惊：“不是。”

有人松了口气，有人暗暗失落。

季长生动手转啤酒瓶，这次中招的对象却是吴培洁。

“真心话。”吴培洁的目光中暗含期待。

季长生想了想，笑着问道：“你最喜欢的食物是什么？”

“这算什么问题啊！”

大伙儿一阵鄙夷。盛夏忍不住偷乐，有点儿幸灾乐祸的意思。

玩过几轮后，主动权终于到了盛夏手上。她盯着那个转动的啤酒瓶，心里不停地念叨：对着小季哥哥，对着小季哥哥。

或许她的祈祷真的奏效了，酒瓶的瓶口稳稳地对着季长生。

“夏夏，你得问个有深度的问题啊。”小四唯恐天下不乱地起哄，“老大，你不能不答。”

季长生好脾气地应道：“尽管问。”

盛夏没有立刻接话，她拧着眉，巴掌大的脸上闪过一丝红晕，不知道是那杯啤酒的缘故，还是别的。大家纷纷看过来，等着她提问。

包厢里自动播放着歌单，正放到一首慢情歌，轻柔的声音在耳边飘着，仿佛梦境。

盛夏咬了咬唇，轻声道：“小季哥哥，你能做我的男朋友吗？”

周围静了下来，这意外而大胆的告白是每个人始料未及的。盛夏直直地盯着季长生，加重了语气：“可以吗？”

“天啊，吓死宝宝了。”年轻的学弟学妹很快回过神，兴奋地嚷嚷起来，在一旁拍手叫道，“在一起！在一起！在一起！”

乔燃和吴培洁是最意外的，两人同时看向季长生，一个是恼羞成怒，一个是泫然欲泣，似乎他们的喜怒就由他的答案支配。

“不可以。”盛夏的脸上明明白白地写着期待，季长生有些恍惚，但他还是明确地拒绝了。

包厢里比刚才更加安静了。

“为什么？”盛夏几乎要哭了，她早忘了这是游戏，一股脑地开始倾诉，“我一直喜欢你，从第一次见到你开始，你为什么不能给我一个机会呢？”

柔柔的音乐里，她带着哭腔的声音格外惹人怜爱。

乔燃没有帮忙圆场，他心里正乐着，恨不得季长生更过分一点儿才好。小四不停地假咳，想要说点儿什么，几次都咽了回去。

“因为我不喜欢你。”季长生打破沉默，一字一句地道，“盛夏，你不能指望一个不喜欢你的人对你多好。”

眼泪无声无息地滚落，趁着被众人发觉之前，盛夏慌忙用手捂住了眼睛。

很快，她松开手，一双眼红透了，却强装无事地说道：“这轮结束了，你们继续吧。”

“夏夏。”小四有些不忍心，给季长生递了个眼色。

季长生沉默着。暗影里，那些模糊的光晕投在他身上，依稀可见清俊的轮廓。盛夏猛然站起身，勉强笑道：“我先回家了。”

大伙儿还没反应过来，她已经拿起包，匆忙跑出了包厢。乔燃回过神，很快追了出去。

她应该是哭了吧。季长生恍惚地想。

小四不轻不重的踢了他一下，低声道：“老大，你就算不喜欢人家姑娘，也不能这样啊，让她多没面子。”见季长生没有搭理，他继续碎碎念，“我要是盛夏，肯定恨死你了。哎，可怜的盛夏。”

小四平时就爱唠叨，不知道怎么回事，季长生觉得他这会儿格外聒噪，像夏日中午的蝉鸣，扰得人心烦意乱。他闷声道：“我也先走了，你玩吧。”

“啊？”小四直发蒙，眼看着季长生站起身，一声不吭地走出了包厢，他摇摇头，转头对学妹吆喝道，“别管他们，来来来，我们继续。”

正说着，吴培洁也站起身，微笑道：“那我也先回了，刚好还能和季长生做伴，大晚上的，我一个人还有点怕儿呢。”

当事人陆续走了，倒也带走了尴尬，剩下的人还可以明目张胆地拿他们开玩笑，气氛倒比之前还热闹。

在震耳欲聋的音乐中，吴培洁出了KTV，没走几步，她就看到了路灯下的季长生。她一喜，小跑了几步，却又停了下来。

季长生不是在等公交车，他一直盯着前方那个蹲在地上的身影。不用说，那肯定是盛夏。

他是特意出来追盛夏的吗？还是刚巧撞上？吴培洁心情有些复杂，她这时格外期盼乔燃出现。不过，看到停车场上那辆拉风的宝马不见了时，她知道自己的希望要落空了。

盛夏似乎在哭，偶尔传来几声呜呜咽咽的声音。半晌，她大概是蹲久了腿麻，摇摇晃晃地站起来了。

她一边抹眼泪，一边往前走。季长生默默地跟着，隔着一段不远不近的距离。

这算什么呢，他要是喜欢她，刚才为什么拒绝？吴培洁心里发苦，她扭过头，不再看他，大步跑向了公交站。

这个夜晚似乎格外惨淡，连星光都没有，月色淡得就像被雨水冲过的粉底，随时会被抹掉。卧室的窗户半开着，楼下的夜来香一簇一簇的。偶尔吹来的风里，飘着甜丝丝的味道。

盛夏没有半点儿欣赏的心情，她整个人都埋在被子里，觉得自己格外悲惨。只要想到季长生那句“你不能指望一个不喜欢你的人对你多好”，她的眼泪就像开了闸的自来水不断落下。

伤的是少女的自尊心，痛的是夭折的暗恋，她说不上哪种情绪更深刻，但她知道，它们都是真切的。

这一晚在她凄凄惨惨的眼泪里过去了，等到第二天醒来，昨天的难过和委屈里，又多了一分后知后觉的羞赧。好丢脸啊，社团的人都知道她被拒绝了，会不会嘲笑她？上次的流言刚平息，这次又有新话题了。

盛夏越想越凄凉，再看看镜子里一双红肿的眼睛，决定撒谎请个病假。

倒是乔燃第一个打电话过来慰问，嘘寒问暖之余，他提出要过来看她。

“夏夏，昨天我开车找了你很久，还以为你出事了。”他深情款款地说道，“我去看看你吧，这样才放心。”

盛夏一口拒绝了，现在她谁都不想见。

挂了电话，她发了一会儿呆，忍不住又去翻看手机。从昨天到现在，没有季长生的任何短信和电话。

果然，他真的不喜欢我，一点儿都不关心我的死活。盛夏这样想着，满腔的委屈顿时化作了苦涩。

“夏夏，高淼过来看你啦。”

姚姨在楼下扯着嗓子嚷嚷，不一会儿，便听到楼梯间有“蹬蹬蹬”的脚步声，高淼很快推门而入。

盛夏一把拉过被子，倒头躺下，闷不吭声。

高淼跑得急了，他一边呼呼地喘气，一边问道：“夏夏，你哪里不舒服啊？咱们去医院吧。”

盛夏不搭理他，他也不敢吵她，那么大个子，傻傻地站在她床边，时不时地瞅她几眼，想说点儿什么，又不敢开口，白胖的脸上带着潮红。

盛夏猛地掀开被子，朝他嚷嚷道：“高淼，你回去吧，我心情不好，想找人吵架。”她说着说着就忍不住呜咽了。

高淼慌忙扯来纸巾，手忙脚乱地给她擦泪：“你怎么了？是不是有人欺负你？”

盛夏猛点头，抽噎地说：“我失恋了。”

“是那个季长生吗？”高淼胖乎乎的手攥成了拳头，“我去帮你揍他。”

他总是笑眯眯的脸第一次板了起来，看着有些滑稽。盛夏破涕为笑，捏了捏他的脸说道：“高淼，还是你最好了。”

高淼傻傻地笑了起来，讨好地说道：“我带了你喜欢吃的蛋糕。”说着他打开了纸盒，结果傻眼了：刚刚那一番动静，蛋糕都被压扁了。

盛夏乐不可支，笑着笑着，却又想到季长生，他为什么一点儿都不喜欢她呢？

“夏夏。”高淼小心翼翼地问道，“你真的很喜欢季长生吗？”

盛夏有气无力地点了点头。

“是因为他长得好看吗？”高淼想起她第一次提到季长生的情形，嘴角紧紧地抿了起来。

是因为他那副好皮囊吗？或许吧，她第一次看到他就觉得惊艳，如果不是这样，她不会注意这个人吧。

盛夏有些恍神，难道自己真的这么肤浅吗？不，不是的，她喜欢他的样子，也喜欢他给她讲题时的耐心，也喜欢他认真工作的细致，也喜欢他走上领奖台的自信和光彩。

“反正我就是喜欢。”盛夏赌气似的说。因为他，她想要变成更好的人。

“我支持你。”高淼脸上绽放出一个灿烂的笑容，“夏夏，你不要放弃。日久见人心，你这么好的女孩，他怎么会不喜欢呢。”

“真的？”

高淼肯定地点点头，说道：“他不接受你的告白，那你就用行动来感动他，他总会明白的。”

“有道理。”盛夏来了兴致，拉着高淼分析道，“说不定小季哥哥觉得我学习不好，他喜欢学霸；或者他觉得我性格不好，他喜欢温柔一点儿的。你说我要不要改变一下呢？”

“你已经很好了。”高淼认真地说。

盛夏没有留意，不知道想到了什么，她哈哈大笑起来：“高淼，你好像很有经验的样子嘛，你是不是有喜欢的人啊？”

“谁……谁说的。”高淼结结巴巴的。

盛夏乐了，指着他通红的脸，笑话他此地无银三百两。

高淼一边笑，一边在心里偷偷难过：我喜欢你啊，可是，我有勇气劝你去跟别人告白，却没有勇气来跟你告白。

盛夏的欢笑声打断了他的思绪：“高淼，我正式聘请你当我的爱情军师，帮我出谋划策。”

暗恋就像一出皮影戏，他是玩偶，她是那个牵线的人，悲欢嗔怒，都由她掌控，他跟着表演。

“好啊。”看到盛夏喜笑颜开，高淼的欢喜大过苦涩。

为了陪盛夏，高淼旷了一整天的课。盛家业回来时，刚好撞见两人在吃午饭。两个孩子不知道在聊什么，脑袋凑在一起，举止亲密，时不时发出轻快的笑声。

“盛叔叔。”见了他，高淼连忙起身打招呼。

“高淼来啦。”盛家业慈爱地摸了摸他的头，转头对盛夏说道：“头痛有没有好点儿？要是还不舒服，下午让高淼去医院吧。”他话音还没落，就剧烈地咳嗽起来。

盛夏这才注意到他脸上的苍白，她慌忙扔了碗筷，冲过来搀住他，急声问道：“爸，你怎么了？是不是哪儿不舒服？”

高淼也关切地问道：“盛叔叔，您没事吧？”

盛家业摆摆手，笑着说道：“我没事，可能昨天晚上着凉了。”

他喘着气，说话似乎有些吃力，盛夏连忙扶他坐下。

“您今天忘了吃药。”姚姨听到声响，从厨房里跑出来，端着温水和药，麻利地伺候盛家业吃了。

“爸，你平时都在吃这个吗？这是什么药？”盛夏惊惧地追问。

盛家业冲姚姨使了个眼色，她迅速收了药瓶，解释道：“你这孩子，瞎操什么心，就是感冒药。”

“爸爸没事。”盛家业拍了拍窝在怀里的盛夏，轻笑道，“这么大了还撒娇啊？也不怕高淼笑话你。”

“爸。”盛夏的眼睛红了，“你生病得告诉我呀，我陪你去医院，还可以照顾你。”

盛家业亲昵地捏了捏她的鼻子，笑道：“好好好，那现在陪爸爸去吃饭吧。”

“我去给您盛饭。”高淼积极地跑去了厨房。

姚姨忙不迭地跟上去：“我的小少爷，你可别砸了锅碗。”

没一会儿，厨房里果然传来清脆的瓷盘碎裂声。

“高淼，你笨死了。”盛夏笑弯了腰。

高淼讪讪地跑回来，见她取笑自己，不但不生气，反而跟着傻笑起来。

盛家业看着嬉闹的两人，脸上露出伤感的神色，又掺杂了几分欣慰。

午饭后，高淼离开了。趁着盛夏窝在沙发上玩手机，盛家业有心和她聊了起来。

“夏夏，我看你昨天都闷闷不乐的，幸好有高淼，爸爸可不会哄人。”

盛夏突然坐起来，认真地问道：“爸，我是不是有点儿任性啊？”

“怎么这么问？”盛家业笑了起来，“你是爸爸的掌上明珠，再任性也没关系。”

那就是承认喽？盛夏整张脸都皱了起来。

“你和高淼关系挺好的啊。”盛家业继续兜圈子。

盛夏随口答道：“我们一起长大，关系当然好了。”

“夏夏，爸爸觉得，如果你要找男朋友，还是找个像高淼这样的吧。”盛家业斟酌着用词，“其实高淼挺不错的。”

“爸，你怎么说这个啊？”盛夏心虚地嚷了起来。

“咱们父女不能聊聊天吗？”盛家业呵呵地笑着，“爸爸希望能有个稳妥的人来照顾你。”

盛夏猛地扑到他背上，撒娇道：“我有爸爸就可以了。”

盛家业无声地叹了口气，可是他会变老，会生病，会死去。

新的一天来临时，盛夏已经斗志昂扬。按照高淼的建议，她决定“曲线救国”，从他的室友身上下手。

到了学校，她立即约了小四。在食堂，两个鸡腿、一盘红烧肉、一杯奶茶的攻克下，两人结成同盟。

“这样吧，回去我就把老大的课程表发给你，顺带给你整理整理他的爱好。”小四摇摇头说道，“不过我建议你再考虑一下，我们学院有很多青年才俊，不要吊死在一棵树上。”

盛夏傲气地昂起头：“别人都比不上小季哥哥。”

“好吧，看上你这么诚心的分儿上，我再给你支一招。”小四煞有介事地说道，“像我们这种男生最喜欢什么样的女生？当然是温柔体贴的啊。嗯，你每天来送送早餐，给他洗洗衣服，经常发个短信慰问一下，肯定能打动他。”

盛夏的眼里充满了不信任：“真的？”

“你看，你竟然不相信你的盟友！”小四拍着胸膛保证，“我有经验啊，我比老大那块木头有眼力多了。”

“那你怎么还单身？”盛夏毫不留情地插刀。

“你……你怎么人身攻击呢？”

小四还是很喜欢盛夏这姑娘的，关键是没有架子，他打心眼儿里觉得她和季长生挺配。

回到宿舍，季长生依然埋头在书桌前。小四忍不住蹿过去，小声道：“你猜猜，我刚和谁一起吃饭？”

“又去勾搭中文系的学妹啦？”小二吐槽道，“眼看你从一百斤吃到大胖子，也没带回个女朋友。”

“咳咳咳，往事不必再提。”小四嘿嘿地笑道，“今天盛夏请我吃饭，让我多多汇报一点儿老大的消息。哎，看来这姑娘挺死心眼的，老大都拒绝她了。”边说，他边偷偷地去看季长生的反应。

寝室其他人也听懂了弦外之音，很有默契地安静下来，目光都不约而同地扫向了季长生。

“老大，我觉得盛夏真不错，你要不再考虑考虑，给人家一个机会呗。”小四索性挑明了，“人家小姑娘还说要给你做爱心早餐呢。”

季长生盯着面前的那本书，半天没有翻页。那些方块字突然扭曲起来，漫天地浮着，耳边还有那嗡嗡的念叨。

“小四，你能不能别跟着她胡闹了！”季长生猛地合上书，“啪”的一声，在安静的寝室里显得有点儿突兀。

“我怎么胡闹了？”小四急了，“我不就热心了点儿吗？我看盛夏是真喜欢你，她条件又好，你上哪儿再去遇到这么好的事？”

“你很了解她？她才多大？她知道什么是喜欢吗？她有责任感吗？”

季长生静静地看着他，那双眼里只有汹涌的沉默，看不出难过，也看不出无奈。

“她和我们不一样。小四，你别再掺和了。”他没有去看各人的反应，迅速出了宿舍。

余下的几个人面面相觑。良久，小四嘀咕道：“我真是费力不讨好。”

一直没有吭声的小五开口道：“老大这是聪明反被聪明误吧，他是不喜欢呢，还是不敢喜欢？”

不管怎样，季长生开始有意疏远盛夏。

当盛夏捧着爱心早餐等在宿舍楼下时，只有小四磨磨蹭蹭地下来，告诉她季长生早就走了；当她打电话不通，发短信不回时，他干脆换了手机号；当她兴冲冲地去他们班旁听，他身边总是坐满了人，从头到尾不看她。

盛夏本着越挫越勇的精神，有事没事就去他兼职的店子，喝饱了咖啡，然后灰溜溜地回家。

这几天一直阴雨连绵，天气渐渐凉了，咖啡店外面的那一丛秋海棠也冒出了花骨朵儿，零星的粉色惹人怜爱。

盛夏推开玻璃门，进了店。她身上还带着水汽，乍然到了暖和的室内，忍不住打了个寒战。

“看吧，我就说她会准时来的。”客人不是很多，几个服务生闲聊着。

吴培洁淡淡地嘲讽道：“闲的呗，人家跟我们不一样，有大把的时间和钱。”

不知道为什么，自从那次聚会后，吴培洁很难再对盛夏心平气和，那种微妙的心情混合着嫉妒和不屑。

“吴培洁，你能好好说话吗？”小四瞪了她一眼，转头又没好气地瞪着季长生。这人的心是石头做的吧？人家都坚持一个多星期了，他连多说句话都不肯。

“给她拿条干毛巾吧。”季长生低下头，睫毛盖住了他眼里复杂的神色。

“自己不会去送啊。”小四眼睛一亮，再看季长生，却仍是面无表情，他只得嘀嘀咕咕地拿了毛巾过去。

盛夏见到小四，眼底的失望一闪而过。她埋怨道：“小季哥哥太小气了，跟我说句话的时间都没有吗？”

她发梢上还滴着水，脸色白得像纸，柔弱得像外面的秋海棠。

“毛巾是老大让我送的。”小四悄悄向她泄密，“你赶紧擦擦吧，小心感冒。”

“阿嚏！”像是为了响应他的话，盛夏打了个大大的喷嚏，苍白的脸上泛起一丝潮红。

小四看她有点儿不对劲，连忙问道：“你是不是感冒了？看着像是发烧啦。”

盛夏摇摇头，说道：“给我一杯热咖啡吧。”

小四狐疑地盯了她半晌，回到厨房，还是不放心地对季长生说道：“我觉得她好像病了，你还是把人送回去吧。”

“这可是上班时间，难道你要他翘班吗？”吴培洁不咸不淡地说道。

季长生没有任何犹豫，解了身上的工作围裙，大步跑了出去。

小四笑得跟偷了油的老鼠似的。

吴培洁咬了咬唇，低声道：“你觉得你是在帮季长生吗？他们差距那么大，就算你生拉硬配，他们还是不合适！”

“你凭什么说他们不合适啊？我觉得挺合适的呀。”小四似乎跟她杠上了。

吴培洁摇摇头，转身出了厨房。她到大厅时，刚好看到季长生和盛夏推门而去，他一手撑着雨伞，一手扶着她的胳膊，两个人缓缓走进雨里。如果忽视心里那股苦涩，吴培洁必须承认，这是一幅很美的画面。

从咖啡厅出来，盛夏偷偷看了季长生无数次，他的体温隔着相触的肌肤传过来，带着说不出的暖意。

他明明就是关心她的啊！

“我们要去哪儿？”季长生伸手叫了出租车，她乖乖地坐了进去。

季长生微微叹了口气，神色却很柔和：“你好像有点儿发烧，去医院吧。”

盛夏连忙摇头，看到他蹙起眉头，只得别扭地解释道：“我就是痛经而已，又淋了雨。”她的声音细细的，还打着颤儿，显然是又羞又窘。

季长生不知怎么有点儿想笑，看她在座位上缩成小小的一团，又觉得她格外可怜。

“盛夏，你以后别往店里跑了。”季长生的表情有些无奈。

“我来喝咖啡不行吗？”盛夏的声音跟蚊子哼哼似的。

“你大雨天的还出门喝咖啡？”季长生放软了声音，“盛夏，你还小，别整天把喜欢挂在嘴边。我对你就像妹妹，你这样胡闹，难道你想让我一直这样避开你吗？”

盛夏摇了摇头，眼巴巴地看着他，心里又急又气。

“我很感激盛叔，你有任何需要，我都愿意帮忙。”季长生认真地看着她，额前的碎发掉下来，那双明亮的眼睛就像星辰。他说：“以后不要这样了。”

不要继续喜欢他吗？盛夏沉默了，她看出了他的坚持，他大概永远也不会喜欢她吧。

雨水顺着车窗玻璃往下滑，留下水痕，像是上帝恶作剧的涂鸦。

两人都没有再说话，直到车子稳稳地停在盛家门前。

“小季哥哥。”进门之前，盛夏突然停住了步子，她盯着季长生的眼睛，问道，“我以后还能去找你吗？”

季长生微微一笑，用哄劝的语气说道：“像今天这样就不可以。”

盛夏仓皇地点了点头，胸腔里像被塞进了一个柠檬，又酸又苦。他就是不要她的喜欢，他只想当一个哥哥的角色。

两人一前一后地进了门，盛家业居然在家，看到他们，他的表情有点儿微妙。

“盛叔叔，盛夏有点儿不舒服，我就送她回来了。”季长生主动解释。

“夏夏，你怎么了？没事吧？”

盛夏脸色惨白，摇了摇头。

“记得多喝点儿热水。”季长生体贴地叮嘱了几句，很快就离开了，“盛叔叔，那我先走了。”

盛家业看起来有些疲惫，他并没有留季长生。等季长生走了，他叫住正要上楼的盛夏，涌到嘴边的话变了又变，最后只说道：“你妈妈回来了。”

盛夏头也不回，轻声道：“我不舒服，想去睡一会儿。”

“去吧，晚饭好了我让姚姨叫你。”

盛夏回到房间，躲在被子里，将自己缩成一团。

窗外的雨渐渐大了，水珠落在树叶和草丛里，发出噼里啪啦的声响，像是一场歇斯底里的摇滚。

盛夏听着雨声发呆。她不知道怎么才叫喜欢一个人，可是她到这一刻才觉得，她是真的喜欢季长生，而且是很喜欢。不是因为他好看，不是因为他优秀，不是因为他体贴周到，她不知道为什么，但她宁肯为了他委屈自己。

他不喜欢我不要紧，我喜欢他就好了，我以后偷偷地喜欢。盛夏想着，咬着唇傻笑。

吃晚饭时，盛夏顶着一双红肿的眼睛，盛家业看了她好几眼，却没有像往常那样追问。

盛母似乎不经意地扫了她一眼，问道："你怎么了？"

"不知道啊，可能是眼睛发炎了。"盛夏支吾道，"我去看看姚姨的汤好了没。"

她起身往厨房走，隐约听到饭桌上又争执起来。

"你看看，她还学会撒谎了！"

"要是你肯花时间关心她，女儿怎么会什么都不愿跟你说？"

"你有脸怪我？当初是你要的孩子，说一个人照顾。"盛母的声音又尖又利，"瞧瞧你们盛家的家教！"

"你也是夏夏的妈妈，你怎么能说这种话？"饭桌发出"砰"的撞击声。

盛母不甘示弱地嚷道："你凭什么指责我！要不是你，我会嫁到这儿吗？我会生个这样的女儿吗？盛家业，是你毁了我一辈子！你还想我做个贤妻良母？"

盛家业的声音疲惫不堪："别说了，夏夏会听到的。"

盛夏怔怔的。这种吵架的话她从小听到大，久而久之，她就懂了，妈妈不喜欢爸爸，所以连带着不喜欢她，甚至压根儿不愿生下她。

"夏夏。"姚姨叹了口气，劝道，"去吧，让他们别吵了。"

盛夏端着盛满汤的陶罐往饭厅走，盛母还在咄咄逼人地追问："我说的事，你考虑得怎么样了？"

"夏夏怎么办？"

看到盛夏回来，盛家业的话戛然而止，笑了笑，改口道："夏夏，这是特意给你煮的参汤，多喝点儿，你最近老生病。"

盛夏乖巧地点了点头，看看笑容满面的父亲，再看看异常沉默的母亲，心里总有点儿莫名的不安。

第四章

他一无所有，凭什么来耽误人家

夏天到了尾巴上，这一场雨淅淅沥沥地下了很久。

盛母难得地没有出门。家里多了女主人，气氛显然不同了，哪怕母亲大多时间都冷着脸，盛夏还是觉得开心。

去学校前和爸妈一起吃早饭，这对她来说是新奇的体验。

“我要迟到了。”盛夏叼着一块吐司，手忙脚乱地收拾东西。

“喝了牛奶再去吧。”盛母瞥了她一眼，起身去厨房帮她拿热牛奶。

“妈最近好奇怪哦。”盛夏冲盛家业吐吐舌，嬉笑道，“好像变了一个人。”

“你这孩子，你妈这样不好吗？”盛家业咳得很厉害，一句话说得断断续续。

“我就是有点儿不习惯。”盛夏连忙给他倒了一杯温水，问道，“爸，你的感冒还没好吗？”

盛家业好不容易喘过气，笑道：“没事，老毛病了。”

他一直有高血压，肺也不大好，盛夏是知道的，当下也没在意。等母亲拿来牛奶，她接过，急匆匆地就出了门。

外头还在下雨，那一片紫薇花被淋透了，红色的花瓣陷在泥地里，让人看着惋惜。

盛夏没走几步，一拍脑袋，又转身往回跑。昨天季长生送她回来，把自己的伞留给了她，她得找机会还回去。

“李叔，你等我一下，我马上回来。”

盛夏火急火燎地冲进屋子，进了门，就听到饭厅里传来一阵争执声。

“盛家业，你什么意思？你不是答应我要签字吗？”

“你就这么急着离开这个家？夏夏呢，你想过她吗？”盛家业剧烈地咳着，“我是答应你了，但你也得尽做母亲的责任吧。”

“你要把夏夏的抚养权给我？”盛母沉默了一会儿，迟疑地说道，“你知道的，这么多年，我和夏夏的关系并不亲近。其实她这么大了，能一个人生活了。”

盛夏整个人都僵在那里。什么抚养权？什么签字？

“我知道你一直委屈，嫌我没文化，可是这个家哪里亏待你了？”盛家业说不出的失望，“夏夏是我的宝贝，不是累赘！你真是自私。”

盛母反唇相讥：“既然她是你的宝贝，那孩子归你啊！你别假模假样了，还不是怕你新娶的老婆不满意。”

“你们在说什么？”盛夏再也忍不住，冲过去质问道，“爸，你们打算离婚吗？”

“夏夏？”盛家业惊骇之下再次剧烈地咳嗽起来，那张脸上的皱纹更深了。

“反正你也听到了。”盛母索性将话挑明了，“我和你爸要离婚了，你肯定选择跟你爸过吧。”

很显然，这不是一个疑问句，她保养得宜的脸上没有任何表情，看着女儿的目光也是冷的。

“廖琪，你能不能有点儿良心？”盛家业气极了，吼着妻子的名字。

盛夏没有回答，她伤心地看了一眼还在争执的父母，转身跑出了大门。

雨还在下，又湿又冷，落在身上就是一种伤害，就像她刚刚听到的那些冷冰冰的字眼。

不能回家，不想去学校，盛夏漫无目的地在雨里狂奔。她听到了李叔在身后的叫唤，也听到了盛家业打来的电话，但她都不想理会。

盛夏觉得自己特别可笑。大家都叫她公主，就在今天，这个公主生活的水晶城堡突然崩塌了，事实证明，那只是廉价的玻璃。

她不知道别人怎么面对父母的离异，可是于她，那就是一场地震。

当她在那家熟悉的店子前停下时，她才发觉自己内心是依赖季长生的。

一股迫切的倾诉欲让盛夏推开了店门。

大厅里很安静，只有角落里坐着几位客人。她四处扫了一下，并没有看到那个挺拔的身影。

“你怎么又来了？”盛夏刚坐下，吴培洁便走了过来，语气不大好地问道，“想喝点儿什么？”她用眼角的余光觑着盛夏，嘴角出现了弧度，那是诧异和嘲笑。

盛夏知道自己的形象有多落魄，头发湿了，衣服也湿了，哭过的眼睛红彤彤的，怎么看都像一个失意的人。

“你点不点单啊？”吴培洁有种莫名的痛快，她承认自己就是嫉妒。

盛夏听出了她的挑衅，直接回以冷漠：“我要换个服务员，我找季长生。”

“你！”吴培洁气结，“季长生不在。”

盛夏坐在那里没动，眼神倔强。

“他出去送外卖了，信不信由你。”吴培洁将甜品单往桌上一扔，微讽道，“你以为谁都像你一样，衣来伸手，饭来张口，闲着没事就找个人玩恋爱游戏？”

“至少比某些人吃不到葡萄说葡萄酸好。”盛夏冷冷地盯着她。

她心情糟糕，话也说得格外刻薄。吴培洁被戳中痛处，当下又羞又恼，针锋相对地顶了回去：“到底是谁吃不到葡萄？季长生明明当着那么多人拒绝了你，是你死缠烂打吧？”

“关你什么事？”盛夏不耐烦地回道，“他就算不接受我，也轮不到你！”

吴培洁的脸涨得通红。她一向要强，自视甚高，从来没有像这样撕破脸。盛夏的骄傲和不屑轻而易举地伤到了她，她觉得自己就像一只装腔作势的气球，盛夏的眼神就是一根针，随时能戳破她的假象。

“是吗？季长生没有告诉过你他喜欢的人是我吗？”有些话不经思考地冒了出来，吴培洁索性把心一横，继续说道，“我不明白，你为什么还要缠着他？盛夏，你看着也不是没人喜欢的样子啊！”

“你撒谎！”盛夏瞪着她，“小季哥哥怎么会喜欢你？”

“为什么不会？我和他才是一个世界的人。你一个千金大小姐，知道穷的滋味吗？知道一天要做两份兼职的辛苦吗？知道你这样随随便便来打扰他，会让他失去工作吗？”吴培洁有些激动，“你什么都不知道！我们这种人，根本没时间陪你玩！”

真话里掺了假话是最容易让人相信的，况且吴培洁说得认真。她心里何尝不是这样想的，她和季长生才是最合适的，有着相似的家境和经历，能够彼此理解和扶持。

“你以为你有钱，长得漂亮，所有人就都应该喜欢你吗？”

盛夏瞪大了眼睛，她紧紧地攥着裙角，慌乱和无助在心里一闪而过。

“我不信，我自己去问他。”盛夏突然站起身，往大门走去，那纤瘦的背挺得直直的。

她失魂落魄地推开门，身后，吴培洁追了上来。

“盛夏，你能不能别那么幼稚！季长生现在是在上班，你要害他丢工作啊？”吴培洁的谎话并不高明，只要盛夏当面去质问季长生，一切都会明了。

盛夏猛地甩开她的手：“你到底想干什么？”

她的目光冷酷而犀利，声音里是说不出的怜悯：“话里话外地讽刺我有意思吗？你怕我抢走小季哥哥？你知道你这副嫉妒的嘴脸有多难看吗？”

“你胡说！”吴培洁尖着嗓子，一张脸青了又白。

盛夏扔下一个冰冷的眼神，转头就走。

吴培洁下意识地扯住了她。她也不知道自己要干什么，或许只是出于心里那点儿不甘。

盛夏想也不想推了一把，斥道：“你放手！”

积了水的大理石阶梯光溜溜的，吴培洁踩着店里统一置办的高跟鞋，脚下一崴，身体摇摇晃晃地往下倒。盛夏脸色一变，立刻伸手去拉她。吴培洁慌乱中向前迈了一步，结果踩空了，整个人朝楼梯扑了下来。

“啊！”两声尖叫同时响起。

盛夏惊慌失措地跑下去，连声音都是颤抖的：“你没事吧？”

吴培洁以一种奇怪的姿势趴在地上，她哆哆嗦嗦地努力了半天，还是没站起来，苍白的脸上渗出了汗水。

“是不是伤到脚了？”盛夏小心翼翼地去搀扶她。

吴培洁恨恨地瞪着她，避开了她伸过来的手，自己挣扎着起身。

“我的手！”手腕和腰部立刻传来一阵钻心的疼，来不及多想，她再一次重重地摔在地上。

这时，店里的员工闻声冲了出来，几个大男生围住了吴培洁。

“没事吧？要不要去医院看看？”

“你能站起来吗？是不是摔到哪儿了？”

七嘴八舌中，吴培洁的声音带着哭腔：“我的手好像脱臼了。”

盛夏适时地插话道：“送她去医院吧。”

吴培洁并不领情，冲她吼道：“不要你假好心！”

店里的同事劝道：“先去医院再说吧。”

一群人正乱着，季长生骑着电动车回来了，这闹哄哄的场面让他皱起了眉头：“出什么事了？”

“这两人不知道怎么吵起来了。”同事解释道，“吴培洁的手好像受伤了。”

季长生微微侧过头，盛夏心里一紧，怕他追问自己，又怕他什么都不问。

他像是没有看到她，目光落在吴培洁身上，沉声道：“你先别乱动，小心伤着骨节。”

吴培洁突然伤心地呜咽起来，整个人都靠在了他身上。脸上，雨水和泪水混在一起，看着很是可怜。同事帮着叫了一辆出租车，七手八脚地搀着她上了车，一行人直奔医院。

乱哄哄的现场顷刻只剩盛夏，她呆了一下，很快回过神，拦了出租车，一路跟了过去。

医院的走廊格外安静，消毒水的味道又重又浓，白色的墙壁反射着冰冷的光。盛夏耷拉着脑袋，心里的不安渐渐扩大。

几步之遥的地方，病房的门虚掩着，医生的叮嘱清楚地钻进她耳朵里：“手上的韧带伤到了，你是艺术生……这不好说，建议你多住院观察两天，再看看术后的恢复效果。”

尖锐的哭声里夹杂着不知所措的安慰，盛夏的头越埋越低。事情发生得太突然，她甚至都没明白吴培洁是怎么摔倒的。但伤害已经造成了，人家难免会同情弱者，把责任算到她头上。她自己也是同情大过于委屈，毕竟吴培洁就靠那一双巧手吃饭。

不一会儿，医生走了出来。盛夏踟蹰了一下，还是顶着压力推开了门。

“你这个凶手！”吴培洁激动地嚷嚷起来，一双眼睛几乎要喷出火，“是你害的，都是你害的！”

几个同事连忙按住她，七嘴八舌地安慰着。季长生皱紧眉头，目光看向了盛夏。

那种无声的黑色就像一场夜，没有月亮，没有风，没有任何波澜。

在他的目光下，她突然安静了，那些纷杂的情绪都沉下来：撞见父母吵架的震惊、无路可走的彷徨、被遗弃的担忧、对季长生无形的依赖，甚至是吴培洁撒谎带来的难过，这些似乎都不重要了。她恍惚地看着季长生，这些都和他没有关系啊，她的惊涛骇浪，在他眼里只是波澜不惊，他不会懂的，也没有义务要懂。

她又闯祸了，在他眼里，她就是个不停闯祸的麻烦精吧。

“对不起，出了这样的事，我也很难过。”盛夏木木地说道，“但我不是凶手，我有没有推你，你自己心里清楚；我们为什么吵架，你心里也清楚。你不能把责任都推给我。”

“不是你还是谁？”羞恼和不甘同时涌上了吴培洁的心头，她号啕大哭，恨恨地瞪着盛夏，“你走！我不想看到你！”她出乎意料地激动，整个人朝盛夏扑过去，连手上的输液管也不顾了。

季长生连忙制止她，一手按住她的胳膊。吴培洁顺势扑到他的怀里，嘤嘤地哭起来。

房间里一时没有人说话，只剩低低的呜咽。

“如果需要手术，我会承担费用的……”

盛夏的话没说完就被季长生打断：“你先出去吧。”他的眉头始终拧着，“她现在情绪不好，刚才的话，你也别放在心上。”

盛夏没有看他，轻轻地“嗯”了一声，走出病房，随手掩上了门。

周围顿时安静下来，这是一种让人恐慌的安静。

盛家业夫妇接到消息赶过来时，盛夏正蹲在走廊里发呆。

“夏夏，到底是怎么回事？”盛家业大概走得太急了，气喘吁吁，不停地咳嗽着。

“爸。”盛夏的眼泪一下子涌出来了。

“还能有什么事，你女儿闯的祸还少吗？”盛母紧紧地皱着眉，斥道，“以前任性一点儿就算了，现在还把人弄进医院，你能不能让我省点儿心？”

“不是我弄的。”盛夏尖声打断她，“我也不知道她怎么会从台阶上摔下来，我没有推她，是她先拉着我不放……”

“不是你推的，人家为什么赖上你？”盛母满脸都是恨铁不成钢的厌烦，“盛家业，你看看，这就是你教出来的好女儿！”

“夏夏难道不是你的女儿吗？”盛家业好不容易喘匀了气，被这话一激，脸涨得通红，又是一顿咳嗽。

盛母愤愤地瞪了他一眼，大步走向病房。

“妈！”盛夏连忙跟了上去。

病房的人不是没有听到外头的吵闹，几个人各怀心思，倒也没有开口。盛母盛气凌人地闯进去，这才打破了那份诡异的安静。

“你叫吴培洁是吧？我问过医生了，你的手也不是没得治，你可真会闹啊，口口声声说盛夏废了你的手。”盛母冷哼一声，讥讽道，“就算真废了又怎么样，还不一定是盛夏推的呢，你这屎盆子就往她头上扣，是赖上我们家了吧？”

吴培洁的脸一阵青一阵白，她不甘示弱地回道：“阿姨，你别仗着有钱就欺负人，我的手要是不能再画画，她可毁了我的一生。”

“你说我欺负人？好啊，你报警啊，让人民警察给你做主。”盛母倨傲地说道，“是你欺负人吧，这事还不一定是盛夏做的呢，她都给你道歉了，我们也给你出医疗费，你还想怎么样？让我们低声下气地敬着你、捧着你、求你原谅？做梦吧你！”

盛夏急急地制止她：“妈，别说了。”

一旁的季长生已经站了起来，沉声道：“阿姨，您消消气，等事情弄清楚再说吧。”

吴培洁到底是个年轻小姑娘，哪里经得住盛母这番夹枪带棒的讽刺，她满脸通红，眼里泛着泪花，却死死地忍着。

“还有什么不清楚的，不就是钱吗？这里的钱够你做手术了。”盛母冷眼看着她，从手提袋里拿出一张支票，随手搁在桌子上，“你要是觉得我侮辱你，不想拿也可以。但我提醒你，过了这村可没这店，以后别再纠缠盛夏了。”

屋子里静下来，只有吴培洁重重的呼吸声，季长生欲言又止。

“廖琪，你这是干什么？”盛家业不满地打断她，“夏夏都说了不是她干的，你这样不是让人家误会吗？”

“误会什么，我愿意花钱买个方便。”盛母不耐烦地答道，“多一事不如少一事，反正我不会再让盛夏留在A市了，我要带她出国。”

“我不同意。”盛家业态度强硬。

“你以为我想带她走啊，你看看她被你惯成什么样子了？”盛母指了指吴培洁，“今天是断了手，明天说不定还来个断了脚的。”

“我不跟你走。”盛夏突然开口道，“我都说了，她的手不是我弄的，你为什么不相信？你给她那么多钱干吗？封口费吗？那干脆别给了，吴培洁，你去告我好了，咱们法院见，我就不信这事说不清楚。”

“你发什么疯？她什么身份，你什么身份？”盛母一把拉住盛夏，将她往门外拖，“这事就这么定了。我和你爸去办手续，你跟我去美国。”

“我不！”盛夏用力地挣扎，“我不跟你走，我跟我爸！”

盛家业气得直哆嗦，嘴里嚷着“夏夏”，想要上前拦住盛母，整个人却软了下去。

“盛叔！”季长生快步冲了过去。

盛夏猛地回过头，刚好看到父亲瘫倒在地，面如白纸。

病房里顿时乱了起来。

医生来得很快，盛家业立刻被送往了急救室，季长生跟着盛夏离开了，病房里只留下两个同事。吴培洁这会儿已经安静下来，看着那张支票，一声不吭。

时间忽然慢了下来，每一分钟都变得缓慢而煎熬。走廊里安静极了，惨白的墙壁散出冷冷的光，就像一张没有表情的脸。

盛夏和季季长生分别坐在长椅的两端，低着头，一声不吭。盛母时不时地走动，高跟鞋在光洁的地面上刮出一阵声响，透着不耐烦，也透着焦躁。

“应该就是小问题啊，怎么还没出来？”盛母嘀咕着，目光扫到一旁的盛夏，眉头紧紧地拧了起来。

盛夏恍若未闻，轻颤的睫毛却泄露了她的惊惶。

急救室的灯终于暗了，医生和护士陆续走出来。

“医生，我爸爸怎么样了？”盛夏冲了上去，急切地追问，“他醒了吗？我能进去探望吗？”

刚才一直隐忍的泪水滑了下来，她胡乱抹了抹。季长生拍了拍她的肩，脸上同样是深深的担忧和着急。

“盛先生是高血压引起的心肌梗死。”医生顿了顿，“等他醒了，你们就可以去探视了。”

盛夏绷紧的神经顿时放松下来，她并没有留意到医生的欲言又止，一旁的季长生却皱紧了眉头。

“盛太太。”果然，医生踌躇地看着他们，面露不忍地说道，“我建议您给盛先生去办理住院手续，而且，有关手术的事，我们还需要和您深谈。”

“什么手术？”盛夏一脸的警觉。

盛母也露出几分诧异，她下意识地说道：“有什么事你直接说吧。”

“盛先生的肺很不好。”医生叹了口气，把话挑明了，“他已经是肺癌晚期，具体的情况还要等进一步的检查结果。要是盛先生之前在别的医院接受治疗，我们希望可以……”

医生后面说了些什么，盛夏一个字都没有听清楚，她只觉得整个脑子都空了，连眼泪都忘了流，晕晕乎乎中只听到季长生的惊呼。

盛夏醒过来的时候，病房里一个人都没有。她挣扎着坐起来，手臂大概是擦伤了，传来一阵隐隐的痛，这阵痛也唤醒了之前那段不愉快的记忆。

肺癌，这两个沉甸甸的字压在了盛夏心上。她想起父亲日渐消瘦的身体和苍白的脸色，也后知后觉地想起那断断续续的咳嗽声。

因为她的粗心大意，这些昭然若揭的线索都被忽略了，那个伟岸的父亲在悄无声息地衰老。

自责、愧疚、不安、害怕、惶恐，复杂的情绪都化作泪水，恣意地涌了出来。

“你醒了？”

泪眼模糊中，季长生站在了病床前。一瞬间的欣喜之后，他很快恢复了平静，脸上是掩饰不住的疲惫。

盛夏点点头，转身擦干眼泪，问道：“我爸醒了吗？我想去看看他。”

“醒了。”季长生的声音有点儿涩，“你去看看吧。盛叔身边离不了人，你还要上课，我已经打电话通知姚姨过来了。要不还是请个特护吧，姚姨还得给你做饭，两边跑也挺麻烦的。”

盛夏正掀开被子下床，听到这儿，愣愣地问道：“我妈呢？”

季长生沉默了一会儿，安抚道：“阿姨接了个电话就走了，可能是有什么要紧事吧。”

有什么事比女儿和丈夫的安危更重要呢？盛夏的眼里闪过一丝讽刺。她忽略掉心里那点儿刺痛，迫不及待地问道：“我爸的情况还好吗？”

盛家业的病情似乎没有想象中的糟糕，面色缓和了很多，眉宇间也没了之前的灰暗，盛夏暗暗松了口气。

“爸。”她泪眼婆娑地扑了过去，满肚子的委屈和惊吓此刻都说不出来了。她只是紧紧地抱着他不撒手，像是撒娇，又像是惊吓过后的患得患失。

“哭什么，爸爸没事。”盛家业轻轻拍着她的背，打起精神笑道，“都是老毛病啦，是不是吓到你了？”

“我都知道了。爸，你生病了为什么瞒着我呢？”盛夏哽咽道，“是我不懂事，老闯祸。爸，你快点儿好起来吧。”说到伤心处，她忍不住又哭起来。

“这么大的人还哭鼻子，也不怕人家笑话。”盛家业无奈地摇摇头，看向一旁的季长生，“你们都吓着了吧？忙了一天，你回去休息吧，夏夏你也回去，学校还有课呢。”

“爸，我要留下来陪你。”盛夏连忙摇头。

“放心吧，姚姨会过来照顾我的。再说了，医院还有那么多护士呢。”盛家业说着说着又咳起来，脸上泛出一种不正常的潮红。

盛夏还想坚持，季长生暗暗扯了扯她的衣摆，冲她摇了摇头。

关于盛氏集团的传闻成了大家茶余饭后的最新话题。有人嘲讽盛家的小姑娘仗势欺人，气焰嚣张；有人感慨豪门婚姻的冷漠，纷纷等着夫妻反目的好戏；有人忧心集团的股价；有人四处打听豪门秘闻。

学校里的流言同样传得沸沸扬扬，主角还是盛夏，内容却成了桃色绯闻。得知公主落难，校草乔燃的追求攻势不减反增。他的殷勤和高调不知道让多少女学生咬牙切齿。有人看见他开车送盛夏回家，也有人目睹他在医院附近出现，手上还提着探病的礼物。

盛夏并不知道自己已经成了女生公敌，对她来说，乔燃的一次次出现都是困扰。

“学长，你以后还是别来了，医生说我爸爸需要静养。”乔燃再次堵在病房门口，盛夏又气又恼。如果是同学来探病，她很欢迎，但乔燃醉翁之意不在酒，每次都当着爸爸的面说些暧昧的话，影响她的心情，也影响爸爸的心情。

乔燃毫不在乎地笑了笑，依然往病房里走了两步。等瞥见高淼的身影，他立刻不快地嚷道：“那是谁啊？”

盛夏拧紧了眉头，捺着性子说道：“我爸已经休息了，学长你还是回去吧。”

“没关系啊。”乔燃眼睛一亮，笑着说，“你这两天也累了吧，我知道医院附近有一家餐厅不错，我请你吃饭吧。”

“不用了。”盛夏冷冷地拒绝了，脸上露出一些厌恶。

“你也要照顾好自己的身体嘛，不然盛伯父也会担心的。”乔燃像是没有看到她的不乐意，热络地拉起她的手，说道，“你看你，这几天瘦了好多。”

盛夏飞快地甩开他，退了两步，乔燃趁机挤进了病房。

“夏夏，这是你同学吗？”这时，高淼走了过来。

“你好，你是夏夏的朋友吧？以前咱们没见过，以后会经常碰面的。谢谢你来探望盛伯父啊！夏夏，你不给我们做个介绍吗？”不等盛夏开口，乔燃就热切地聊了起来。

盛夏气极反笑，不无讽刺地说道：“学校不都知道我有个青梅竹马的富二代未婚夫吗，学长难道不知道？”

高淼偷偷瞟了她一眼，盛夏并没有留意到，她故意挤对乔燃：“他叫高淼。谢谢学长这几天来看望我爸，等有机会了，我和高淼一定请学长吃饭。”

乔燃的脸色变了又变，最终他黑着一张脸，掉头就走，还不忘将病房门摔得哐当作响。

盛夏既惊又怒，连忙扭头去看病床上沉睡的父亲，见他没有醒，她才暗暗松了口气。

“夏夏，这人到底是谁啊？”高淼小声地说道，“我觉得他脾气不大好，以后你还是不要和他来往了。”

盛夏整张脸都皱了起来，显得苦恼极了：“我也不喜欢他。”

乔燃现在简直是死缠烂打，要不是那次他尾随她，一路从学校跟到医院，病房号怎么会被他知道？

“下次还是让李叔去接你吧。”高淼皱着眉，挠了挠头，小心翼翼地说道，“阿姨不来医院陪你吗？”

盛夏顿了一下，低声道：“她一次也没来过。”

从上次那场闹剧之后，盛母再也没有来过医院，或许她是嫌盛夏丢人，或许她是不愿来照顾卧病在床的丈夫。

“季长生不是总来看望盛叔吗？你下次跟他说说吧。有他在这里，你那个同学也不敢怎么样的。”高淼连忙换了话题。

“可是我也不能总麻烦小季哥哥，他要上课，还要兼职。”盛夏咬了咬唇，小声道，“他也没有义务一直帮我。”

她语气里的落寞和黯然无法掩饰。

病床上，盛家业暗暗叹气，心情复杂。

“那我以后常来陪你。”高淼笨拙地安慰道，“反正我也没什么事，你就当多了一个保镖。”

看着他傻傻的笑容，盛夏忍不住乐了。她像往常一样，伸手捏了捏他的脸颊，笑道：“那我可没有工资给你。”

轻快的笑声将整个病房填满，冲散了那股淡淡的忧愁。

这次小小的挫折并没有终止乔燃的纠缠，他往医院跑得更勤了，每每抱着一束玫瑰，拎着礼品，闹得整个楼层的护士议论纷纷。

盛夏躲不开，只能一次次板着脸拒绝。这天，她刚到医院，一眼就看到了大厅里的乔燃，他拿着一大束花，正和前台的姑娘聊天。因为他来得勤，也因为他长得不错，不少护士都喜欢和他搭讪。

她正拧着眉，乔燃已经看到她，热情地奔了过来：“夏夏，你来了。”

“乔燃，我跟你没那么熟。”盛夏不动声色地避开了他伸过来的手，“我爸现在病了，我也不想谈恋爱，你别来找我了。”

她说完就要走，乔燃一把拉住她，低声道：“你就这么讨厌我？”

“对，我不喜欢你。”盛夏不耐烦地甩开他，她脾气并不好，连日来的压力让她更加焦躁，“你不是校草吗？难道就没有女生喜欢你？你就不能去纠缠她们吗？”

这几乎是指着他的鼻子讥笑他了，乔燃又气又恼，恨声嚷道：“盛夏，你傲气什么啊，你以为你还是小公主？你以为我不知道，你爸不行了，我这是关心你，你别不知好歹。”

相比他的气急败坏，盛夏显得面无表情：“对啊，我什么都不是，你还缠着我干什么？”

乔燃被堵得说不出话，见她要走，立刻拉住她，两人拉扯起来。

众人只当是小情侣闹别扭，见怪不怪了。

盛夏既羞恼又心急，乔燃却始终不放手，嘴里还不时地嚷着“你别走，咱们把话说清楚”。

“乔燃，你干什么！”

就在盛夏为难时，一个熟悉的声音传过来，她蓦然回过头，季长生正大步奔过来。

“乔燃，你这样有意思吗？”季长生一把将乔燃扯开，将盛夏护在身后。

他挺拔的身形就像一株白杨树，正直而可靠，落在乔燃眼里，这无异于一种挑衅。

“关你什么事？”乔燃不甘示弱地冲上去，和季长生扭打起来，“你让开，我有话和盛夏说。”

盛夏往季长生身后躲：“我没有话和你说。”

乔燃更加暴躁，俊秀的五官变得扭曲。他愤愤地瞪着盛夏，语气里带着三分不甘、七分嘲弄：“季长生算个什么东西！盛夏，你这眼光也太差了。不过也对，盛家的公司都要倒闭了，除了他这个穷小子，谁还会稀罕你啊！”

这话说得太刻薄，季长生忍不住斥责道：“乔燃，你有什么不满就冲我来，欺负人家小姑娘算什么本事！”

“怎么，想英雄救美啊？”乔燃气急败坏，说出的话也更加恶毒，“真是拿人手短啊，盛家不就是资助你读书嘛，你用得着这么忠心吗？”

盛夏的脸色顿时变了，她飞快地瞟了一眼季长生，急声道：“亏得我之前还叫你一声学长，大家也都夸你，乔燃，你还有没有一点儿男人的风度？就因为我不喜欢你，你就这样恶语伤人？”

乔燃支支吾吾，一时脸涨得通红。

“大家做不成情侣，好歹也是同学，希望你不要再纠缠我，不然我会报警的！”盛夏难得地疾言厉色，因为愤怒，那张巴掌大的脸更加明艳，就像夏日时燃烧的玫瑰。

她说完，也不管乔燃的反应，拉着季长生扬长而去。

或许是很少见到她这副模样，电梯里，季长生一直若有所思地盯着她，眼里隐隐浮着笑意。

“你怎么来医院了？”盛夏不自在地错开了眼神，低声问道，“吴培洁还在住院吗？”

“嗯。”季长生像是想到了什么，目光闪了闪。

盛夏更加局促，她捏着手指头，说道：“她肯定恨死我了。其实，我也不知道是怎么回事，我真的没有故意推她。”她的声音越来越低，最后轻若蚊鸣，“她以后还能画画吗？”

“你别太担心，医生只是说那是最坏的结果。”季长生安慰道，“我去看过几次，她拿了阿姨给的钱，做了手术，恢复得不错，身边也有家长照顾。”

不过吴培洁依然记恨盛夏，常常对他哭诉，还曾对着探病的同学指责盛夏，这些季长生都选择了隐瞒。

“我想去看看盛叔。”他笨拙地转开了话题。

他不说，盛夏心里也明白，她微微笑了笑，眉眼间透着黯然。

看到他们一起出现，盛家业显得有些诧异。他笑着问道：“高淼怎么没和你一起过来？我还等着他陪我下棋呢。”话是问的盛夏，目光却无声地落在季长生身上。他看起来有些疲惫，说话间咳了好几次。

盛夏连忙给他倒了杯温水，解释道：“他家里突然有事来不了，我也可以陪你下棋啊！”

盛家业虚弱地笑了笑：“让小季陪我吧。我心口不舒服，想喝点儿热水，你去帮我打。”

“我去吧。”季长生利落地站起身。他常来探病，这些琐碎的事已经做习惯了。

“让夏夏去。”盛家业摆了摆手，笑道，“小季，你陪我下盘棋。”

季长生一愣，点点头，顺从地将保温杯递给了盛夏，还不忘叮嘱一句“小心点儿，别烫到了”。

盛家业一直看着他们，眼神温和，直到盛夏出了门，那点儿温和里才渐渐透出些许无奈和痛苦。

“盛叔，您有话跟我说吗？”季长生并没有去动茶几上的棋盘，他走到病床前，微微蹲下身，视线刚好落在盛家业花白的头发上。

“小季，你是个好孩子。”对于他的敏感和聪慧，盛家业既欣慰又难过，“以后你不用再来看盛叔了。”

季长生怔怔的，那双沉静如山林的眼睛里渐渐有了声响，了然、惊诧、难过、无奈、迷惘、失落，很多情绪一闪而过，最终他轻轻“嗯”了一声。

“我知道你懂事，都怪盛叔没用。”盛家业的声音涩涩的，他伸手摸了摸季长生的头，呢喃道，“我也算是看着你长大的，怎么会不喜欢你呢？你很好，比很多人都好。但是我只有夏夏一个女儿，我得替她考虑。”

他说得语无伦次，季长生却听得明明白白。

“我都知道。”季长生握住他骨瘦如柴的手，低声道，“您误会了。我从来没有那样想过，夏夏就像我的妹妹一样。”看着那张苍老的脸，他的声音越来越低。

“如果我没有生病，我一定不会对你说这些话。”盛家业不无自责地说道，“夏夏很喜欢你，我也不忍心让她受委屈，可是，小季，我身体不行了，我要是走了，得有人照顾她……”

盛家业越说越激动，剧烈的咳嗽伴随着粗重的喘气声，每一下都像海浪，重重地拍在季长生的心上。他想解释他从来没有动过那种心思，他愿意像哥哥一样爱护盛夏，可是张了张嘴，那些话却怎么也说不出口。

或许，说了也无济于事。

盛家业的每个字都戳在他心窝上，他贫穷，他一无所有，凭什么来耽误人家的女儿？所以，他只能握紧了盛家业的手，一次次地说道：“我都明白的。”

不知道是安慰对方，还是在安慰自己。

回到学校，季长生前所未有的疲倦，他一头倒在床上，拉过被子，蒙头就睡。两个室友面面相觑，纷纷围了过来。

“老大，你怎么了？”

“不会是病了吧？”

“要不要送医院？小四，你快去拿体温表，给他测一测。”

不是他们大惊小怪，季长生简直是铁人，一天做好几份兼职也没见他倒下。况且他还是个洁癖患者，像这样不洗澡不脱衣就躺在床上，是从来没有过的。

隔着被子，季长生的声音有种说不出的颓废：“我睡一觉就好了，你们别管我。”

问题似乎更严重了，小二和小四你看看我，我看看你，都摇了摇头。

“老大最近好像很忙啊，是不是又找了兼职？他不是才拿了奖学金吗？”

“是盛夏的事吧。”小二压低了声音，“盛夏的爸爸不是病了吗？好像很严重，老大经常去医院照顾他。”

“老大还真是知恩图报啊。”小四嘀咕道，“我听说盛家的公司乱着呢，盛太太不怎么管事。哎，你说盛家会不会就这么垮了啊？那盛夏也挺可怜的。”

“你还是可怜自己吧。”小二撇撇嘴，轻笑道，“再怎么样盛夏也是公主，轮不到你可怜。你忘啦，她还有个青梅竹马的未婚夫呢，听说超有钱。”

季长生并没有睡着，那些话一字不落地钻进耳朵，搅得他更不安生。

这一切盛夏都不知情，然而她还是敏锐地察觉到了不对劲，从那天之后，她几乎没有再见到季长生。

可能是他太忙了？还是他去照顾吴培洁了呢？路过吴培洁的病房时，盛夏下意识地多看了一眼，随即又狠狠地甩了甩头。

“怎么了？”高淼不解地追问。

“没事。”盛夏连忙笑道，“走吧，我爸还等着喝汤呢。”

看到他们，盛家业的笑容明显多了一些，他笑着打趣高淼：“这几天都没见你的人，是不是上次输了棋，心里不高兴？”

“没有，是最近家里有点儿事。”高淼红了脸，憨厚地笑了笑，显得有些窘迫。他偷偷瞥了一眼盛夏，想起妈妈几次三番不许他来医院，心里既困惑又郁闷。

盛家业笑了笑，想要说点儿什么，一口气没喘匀，又开始咳嗽起来。

盛夏一边给他拍着背顺气，一边忧虑地问道：“爸，咱们什么时候去美国动手术？”

“下个月吧。”盛家业暗暗叹气，他知道自己的身体，其实已经没有手术的必要。

高淼眼睛一亮，妈妈最近总是唠叨着要安排他出国，要是去了美国，他和盛夏见面反而更方便了。

“盛叔叔，到时候我陪您一起去。”

盛家业的笑容更深了：“好啊！”

整个上午，盛家业的心情都不错。高淼兴致勃勃陪着他下棋、聊天，等他吃过午饭，睡下了，才提出回学校。

盛夏送他下楼，高家的车正等在外面。趁着司机不注意，高淼小声地说道：“我明天还会偷偷地过来。”

盛夏并没有留意到他的用词，点点头，心里还在惦记父亲的病情。

她心不在焉地送走了高淼，正打算去找主治医生问问情况，没想到却在半路遇到了一个阴魂不散的人：乔燃。

乔燃见到她也是一愣，随即又窃喜不已。他这次还真不是有心跟踪，是代表社团来探望吴培洁的，没想到就这么碰上了。

“盛夏，咱俩还挺有缘的。”

盛夏皱了皱眉，向旁走了两步，打算绕开他。

“你躲我干吗？”乔燃眼疾手快地拉住她，他原本还有几分戏谑，现在通通变成了恼怒，“你去哪儿？找季长生吗？你以为他真能护着你啊，他什么都不是！”

“那也比你好！”盛夏忍不住吼了回去。

“比我好？他哪点比得过我？”乔燃笑得不怀好意，拽着她的力道又大了几分，“你不就是看上他那张脸吗？盛夏，其实我也不错嘛，你不试试怎么知道不喜欢呢？”

他落在她脸上的目光炽热起来，就像融化的奶油，太甜太腻。

“你要干什么？”盛夏连连往后退，却一次次被他拽回来。

“盛夏，不如咱们试试吧，我绝对是一个称职的男朋友。”乔燃眼里的温度越来越高，就像点了一簇野火。看到她的惊惶和抗拒，那簇火反而更旺了，有些话不经过脑子就说了出来：“至少我会比季长生强，他连女朋友都没有谈过，知道怎么哄你开心吗？”

盛夏只恨自己不该走这条路。这是住院部和行政楼之间的小花园，护士大概都去午休了，附近连个保安都没有。她又羞又气，一边奋力地挣扎，一边用那只自由的手朝他脸上甩去。

清脆的声响让两个人都愣了一下。

趁他没回过神，盛夏立刻挣开了他的手，拔腿就跑。

怒意和羞恼让乔燃失去了理智，他不管不顾地追上去，扯住盛夏的手，用力一拽，将她压倒在草坪上。

“乔燃，你干什么？”盛夏尖叫起来，用力地踢打着身上的人。

她无法遏制地颤抖，脸色惨白，就像一朵在寒风里瑟瑟发抖的小花，让人怜惜，却也让人有采摘的念头。

乔燃怔怔地看着她，呼吸慢慢地变重了。她的眼泪就像花朵上的露珠，晶莹剔透，他不受控制地低下头去。

盛夏吓傻了，眼泪流了满脸。她一边乞求，一边推搡。乔燃却充耳不闻，湿热的亲吻落下来，胡乱地印在她脸上，带着十足的侵略性，他的手也从衣服下摆伸了进去。

盛夏彻底感到了绝望。混乱中，她摸到了草坪上的一块石头。她毫不犹豫地把石头举了起来。

当头部传来一阵剧痛时，乔燃闷哼了一声，他抬起头，狠狠地盯着盛夏，眼底是难以置信的质问和疯狂的恼怒。

不等他做出反应，盛夏再次将石头砸了过去。

两次，三次，或许是四次，乔燃终于倒在草坪上，没了动静。

盛夏第一个念头就是跑。刚才的绝望、害怕、无助和恐慌还清清楚楚，她甚至还能回忆起皮肤上那种恶心的触感，她只想逃离这里。

她哆哆嗦嗦地爬起来，连衣服也来不及整理，就跌跌撞撞地往住院部的方向跑。没跑两步，她就僵在了原地，视线落在自己的裙摆上，一动不动。

浅色的裙子已经变成了红色，血迹糊成一团，气味腥甜，令人作呕。她整个人都在不自觉地颤抖。她颤抖着看了看自己的身上，而后瞪大了眼睛，慢慢地回过头，看向草坪上的那个人。

乔燃穿着一件白色的衬衣，她能清楚地看到他身上的血大块大块地晕开，就像一朵又一朵妖娆的食人花。

她双腿一软，整个人瘫在了地上。

第五章

是那个坐牢的盛夏吗？

A市如今最劲爆的新闻就是盛家千金伤人案。盛家本就处在风口浪尖，盛夏犯事的新闻一出，立刻占据了各大报纸的头条。电视里也一播再播。满身血迹的盛夏被警察带走，以及受害人昏迷不醒的画面已经被每个A市人熟悉，所有的细节都被翻出来议论，里里外外，津津乐道。

收到消息的盛家业当天就进了急救室，而一直在公司主事的盛母就像人间蒸发似的，不管是盛家还是公司，都联系不上她了。

外面风浪四起，盛夏在管教所里同样惊惶不安。

她还没有从变故里回过神来，短短几天迅速消瘦了，脸色异常苍白，那双灵动的眼睛也少了一些往日的慧黠，就像蒙了灰尘的珍珠，时不时地流露出几分脆弱和惊慌。

隔着探监室的玻璃，季长生依然能感受到她的茫然无措。

“夏夏，你还好吗？”季长生的声音安稳而平和，带着一股安抚的力量。

从被关进这里到现在，季长生是她见到的第一个熟人，她潸然泪下。

一切发生得太快，她还记得肌肤相触的绝望，记得自己哆嗦着报了警，再然后就是警车呼啸而来。她看着满身是血的乔燃被抬走，随后她自己也被带走。换过衣服，问过话，她才觉得后悔和自责：自己又闯祸了。

“别哭了。”季长生只觉得心里沉甸甸的，或许是疼惜，或许是不忍。

哭了一顿，盛夏反而镇静了些，她红着眼睛，低声问道：“我爸知道了吗？”

季长生点点头。盛家业从急救室醒来后，就一直在积极联系律师。要不是他实在病得厉害，季长生也不会代他走这一趟。

“你别害怕，也别多想，盛叔会有办法的。”

盛夏低下头，不知道想到了什么，脸上是隐忍的羞耻和恐惧。她的声音也在发颤：“他，乔燃，他是不是……”

“他没事。”季长生连忙安抚她，“他还活得好好的。”

盛夏明显松了一口气。其实她比谁都害怕乔燃出事。没有人的时候，她也暗暗地想过，是不是她根本不该动手？成为凶手的忧虑和作为受害者的无助，它们矛盾而又纠结，时时进行着一场拉锯战。

“其实，那时候他……是我太害怕了，我不是故意的……幸好我没有很用力。”

她说得断断续续，季长生却瞬间明白了。

他暗暗攥紧了拳头，那股无名的情绪也更深了。她不知道，乔燃那当副校长的父亲已经开始了报复，不仅将盛夏告上法庭，还要求学校开除她，现在更是公然接受媒体采访，控诉盛夏玩弄感情，为了摆脱旧爱而蓄意伤人。

“你没有做错。”季长生尽量让自己平静下来，“如果那天我在，我也会狠狠揍他一顿的。”

她哪里有一点儿错呢，明明是乔燃那个浑蛋犯错，为什么要让这个小姑娘来承受所有的舆论和指责？她那么善良，还自责是自己的鲁莽造成了他的受伤。或许她想得对，那种情况下，他确实不会有什么实质性的侵犯，是她惊慌之下乱了方寸，但她就应该忍受他动手动脚吗？

他现在躺在医院里，这可真是报应。季长生不无恶意地想。

离开管教所时，季长生的心情比来时更加沉重。乔燃虽然没有性命之忧，现在却还没有醒过来，乔家人不依不饶，情况对盛夏很不利。事发地点太偏僻，没有监控录像，也没有目击证人，仅凭盛夏的片面之词，并不能将案子定义为自卫。

他没有对盛夏说实话，是不忍，也是不愿。

回到医院，盛家业已经睡着了。他现在的身体每况愈下，之前还能打起精神和律师交流几句，现在大部分时间都陷入昏睡，尽管医生的暗示已经很明显，但他不得不强撑着。

病房里静悄悄的，姚姨坐在一旁抹眼泪。见到季长生，她的脸色缓和了些，说道：“真是日久见人心，这个时候，就只有你还三天两头地过来看盛先生了。”

她说着说着眼眶就红了，伤心地说道：“盛太太真是狠心，不要老公也就算了，连孩子也不要了吗？我们夏夏真是可怜，遇上这倒霉的事。”

季长生不知道怎么安慰，沉默地坐在一旁，听着她絮絮叨叨地抱怨。

“太太在市里还有几处房产，老李这几天都跑遍了，就是见不到人影。”她口中说的老李就是盛家的司机。

“难道阿姨不在A市了吗？”有什么东西从季长生脑子里一闪而过。

“谁知道呢。”姚姨长吁短叹，“老李说有几处房产已经卖了，说不定她卷了钱想走，这心可真狠啊！”

如果盛母打算拿钱走人，那她应该会盯着公司才对。季长生不愿将印象中那个优雅美丽的人想得太不堪，但他还是轻声问道：“阿姨也不在，那公司的事怎么办？”

姚姨也不怎么懂，含糊地说道：“应该没什么问题吧，公司的人都是盛先生一手提拔的，难道盛先生不在，他们连事都不会干了？”

季长生正想接话，一阵剧烈的咳嗽声打断了他。

“盛先生，您醒了？”姚姨又惊又喜，“哎哟，可真是急死我了。您有没有哪儿不舒服？我炖了鸡汤，您喝点儿吧？”

盛家业挣扎着坐起身，靠在枕垫上，吃力地问道："夏夏呢？"

"盛叔，我见到她了。"季长生心里一酸，"您放心吧，她没事，很快就能出来的。"

盛家业哆嗦着，两行浑浊的眼泪顺着皱纹滑下来。

"先生，您别担心，不是还有太太吗？"姚姨违心地说道，"夏夏一定会没事的，您可不能倒下。"

"找……找高……高……"他每个字都说得吃力。

季长生用力地握住了他的手，低声道："我会去试试看。"

大概盛家业也察觉到了妻子的冷漠和逃避，不得不另做打算，高家和他相交多年，或许会伸出援手。

姚姨暗暗地抹泪。最近高淼都没有再来医院，其实已经隐约透露了高家的态度。但这些话她说不出口，对现在的盛家业来说，高家是最后的救命稻草。

明明是打算联姻的两家人，在出了事的时候，对方却迟迟没有露面，季长生怎么会不知道这其中奥妙？但是他只能硬着头皮上门拜访。盛家没什么近亲，不然也不会麻烦未来的亲家。

不出意料，他吃了闭门羹。一连好几天，高家夫妇都避而不见，将季长生晾在客厅里。无奈之下，他想到了高淼。

为了见到人，他去高淼的学校四处打听，得到的消息却不尽如人意：高淼已经办理退学手续，出国留学了。

不管他是自愿的，还是被迫的，高家的态度昭然若揭——他们不打算蹚这趟浑水。季长生一筹莫展，他甚至不知道怎么把这个消息告诉盛家业。

墙倒众人推，随着开庭日的临近，大家都等着看千金落难的笑话。就在这时，关于盛太太携款潜逃的消息不胫而走，犹如火上浇油，彻底将盛家推上了舆论的风口浪尖。

消息很快得到了证实，爆料人就是盛氏集团的员工。因为资金链断裂，项目被迫终止，他们急于讨要工资，举行了声势浩大的游行。而公司的财务经理卷走巨额资金，盛太太更是早就不见人影，一时间竟无人出面主持大局。

拖欠薪资、项目违约、资金亏空，如今的盛氏集团可谓雪上加霜，步履维艰。

律师团很快找上了盛家业。听闻消息，这个曾经造就了商业传奇的风云人物甚至说不出一句完整的话，他哆嗦着，情绪激动，很快再次陷入昏迷。

外界并不关心盛氏集团的存亡，他们津津乐道的是盛太太和财务经理的桃色绯闻，以及对盛家业的嘲弄。一个白手起家的穷小子，功成名就后娶了富家千金，到最后却被戴了绿帽子，养了个骄纵蛮横的女儿。提起在管教所的盛夏，多少人不怀好意地暗笑。

季长生并不关心这些，A大的流言传得沸沸扬扬，他照样不动声色地上课、去医院探病、四处求人。他越来越消瘦，眼下的黑眼圈越来越重。盛夏开庭受审的日子也越来越近。

所有A市人都知道，这个小姑娘算是完了。尽管受害人乔燃已经醒过来，但留了不少后遗症，以前的盛家或许还能用钱压下这件事，但现在的盛家岌岌可危，自顾不暇，而乔副校长一口咬定她蓄意伤人，扬言要她“付出代价”。

两天后，盛氏集团正式宣告破产，而盛夏的审判结果也公之于众，她将迎来五年的监狱生涯。此时，盛家业已经整整昏迷一周，医生早就下了最后的病危通知。

季长生在第一时间提出了探视盛夏的申请，可是没有得到批准，他只能一次次拜托律师团，但事实很明显，局势对盛夏很不利。

随着判决结果的公布，A大也公布了开除盛夏的决定。

这就像最后一根稻草，彻底压垮了季长生。连日的奔波和担忧让他沉默了很多，那双墨色的眉始终拧着，即便回到宿舍，也摆脱不了那股疲惫和忧郁。

他失神地盯着天花板，一动不动。他已经维持这个动作很久了。明明身体很累，可是他睡不着。难道他只能眼睁睁看着盛夏被开除，在监狱里待五年？他简直不敢细想，那么糟糕的地方，那么娇艳的小公主……只要想到这些，胸腔里就会有拉扯的痛。

可是偏偏他束手无策。

“老大，你没事吧？”季长生这些天的忙碌和奔走，室友都看在眼里，尤其是小四，他既感慨又唏嘘。

季长生摇摇头，闭上眼睛假寐。

“你已经尽力了，结果是这样，你也改变不了。”他显然并不想和人讨论这些，但小四还是忍不住劝道，“盛先生是帮了你很多，但你该做的也都做了啊。你看看你，为了他们家的事，连工作都辞了，课也旷了不少，我看你也要被院里通报批评了。”

“我没事。”

季长生的声音很低，就像静水流深，但小四还是听出了波澜。

“其实，我也觉得盛夏是个很好的姑娘，出了这样的事，真是挺让人可惜的。”他小心翼翼地盯着季长生的脸色，“不过老大，这事也不是你的错啊，你别想太多了。”

季长生微微“嗯”了一声，脑子里想的却是之前去恳求乔副校长的情景，他态度强硬，说起盛夏时咬牙切齿，倒是乔太太和缓些，或许自己可以再去求求她？

“说起来真是不凑巧，那天乔燃也叫了我一起去医院，你知道我不怎么喜欢他，就没答应。”小四的情绪有些低落，“要是我跟了去，肯定能盯着他。”

都说盛夏是蓄意伤人，小四可不信，要不是乔燃做了什么过分的事，那个娇滴滴的小姑娘怎么会失手伤了他？狗急了还会跳墙呢。

“乔燃叫你一起去？”季长生蓦然从床上坐了起来，急切地问道，“他不是跟踪盛夏吗？他一直纠缠她，我还撞见过一次。”

“乔燃不是去医院看吴培洁的吗？我以为他们是偶然撞上的。”小四不解地看着他。

“吴培洁？他是去医院找吴培洁的？”季长生一愣，“只有他一个人？”

“不是啊，咱们社团的好多人都去了。”小四连忙说道，“吴培洁不是受伤了嘛，有社员建议大家一起过去看看，然后乔燃就带着人去了。”

明明是去找吴培洁，为什么乔燃会单独遇到盛夏呢？吴培洁那么痛恨盛夏，她会不会煽风点火地说了什么？当时去了那么多人，就没有一个人留意乔燃的行踪吗？

季长生再也坐不住了，“噌”地跳下床，急急地跑出了宿舍。

小四满头雾水，等他冲到阳台，那个挺拔的身影正走出楼梯间，神色匆忙，他扯着嗓子嚷道：“哎，大晚上的你去哪儿？”

没有人回答他，只有那排香樟树摇晃着，在风里发出哗哗的声响，就像某人起伏的心绪，就像这不平静的夜。

深夜十一点多，季长生敲开了吴培洁的病房门。

“季长生，你怎么来了？”见到他，她似乎有些诧异，但那微微翘起的嘴角还是泄露了她的欣喜。

“我有事想问你。”季长生犹豫了。一路走过来，他已经慢慢冷静下来。有些事只是他的猜测，况且，就算吴培洁真的知道点儿什么，他也没有立场要求她说出来，毕竟盛夏曾经伤害了她。

“什么事？”吴培洁皱着眉头，眼里却带着笑，侧着脑袋看他。这神情就像任何一个天真浪漫的小姑娘。

季长生直视她，没有丝毫避让，沉声道：“乔燃出事那天是不是来医院看过你？他不是和大家一起吗，为什么会一个人出了事？”

在他的质问下，吴培洁的笑容就像阳光下的雪水，很快消融了。

“我怎么会知道？”她轻声说道，“他是和大家一起走的。”

其实季长生已经一一问过当天的社员，乔燃的确是跟大家一起去的病房，但他并没有和大家一起走，这其中的缘由，或多或少和吴培洁有关。

“我们都以为他是去找你了。”有个相熟的社员吐露，“当时在病房里，吴培洁问你为什么没去，是不是陪着盛夏，当时乔燃的脸色看起来就很不好。我们都以为你那会儿也在医院。”

那些话就像一根刺，深深地扎在季长生心里。或许乔燃原本是冲着他去的，阴差阳错，却让盛夏遭了无妄之灾。

只要想到有这种可能，季长生就觉得无法原谅自己。

“你想帮盛夏？”吴培洁的脸上泛起一丝愤恨，“我都听说了，五年嘛。她仗着自己家有钱，做了多少任性的事，现在这样也是报应……”

季长生厉声打断了她：“她是很任性，但她从来没有主动伤害过谁。”

“她毁了我的手！这还不够吗？”吴培洁失控地嚷嚷起来。

“她说了，她没有推你。事情到底怎么回事，只有你们俩清楚，你不能凭着片面之词诬陷她。”季长生深深地看了她一眼，神色有些不解，“我不知道你为什么这样讨厌她，哪怕不是她做的，她也向你道歉了，还给你安排最好的手术。”

吴培洁紧紧地咬着唇，一声不吭。

“你的手还能画画，她却要赔上最好的五年。”季长生痛声道，“她是任性了点儿，但她做错了什么？”

吴培洁攥紧了拳头。见过盛夏的人，没有不喜欢她的吧？她就是被精心呵护的玫瑰，那么娇艳，却不娇气，配着钻石相得益彰，而用狗尾巴草也能包扎得漂亮。

然而，不是所有的狗尾巴草都甘心做配角，至少吴培洁不愿意。

“我看到了。”吴培洁的声音很轻，好像随时会后悔。

季长生眼睛一亮：“你说什么？”

“我看到乔燃和盛夏争执了。”

一切都是巧合。

看到探病的队伍里没有季长生，她的确失望了，继而迁怒于盛夏。她知道盛夏的爸爸重病住院了，知道季长生常常来探望。他也问候过她，替盛夏赔礼道歉，关心手术后的恢复。但她觉得不够，她觉得自己才是最大的受害者。所以，看到盛夏为爸爸的病焦急，她心里觉得很痛快；所以，听到盛氏集团的负面新闻，她暗暗期待盛夏倒霉；所以，她明知乔燃和季长生、盛夏的矛盾，还是忍不住挑拨了几句。

她没想到乔燃竟然这么混。她原本是出来找人的，因为不想让同学撞见穷困的母亲，她特意支开了对方，谁知却目睹了那场争执。

“我不是故意的，也没有想过乔燃会欺负她。”吴培洁的目光闪了闪。

季长生毫不掩饰自己的愤怒和谴责，连脸色都冷了几分。

就算她不是故意的，但她确实伤害到了盛夏：是她挑拨乔燃去找麻烦；是她看到乔燃对盛夏动手动脚却无动于衷；也是她选择沉默，任由事情越闹越大。

那些滚烫的情绪在胸腔间翻涌，季长生深深地吸了口气，问道：“如果你不站出来做证，盛夏真的完了。”

“我为什么要帮她？”吴培洁昂着头，眼神固执，闪着水光。

“我求你了。”季长生的脸上是前所未有的认真，“吴培洁，只要你能站出来做证，什么要求我都能答应。”

不管是再多的钱、再难的事，那也好过葬送一个女孩的五年。

吴培洁不知道该心酸，还是该欣喜。其实，她远远没有表面这么轻松，每天都挣扎着、煎熬着，但看到他这样毫不犹豫地向自己求情，她既觉得痛快，又觉得不忿。

“我拍到了照片。”吴培洁咬咬牙，盯着他，一字一句地说道，“我可以给你，也可以出庭做证，但你要答应我一件事。”

“什么事？”季长生整个人仿佛发着光，完全没有留意到她脸颊的微红。

“做我男朋友，照顾我一辈子。”

医院其实是最冷漠的地方，每天都有新的生命诞生，也有衰老的生命离开，见得多了，也就麻木了。

眼泪是最无用的，只是一遍遍地提醒着你的软弱和无助。

季长生一路上都在狂奔，那片冰冷的白色墙壁仿佛没有尽头，消毒水的味道无处不在。

推开病房门的那一刻，姚姨的哭声撕心裂肺。

盛家业安静地躺在床上，整个人似乎缩着，面色呈现出一种奇异的青灰。他像是睡着了，但他的眉头还拧着，微微扭曲的皱纹也透露了他临走前的痛苦。

季长生慢慢地挪动了步子。

李叔也来了，抱头坐在一旁。床前还站着两个西装革履的中年人，或许是律师，或许是法院的人，他们冷静而礼貌地宣读着文件，无非是变卖房产，填补资金空缺等。

“先生就这么走了，可怜的夏夏，她要怎么办啊？”毕竟是几十年的情分，姚姨格外伤心。

想起年少时初见的那个意气风发的盛家业，季长生的眼泪也落了下来。

“这可怎么办啊？”姚姨反复念叨。

“盛叔留下了什么话吗？”季长生抹了抹眼睛，他扔下的可是一个棘手的烂摊子。

姚姨摇摇头，叹气道："先生倒是醒了那么一会儿，问了夏夏。都怪我嘴快，他肯定是受不了刺激。"

季长生不知道该怎么安慰这位老人，其实他们都知道，盛家业的身体早就油尽灯枯了。

"小季，你可一定要帮夏夏。"姚姨像攥住救命稻草似的，"夏夏这孩子太可怜了。"

"我会的，我会的。"季长生认真地应着。

一场倾盆大雨后，秋意渐渐浓了。

盛家业的丧事办得很简单也很匆忙。当天来的人不多，盛夏在得知爸爸的死讯后，曾几次申请出席葬礼，但都被无情地拒绝了。

所幸还有季长生，当他把一切都打点好，盛夏的案子已经开始二审。

很久之后，盛夏回忆起这个秋天，记忆依然是混乱的，就像一场永远不会停的雨，让人又冷又慌张。爸爸离开了，妈妈避而不见，总是拒绝她的小季哥哥变得温柔了，总是针对她的吴培洁竟然站出来为她说话。

这些都太突然，太不真实，等她回过神来，一切已经尘埃落定：她被判了两年。

季长生对这个结果并不满意，但他无能为力，律师拒绝了他再次上诉的提议，一来不确定能争取更好的结果，二来高额的费用他负担不起。

话虽然残酷，却是事实。

所谓人走茶凉，盛家业的去世彻底宣告了盛家的败落，公司、家产、房子，这些曾经的显赫都不复存在，连姚姨和李叔也都收拾东西回乡下了。

盛夏出乎意料的安静，她顺从地接受了判决，不再上诉，也不肯再见任何人。季长生屡次提出探视申请，她都拒绝了，只让警员带话："要是你有机会见到我妈妈，托人告诉我一下，至少让我知道她还活着。"

季长生既痛心又无奈。牢狱生涯艰苦而漫长，他无法想象两年的光阴会在盛夏身上留下多少伤痕，他只能祈祷时间厚待，慢慢治愈这一切。

时间其实过得很快。

十五个月，四百五十天，一万零八百小时，六十四万八千秒，庞大的数字背后，是一个又一个难熬的夜晚。

A城已经入了深秋，天气却并不冷，一连好几天太阳高照，让人有置身夏天的错觉。天是湛蓝的，云是洁白的，连呼吸都是热的。

出租车一路上走走停停，从偏僻的郊外开进了热闹的市区。盛夏将脸贴在车窗上，贪婪地看着外面的一切。再次见到这个城市的高楼大厦与车水马龙，她觉得既熟悉又陌生。

“夏夏，我们去哪儿？”相比她的欣喜，安妮充满了不安。

“不是说好了陪你回家吗？”盛夏转过头，伸手拍了拍她的肩，柔声道，“别害怕，我陪着你呢。”

盛夏那头漂亮的长发已经剪了，软软地垂在耳边，看起来像个十多岁的小姑娘。或许是因为她瘦了，巴掌大的脸上几乎没什么肉，更加显得她娇小。

“要是我爸妈不肯认我呢？”安妮紧紧地攥着她的手，脸上是说不出的迷茫。

她只比盛夏大两岁，神色间却总有一股和年龄不符的沧桑，就算是笑起来，眉头也有小小的褶皱，显得心事重重。

“不会的。”盛夏安慰道，“我以前也经常闯祸，我爸再生气也不会不理我。”

安妮在监狱里待了整整六年。八年前，不谙世事的她爱上了一个街头混混，为此，她和父母吵得不可开交。爱情容易让人失去理智，为了那个骑着摩托车带她兜风的男朋友，安妮不惜退学，偷偷从家里跑出来，跟着对方私奔，后来还犯了事。

“我坐过牢，他们肯定觉得很丢脸，不会让我进门，怕我带坏弟弟。”安妮的声音很低，“夏夏，我们是不是无家可归了？”

盛夏也沉默下来。至少安妮还有爸妈，而她呢？爸爸不在了，妈妈再也没有露过面，家里的房子早就拍卖了，她连个容身之所都没有。

有那么一瞬间，她想到了季长生，但这个念头很快被她刻意压下去。那个挺拔而干净的少年，被完完整整地封存在了过去，连同那些青葱无忧的夏天，一起埋葬了，再也不能重逢。

在一个老街区，出租车停了。

如果不是亲眼看到，盛夏也许不会相信，在经济繁荣的A市，也会有这样贫穷的地方。这里的一切都充斥着时间的痕迹：锈迹斑斑的铁门、剥落的石灰、爬满苔藓的墙角，还有一连串的小吃摊子，经年的烟熏火燎让桌子都积了一层油腻。

“这里变了好多。”安妮呢喃道。

八年的时间可以摧毁一个花季少女，也可以彻头彻尾改变一条街道和一个小区。城市规划和房屋拆迁打乱了安妮的记忆，这里的确变了，再也没有那个家，没有那些熟悉的脸庞。灼热的太阳底下，有一滴透明的液体迅速蒸发。

她们在路边坐了很久，这个破旧的地方就像不堪的她们，看不到未来，看不到出路。

天色一点点暗下来，盛夏站起身，低声道：“我们走吧。”

安妮惊惶无措地看着她：“去哪儿？”

电线杆和旧墙壁上到处贴着小广告，盛夏走过去，随手扯了一张，轻笑道：“我看过了，这里有很多租房子的，咱们租一间吧，好歹也有个落脚的地方。”

盛家她是回不去了，在那个寸土寸金的别墅区，她根本找不到容身之所。

这里虽然破旧，却是安妮曾经的家，或许也会是她们以后的家。

一室一厅上了年头的小房子，有独立的厨房和卫生间，虽然月租才几百块，但半年起租的合约几乎耗光了她们的积蓄。

离开监狱的时候，安妮两手空空，盛夏也没好到哪儿去，随身只有一部旧手机和不多的现金。之前由监狱代管，出来时还给了她。

逼仄的房间里挂了一张布帘子，放了两张床，棉被是房东好心留下的，床单则是粗制的碎花硬布。夜里，躺在这样简陋的床上，盛夏翻来覆去，久久没有睡着。

老旧的房子有一股霉味，连空气都是潮湿的，苔藓的味道混合着木头腐烂的气息，这些都是盛夏没有经历过的。

“安妮？”她低低地叫了一下，帘子那头已经传来均匀的呼吸声。

月光从外面渗进来，将房间里照得真真切切。盛夏微微有些失神。她记得季长生曾经说起过他的童年生活，家里的孩子都挤在一个房间里，闷热的夏天只有一台风扇，而冬天更糟糕，最小的妹妹永远只能穿他的旧棉袄。

曾经，她以为那样的生活遥不可及，现在却发现近在咫尺。

这种不适应和茫然很快就消失了，盛夏并没有太多的时间来伤春悲秋，她必须养活自己。柴米油盐，样样要钱，她们还得置办基本的生活用品和家具，还得熬过这个冬天。

安定下来后，盛夏和安妮开始了漫长的找工作生涯。直到这时候，盛夏才知道自己被A大开除学籍有多糟糕，她只有高中学历，根本没有公司会接受。安妮的情况同样不理想，她甚至连初中都没读完，又有犯罪前科，就连应聘公司的前台也一再碰壁。

现实很骨感，在受了各种冷落和白眼后，盛夏进了一家酒吧做服务员。尽管她并不愿意，但她和安妮已经整整吃了一星期的泡面。

夜晚来临时，有人进入梦乡，有人陷入狂欢，而盛夏的工作刚刚开始。

酒杯碰撞后，欲望蓬勃地发酵，气味甜美而腐烂。从排斥到接受再到熟悉，盛夏始终无法适应。这里就像暗夜的食人花，诱惑着每一个红男绿女。而她的工作就是端茶送水，运气好的时候卖出几瓶酒，就能拿到客观的提成。

“小夏。”经理叫住盛夏，压低了声音，“七号包厢是几个大学生，不会出什么乱子，你好好哄着，争取拿点儿业绩。”

“谢谢明姐。”盛夏不好意思地笑了笑。今晚酒吧比较冷清，其他人都想方设法地挣小费，只有她干巴巴地在吧台晾着。

“去吧。”经理摆了摆手，她自己也有个女儿，因此对盛夏格外照顾。

嘈杂的音乐中，盛夏深吸一口气，推开了包厢的门。

“您好，请问需要酒水吗？”她的目光顿了一下，很快又避开了，但她没有再向前走，生生地停在了门口。

暧昧的灯光下，五六个年轻人随意地坐着，她一眼就看到了那个挺拔的身影。不知道从哪里来的微光隐隐约约落在他脸上，那深刻的轮廓都变成了阴影，像水墨画，依旧清俊。

“这里的服务员都这么漂亮吗？”

“给我们来瓶酒吧。”

嬉笑和调侃中，盛夏满脸的笑容，声音里是一如既往的甜美：“您需要我推荐吗？”

“那就最贵的吧，反正是季长生买单，哈哈哈。”

还不等盛夏开口，那人已经猛地站起身，他直直地盯着她，眼底的光彩将灯光都压了下去，惊讶与欣喜一闪而过。

“盛夏，你怎么会在这里？”

“我在上班啊。”盛夏听到自己的声音异常平静，轻飘飘的，似乎是风吹来的，不是出自她的嘴巴。

季长生微微一愣。

她慢慢地走近，他下意识地伸手拉住了她，皱着眉，话里是不容置疑的专断：“我有话要问你。”

“等我下班再说吧。”盛夏没有正面回答。见到他，她欣喜之余，更多的是羞愧。以前的那些爱恋现在想起来就像笑话，隔空扇了她一记耳光。

“上班？”季长生还没开口，身旁的朋友突然惊呼起来，“盛夏？是那个坐牢的盛夏吗？我说怎么看着眼熟呢。”

盛夏的身体微微一僵，头却始终昂着，迎着那个人的视线。

季长生紧紧地抿着唇，上前两步，有意无意地挡住了身后的那些人。

“哟，还真是，我刚才没认出来呢。”那人似乎没看出季长生的不悦，大大咧咧地嚷道，“真是可怜啊，千金小姐现在来酒吧打工了。”

“你……”

季长生脸一沉，转身正要开口，盛夏突然拉住了他的胳膊微笑道：“是啊，挺可怜的，所以要各位学长多多捧场了。”

季长生回过头，目光紧紧地锁住她的每个表情。她甚至能清晰地看到他的难以置信、怜惜、心痛，以及无法避免的同情。

她依然在笑，娇艳如春花。那些年轻的男孩反而不好意思了，讪讪地闭了嘴。

“那我去准备酒。”盛夏及时地退出了包厢，经过季长生身边时，她飞快地瞥了他一眼，轻声道，“有什么话，我们以后再说。”

季长生伸出去的手僵在那里，灯光明灭，将他脸上的怔忪和惊疑都藏在阴影下。

嘈杂的音乐无法掩饰他怦怦的心跳，有无奈，也有妥协。

“那我等你。”

一直到凌晨两点多，盛夏才拖着疲惫的步子走出酒吧。尽管很累了，但她还要步行十多分钟，到公交站等夜班车。

香烟在夜色里明灭，一闪一闪的。在这微弱的光里，季长生的脸慢慢露出来。

“你开始抽烟了？”盛夏第一反应就是皱起眉头，没有经过思索的话脱口而出。她很快意识到自己的失礼，别过脸，不自然地捋着额前的碎发。

季长生也有些尴尬，他连忙灭了烟，解释道：“偶尔才抽。”

盛夏“哦”了一声，低下头，沉默地盯着脚面。

夜里的风冷飕飕的，盛夏穿着一件暗粉色的风衣，不时地缩着脖子，脸色冻得有些发白，但她始终没有吭声。

“走吧，我送你回去。”季长生抬脚走向停车场。

“不用了……”拒绝的话在他强势的注视下戛然而止，她讪讪地笑道，“那好吧。”

车并不是什么豪车，经济型，胜在实惠。盛夏主动坐到了后座。她不无感慨地想，看来季长生现在过得还不错。

两人都没说话，气氛有些沉闷。

季长生不时从后视镜里看她。她瘦了很多，那双眼睛更加突出，又漂亮又安静，就像清晨的花。当她偷偷地抬眼看他，那朵花就迎风颤动了，带着一点儿慌张，还有一点儿往日的机灵。

他瞬间心软了，开口打破了沉闷：“你什么时候……出来的？”

“上个星期。”盛夏察觉到他谨慎的措辞，嘴巴里有些发苦，“因为表现好，所以提前出来了。”

“怎么没联系我呢？”话一出口，季长生就意识到了自己的焦躁，他连忙放缓语气，“你现在住在哪里？”

“我和朋友一起租了房子。”盛夏老老实实地说道，“我现在找了工作，能挣钱养活自己。”

她每说一个字，季长生的脸色就黑一分。

“我不能事事都找你帮忙啊。再说了，我觉得太丢脸了，不好意思见以前的朋友。”见他狠狠地皱着眉，她连忙补充道，“我觉得现在挺好的。”

季长生伸手揉了揉眉心，焦躁和莫名的怒气让他的脸色难看极了。

挺好的？哪里好了？不管是她一声不吭地出狱，还是她跑去酒吧上班，抑或是她宁愿依赖他所不认识的新朋友，以及现在她客气而礼貌地和他划清界限，这些都让他觉得很不好。

当车子停在那栋旧公寓楼下，季长生的心情更糟糕了。他实在不能想象盛夏到底吃了多少苦，才会从一个娇滴滴的小姑娘，变成现在这个住着旧公寓也面不改色的灰姑娘。

“地方太小了，我就不请你上去了。”盛夏腼腆地笑了笑，有些羞赧，“谢谢你送我回来，小季哥哥。”

“去吧，早点儿休息。”熟悉的称呼让季长生有些恍惚，他的脸上总算浮现出了笑意。

盛夏挥挥手，转身进了楼梯间。

一楼，二楼，三楼，走到楼梯的拐角处，她忍不住从窗户里探出脑袋。

季长生依然站在楼下，微微低着头，不知道在想什么，手上点着烟，那微光一闪一闪的。他还是那时候的样子，乌发墨眉，山明水秀，一件暗色的风衣将他的挺拔勾勒得淋漓尽致。

盛夏莫名觉得心酸。

这一晚，她失眠了。

天光微亮时，季长生顶着黑眼圈到了公司。

他昨晚没有睡好。盛夏的出现让很多旧事再次浮出水面，他想起盛家业临终前的担忧，心里自动地将盛夏划归成自己的责任。

办公室的门响了两下，小四推门而入。

“哎，老大，我怎么听公关部的人说，昨天你们见到盛夏啦？”小四跟着季长生一路创业，两人从室友变为战友，关系十分融洽。

季长生“嗯”了一声，脸上看不出任何情绪。

“嗯是什么意思啊？”小四推了他一下，“她提前出来啦？大家一起吃顿饭，给她接风洗尘嘛。之前怎么也没听你说起过？这是好事啊！”

那股说不出的怒气又蹿了上来，他“啪”地将手里的文件夹砸向桌子，面无表情地说道：“我也是昨天才知道。”

“不是吧？”小四咋咋呼呼地嚷起来，“她没联系你？那她现在住哪儿？她一个小姑娘也没什么亲戚朋友呀。”

“你没事做吗？”季长生敲了敲桌面，这个小动作透露了他此时的不快。

“哦，我是来告诉你，A大想请你回去做个讲座。”小四识趣地转移了话题，“定在后天，你看怎么样？”

季长生下意识地皱起了眉。这时，一段欢快的手机铃声响起。小四偷偷瞥了一眼来电显示，脸上的笑容有点儿幸灾乐祸。

“长生，你接到邀请了吗？你可以在A大做一场个人演讲了。”吴培洁的欣喜几乎要溢出手机。

季长生微微叹了口气：“是你和学校沟通的？”

“对啊。”吴培洁听出了他的抵触，当下也有些不快，“你不知道我费了多大的劲。现在大学生创业的队伍那么多，你的公司刚起步，我跟校领导说了许多好话！”

季长生沉默了一会儿，轻声道：“下次你能不能和我商量一下？”

“你什么意思？你说我自作主张？你们公司需要宣传吧，A大的计算机系那么好，这是个机会啊！”吴培洁越说越委屈，不知不觉带上了哭腔，“我也是为了你好啊！”

“我知道。”季长生依然坚持，“但是我不喜欢这样，下次你不要再替我做任何决定。”

他挂了电话，对小四苦笑道：“就定在后天吧，下次再有这种活动，全部推了。”

小四满口答应，离开前还不忘调侃他：“这就是传说中的枕边风吧。”

季长生无奈地笑了笑。大家都认定他和吴培洁是郎才女貌的一对，却不知道他们私下的关系客气而疏离。至少，他从来没有履行过身为男朋友的义务，不记得对方的生日，不记得情人节送礼物，不记得交往纪念日。吴培洁为此还吵过，但他依然木讷，他甚至不知道她为什么会提出交往。

“长生，你有没有把我当女朋友？如果不是因为盛夏，你是不是就不会和我在一起？”

他想到吴培洁在电话里的质问，心里自动有了答案。不会的，如果不是为了让盛夏减刑，他不会和吴培洁交往。尽管她是个很不错的女孩，但他从来没有动过那样的心思。所以她每次追问“你到底喜欢什么样的人”，他找不到答案，但他知道不是她。

他正想得出神，小四一阵风似的跑过来：“老大，我刚给盛夏打了电话，她没换号码呢。我跟她约了吃午饭，你要不要一起？”

季长生感觉胃里就像吞了一颗青梅，当即冷声说道：“我约了人，你自己去吧。”

“哦。”小四再次活蹦乱跳地出了门。

季长生看着心烦，又忍不住想，原来她的手机号码没有换，那为什么他过去一年多里的短信和电话，她都不理会——虽说在里面的时候没机会看，但出来后总会看见的吧。

盛夏并不知道自己惹到了季长生。自从在酒吧见到他，她心里一直有点儿惴惴不安。一方面她不想再遇到他，害怕看到他嫌恶的眼神；另一方面，又担心他真的毫无反应，完全成了陌生人。

接到小四的电话，她有点儿惊讶，也有点儿开心，这是第一个主动联系她的老朋友，她很爽快地答应了一起吃饭。挂了电话，她就有点儿后悔了，要是小四到时候叫上季长生呢？

好不容熬到中午，出门时，安妮的电话打了过来。

“夏夏，我找到工作了！”

安妮的求职之路一直不怎么顺利，她性格内向，又不爱说话，出狱后一直郁郁寡欢。现在她找到了工作，盛夏由衷地替她高兴。

“太好了，你在哪儿啊？我请你吃大餐。”盛夏兴致勃勃地建议道，“我们庆祝一下。”

安妮难得地兴奋：“我们去吃火锅吧。”

盛夏一口答应，两人约了一家火锅店，她把地址发给了小四。

安妮来的时候满脸笑容，一扫最近的阴郁。她原本就是个清秀的姑娘，这样眉开眼笑才符合她的年纪。

“我等下还有个朋友会过来，可以吗？”盛夏想让安妮多接触新的朋友，她性格太闷了。

“是你以前的朋友吗？”安妮有些犹豫，小声道，“不好吧，让人家知道我……要不我还是回去吧？”

盛夏一把拉住她，自嘲道：“有什么不好的，我也是坐过牢的人，你害怕他笑话你啊？”

安妮拗不过她，只得重新坐下。

“来，看看你要吃什么。”盛夏故意转开了话题，“我好久没吃火锅了，馋死我了。”

安妮很快被她勾起了兴趣。她们在监狱里自然吃不到这些，刚出来又没什么钱，现在难得放纵，两人开始兴致勃勃地讨论菜色。

正说着，小四又惊又喜地朝这边跑过来：“盛夏，真的是你啊？”

“对对对，是我。”盛夏被他逗乐了，指了指身边的空位笑道，“没钱请你吃大餐，只能叫你来吃火锅了。”

“没事，我喜欢吃。”小四嘿嘿地笑了起来，仔细瞅了瞅她，“还是和以前一样漂亮，就是太瘦了，得多长点儿肉啊。”

他的神情很自然，盛夏也被他感染了，笑着调侃：“你不懂了吧，现在越瘦越好看。”她指了指身边的安妮，“这是我朋友安妮，她比我还瘦呢。”

虽然猜测到安妮的身份，但小四并没有表露出来，大方地招呼道：“多吃点儿，外面这么大的风，我真怕你们被吹走了。”

安妮明显放松了一些，抿嘴笑了笑，也开始加入他们的聊天。

“对了，我听公司的人说，你在酒吧上班？”小四关心地问道，“哦，忘了跟你说，老大现在开了一家自己的游戏公司，我们好几个同学都跟着他干呢。你怎么也不联系我们啊？多见外。”说着，他还故意瞪了盛夏一眼。

盛夏知道他是怕自己难堪，笑了笑，老实地说道：“我觉得不好意思啊。酒吧的工作虽然累了点儿，但我好歹也能养活自己了。”

小四暗暗地打量她，心里多了些怜惜。看着似乎没怎么变，但她还是有了很大的不同，从前的娇嫩和天真都没有了，现在的她更像是荆棘丛里的花，经历了风霜的洗礼，美而坚韧。

“你跟老大还客气什么。”他的表情有些不赞同，“酒吧太不安全了。”

盛夏不想再聊这个话题，她转头看向一旁的安妮：“对了，你还没说你找了什么工作呢。”

“在一所夜校上班。”也许是碍着小四在场，安妮有些含糊其辞，“薪水还不错。”

“夜校？”盛夏没有留意到她脸上的红晕，反而刨根究底地追问道，“会不会不安全啊？”

安妮连忙解释道：“不会的，人家是正规的学校。”

盛夏点点头，夜校至少比酒吧好。

“夏夏，其实我觉得你可以读夜校啊。”安妮突然来了兴致，“你换个工作吧，我也觉得酒吧不太好，你找个白天的工作，晚上还能去上课。”

“这个主意不错。”小四极力赞成，“有个学历总是好的，虽然比不了A大，但至少找工作容易很多。”

盛夏有些心动：“我可以吗？”

“当然了，你那么聪明。”安妮握紧了她的手，脸上羡慕和鼓励交织，“你可是上过大学的。”

盛夏还在犹豫，小四已经拍着桌子替她做了决定：“我去帮你打听一下门路，你就放心吧。”

重新上大学，拿到文凭，然后找个自己喜欢的工作，这个念头让盛夏燃起了希望。她举起了面前的饮料杯，笑道：“好吧，我试一试。”

“来来来，为了安妮的工作干杯，也为了你的夜大干杯。”小四真心实意地祝福道。

是的，她的人生不能停在从前，她还需要往前走。

第六章

青梅竹马的未婚夫

安妮上班后，她们的手头渐渐宽裕了些，盛夏开始积极地准备报考夜校。她打算在酒吧工作到年底，一来多筹点儿学费，二来也多些时间复习备考。

小四对她的决定不置可否，几次暗示愿意借钱，或是提出让季长生帮忙，但盛夏都婉言拒绝了。他无奈之下，倒也帮着四处打听，给她介绍了一个咖啡厅的兼职。

这天，盛夏刚下班，小四就给她打了电话，提醒她去A大把档案转出来。

“我都跟咱们计算机系的主任说好了，你直接过去就行。”小四似乎在忙，周围有些嘈杂，“放心吧，他不会为难你的。”

“谢谢你啊，改天请你吃饭。”盛夏说得真心实意。

小四轻笑道：“要谢就谢老大吧，他可是亲自跑了一趟。”

电话那头太吵，盛夏没有听清，疑惑地问道：“你刚刚说什么？”

“没什么。”小四嘿嘿笑了几声，“我这边还有事，先挂了。”

“嗯，你去忙吧。”

小四放下手机，愤愤地朝季长生踹了一脚：“都按你说的做了，你还吹胡子瞪眼的！”

“都跟你说了别提我的名字，她脸皮薄。”季长生无奈地笑了起来，“至于学费，我再想办法。”

“我真是搞不懂你，你自己去跟她说啊！”小四嘀咕道，“我觉得她现在挺懂事的。”

就是太懂事了，所以不肯欠半分人情。季长生在心里暗暗叹气。

小四留意到他黯然的神色，连忙一把揽过他的肩膀，嚷道：“走吧走吧，季总，大家都等着你的精彩演讲呢。”

作为A大的高才生，还没毕业就拥有自己的公司，如今在行业内也小有名气，这足够让一众学弟学妹崇拜了。

演讲设在俱乐部，四处都有宣传海报和横幅，不时有学生路过，对着照片上季长生那张英俊的脸指指点点。

A大永远都这么热闹，也永远这么生机勃勃，到处洋溢着青春气息。走在久违的校园里，盛夏感到既熟悉又陌生，周围都是飞扬的裙摆和明媚的笑脸，她觉得自己格格不入。

从教学楼到办公楼，盛夏这一路走得忐忑而怯弱。她以为自己不介意，原来还是这么害怕遇到熟人。

“盛夏，是你吗？”一个女生惊讶地叫住了她，“你回学校啦？”

她的叫嚷立刻引来了周围几个女生的注意。对于“盛夏”这个名字，她们并不陌生，在很长一段时间内，她都是八卦的源泉，她被评为校花的那张照片至今还挂在校园贴吧上。

“好巧。”盛夏干巴巴地打了招呼，她认出这是同系的一个师姐。

“你现在还好吧？是打算重新回A大读书吗？”对方格外殷勤，拉着她问个不停。

盛夏硬着头皮回道：“我回学校办点儿事。”

人群里不知道是谁嘀咕了一句：“她不是被判了两年吗？怎么出来了？”

那层心知肚明的窗户纸被捅破之后，大家都没了禁忌，七嘴八舌地议论起来。

“学校还会要她吗？不是都开除学籍了吗？”

“乔校长不会同意吧，我听说乔燃学长还有后遗症呢。”

“天啊，她回学校来干吗？杀人凶手啊！我可不愿和这种人做同学。”

盛夏的脸色越来越白。

那个学姐意识到自己惹了麻烦，几次欲言又止，最终还是选择沉默，悄悄地躲在了人群里。

有人趁机推了盛夏一下，接着又有更多人开始推搡她。

“够了。”盛夏低声呵斥道，“我不会来A大复读，麻烦你们让一让。不是说我是杀人凶手吗？最好不要离我太近。”

刚才还围成一圈的女生立刻散开了，就像躲避瘟疫似的。

盛夏露出一抹苦笑，不知道是在笑自己，还是在笑她们。

因为这个小插曲，盛夏已经预感到了拿档案的事情不会太顺利。果然，到了办公楼，那个行政老师的脸色黑得像锅底。

“盛夏是吧？”她捏着嗓子，尖声道，“来拿档案啊，哎哟，你的档案不知道还在不在学校啊，你属于严重违法犯纪的学生，你的档案我们都是不管的。”

盛夏勉强堆起笑脸，低声道：“我查了，我的档案还在学校。”

“你在哪儿查的？找那个人要去啊，反正我是不知道。”对方抬头瞟了她一眼，很快又不搭理她了，噼里啪啦地敲着电脑键盘。

“麻烦您了。”盛夏将自己的身份证和调档函递过去，小心翼翼地说道，“我都把证件准备好了。”

那女老师用眼角的余光扫了一下，哼了哼，说道：“先放着吧。”

盛夏被她这样晾着，走也不是，留也不是，只好老老实实地在一旁等着。

对方似乎不打算搭理她，磨磨蹭蹭地忙着，一会儿翻翻报纸，一会儿看看电脑，一会儿和邻桌的老师聊上几句。

等她终于消停下来，盛夏连忙小声地提醒：“老师，我的档案。”

“催什么催啊，没看见我在忙吗？”对方不耐烦地翻了个白眼。

盛夏咬咬唇，想说点儿什么，最终还是忍了下去。

那老师瞥了她一眼，突然笑了起来。她慢悠悠地拿起桌上的电话，拨了一个号码，眼角的余光一直盯着盛夏。

“哎，乔校长是吧，我是档案室的小李。”她用一种夸张的声音说道，“我这里有个学生来拿档案，盛夏，您还记得吧？”

盛夏脸色惨白地看着她，完全不明白她为什么打这个电话。

“幸好学校早就开除了她，这种学生啊，真是给A大抹黑。”

“哎哟，不晓得她走了什么门道提前出来了。”

“她调档是要去考夜大。让我说啊，考了也没用，坐过牢就是坐过牢，她一辈子都是个劳改犯。”

她每句话都赤裸裸地指向盛夏，时不时还露出一点儿鄙夷的神色。

“李老师，如果您不愿意给我办理，那我找别的老师了。”盛夏木然地盯着她，一把拿起桌子上的资料。

“你还有没有点儿礼貌啊，你这是跟老师说话的态度？”女老师立刻扯着嗓子嚷道，“你去找啊，你看谁还愿意帮你弄！”

旁边的老师拉住她，低声劝道：“算啦，多一事不如少一事，系里的领导还特意叮嘱过，你就别折腾了。”

“我说你怎么这么大脾气呢，原来是走了后门呀。”她拖着长长的尾音，意味深长。

盛夏不再理她，只是回以冷冷的目光。

那老师将手上的电话一摔，愤愤地说道：“你有本事直接找主任去啊，找校长去啊，反正我这儿不办。”

盛夏很干脆地掉头就走。

才走出办公室，她就有点儿后悔了。人家不就是说话难听点儿吗？自己听得还少吗？为什么就没忍住呢？这一走，档案是拿不到了。

她犹豫地来回走了两遍，拿不定主意是要厚着脸皮回去，还是要潇洒地走人。

“盛夏，你果然还在这里。东西拿到了吗？”小四笑眯眯地跑上前，指了指身边的季长生，“我们刚好也在学校，来找你一起吃饭。”

季长生冲她点了点头，脸上挂着淡淡的笑容。

他是刚刚做完演讲吧？盛夏的目光不受控制地看了过去。他穿着深灰色的风衣和白衬衫，身形笔挺，目光静谧如午后树荫，正一动不动地看着她。

她慌忙地避开了，低声道：“我还没办好呢。”

“那个老师为难你啊？”小四露出一个了然的表情，他推了推季长生，嚷道：“老大，你去吧，用你的魅力征服那个更年期的女人。”

即使盛夏的心情并不好，她也忍不住笑起来。

季长生眼里的笑意闪了闪，他径直拿过盛夏手里的资料，温声道：“你们想想等下去哪里吃，我先去帮你拿档案。”

盛夏愣愣地看着他，还没回过神，他已经推开了办公室的门。

“这样可以吗？”她疑惑地问小四。

“你放心吧，老大会搞定的。”小四满不在乎地挥挥手，“哎，我们去吃火锅吧，大冷天就适合吃火锅。”他一边说着，一边兴致勃勃地拿出了手机，开始搜罗美食。

事实证明，季长生的效率的确惊人，等小四选好店子，定了锅底，他已经拿着盛夏的档案出来了。

“好好保管，别弄丢了。”他把档案递给盛夏，还不忘细心嘱咐。

盛夏连忙点头，看着他的目光又多了一丝赞叹和钦佩。

“走吧，我们去吃饭。”季长生微微不自在地别开脸，嘴角的弧度却一直扬着。他看向小四，道：“你去取车吧。”

“开什么车啊，饭前走一走——瞪我干啥？行，我去，那你买单？”

得到肯定的答案后，小四乐颠颠地去了。

原本闹腾的气氛突然静了下来。

盛夏跟在季长生身后，隔着一两步的距离，慢悠悠地走着。季长生回头看了看她，停下了步子。

“哎。”盛夏冷不防撞上了他的背。她捂着鼻子，眼睛里迅速泛起了一层水雾。

季长生拉开她的手，低头检视了一番，柔声道：“你没事吧？”

或许是他靠得太近，她能清晰地闻到他身上那股淡淡的清香，有点儿像洗衣液的味道，又有点儿像他爱用的香皂的味道。

“我没事。”她脸上一热，连忙退了两步。

季长生的眸色暗了暗，他转开了话题：“小四说你打算读夜大？”

盛夏点了点头，忍不住去看他脸上的神情，难道他觉得没这个必要？

“你怎么没跟我提起过？”季长生的声音莫名地暗哑。

因为拿不准他是反对还是支持，盛夏也没敢多说，含糊地回道：“又不是什么重要的事，我就没有特意跟你说。”

季长生紧紧地抿着嘴，连同下巴的线条也变得生硬了。小四笑嘻嘻地跟他提起这件事时，他有种莫名的失落和无力。什么时候开始，他在盛夏眼里成了一个无关紧要的朋友，或许连朋友也算不上了，所以，她有任何事，他都后知后觉。

她不是说喜欢他吗？等他意识到自己在想什么，立刻生出了抗拒之意，这让他更加心浮气躁。

“盛夏，你不用跟我这么客气。”季长生努力让自己心平气和，“有什么事你都可以和我商量，考夜大我也赞成，至于学费，你不用担心。”

盛夏猛然抬起头，看着他说道：“学费我会自己挣的。”

提到挣钱，季长生就想到那晚在酒吧的情形。他的眉头皱得更厉害了，沉声道：“你还在酒吧上班？把那工作辞了吧，太不安全了，传出去对你的名声也不好。”

“我本来就没什么好名声啊。”盛夏苦笑。

“盛夏，你明明知道我是好意。”季长生见不得她这样轻贱自己，温声劝道，“你不用觉得欠我人情，盛叔也资助过我那么多年，我对你好是应该的。”

想起过世的爸爸，盛夏的心里又酸又涩。她几乎都要相信季长生的说辞了，但经了变故的她知道，没有什么应该不应该，施恩不图报，她不能仗着季长生感恩，就一味索取。

她也不想向他索取，在这个她年少时爱慕的对象面前，她总试图保留那么一点儿自尊，尽管这听起来很可笑。

她的沉默让时间变得漫长。

季长生轻声道：“盛夏，接受我的帮助不是一件丢人的事……”

“我没有你想象中那么清高，也没有脆弱的自尊心，我就是不想麻烦任何人。”盛夏的脸色是前所未有的认真，“我可以靠自己的。小季哥哥，我得学着独立啊，你能帮我一时，你帮得了我一辈子吗？”

她就像在谷底，或许有两个人想要拉她，但谁知道他们的热心能维持多久呢？谁知道这种解救会不会成功呢？她只能自己慢慢爬上来。

季长生几乎喘不过气来。他怔怔地看着那张倔强的脸，记忆里她还是娇娇柔柔的样子，喜欢撒娇，是吃了多少苦才变得这么懂事？

“我能。”如果她愿意，他可以像盛叔那样，护着她安然长大。

盛夏瞪大了眼睛。明明知道只是一句无心的话，她的心还不受控制地狂跳。

曾经，他对她的喜欢避之唯恐不及，而现在他却说愿意照顾她一辈子。多么诱人的承诺，可惜他只有弥补，没有动情。

“小季哥哥，你在可怜我吗？”她的情绪渐渐冷却下来，“我宁愿你嘲笑我无能，也不想你因为同情才对我好。你不要再说这样的话了，我觉得特别难受，真的。”

“盛夏……”季长生心里五味杂陈，他无法反驳，但也不承认。

“我知道你是为了我好，但是，这让我更无地自容。”盛夏坦诚地说道，“我会好好努力的。要是真的有困难，我会告诉你的。”

季长生并不相信，她连出狱的事都不告诉他，自己租房子、找工作，怎么会来麻烦他？但他并不愿逼她，他甚至怀疑再说下去她连一起吃饭都不肯了。

“好吧，有事联系我。”季长生顿了顿，说道，“我的手机号码没有变。”

盛夏心虚地转开了头。

她怎么会不知道呢，她的手机里还存着他的各种短信，他一直在联系她，是她没有回复。

季长生并没有戳破她，笑了笑：“走吧，小四肯定等急了。”

小四对他们的拖拉表示了强烈的不满，正念叨着，季长生的手机响了起来。

“哎，我跟你说，我饿得都能吃下一头牛了。”小四瞟了一眼副驾驶座上的季长生，嘀咕道，“你还约了人啊？”

季长生暗暗皱眉，挂了电话。不一会儿，对方再次打过来，颇有点儿不依不饶的意思。

“谁啊？”小四凑过来看了看，随口道，“叫过来呗，反正大家都认识。”

季长生接通了电话，同时用眼神禁止小四乱说话。

小四贼贼地笑着，趁着红灯，回头对盛夏说道：“嘿，你看这家伙，典型的重色轻友，我觉得他不会跟我们去吃饭了。”

盛夏脸上的表情僵了一下，她连忙补救似的挤出了笑容。那笑轻飘飘的，就像外头的白云，一不小心就会被吹走。

原来他有女朋友了。她忍不住把目光投向了季长生。

“不用了，我过去找你吧。”简短的交流之后，季长生挂了电话。

“我就知道是这样。你去过二人世界吧，把钱包留下来。”小四把车停在了路边。他冲盛夏眨了眨眼，嬉笑道：“咱们去吃大餐，让他大出血。”

盛夏笑着点了点头。

季长生似乎想说什么，最终只是略带尴尬地把钱包掏了出来。下车前，他还是忍不住叮嘱小四：“记得把盛夏送到家。”

“知道了。”

这顿饭他们吃的是西餐，开胃菜是熏鲑鱼，主菜是沙朗牛排，汤是意式蔬菜汤，甜品也是她喜欢的布丁。菜色很丰富，厨师的手艺也很棒，但盛夏吃得心不在焉。

她拒绝了小四送她的好意，坐公交车回了家，她怕自己会忍不住打听季长生的女朋友。

秋冬的天暗得早，微微的凉风吹着，灰色的云堆积在一起。楼下的紫薇花已经开过了，只剩一些枯枝败叶，瑟瑟有声。不知道谁家种了桂花，飘出一些微弱的香气。

楼梯间的灯早坏了，一直没人换，盛夏只能在微弱的光亮里小心摸索。走到转角处，二楼的一户人家突然开了门，灯光照了过来。

“金姨。”盛夏认出是房东阿姨，连忙笑着打了招呼。

对方格外热情地说道：“盛夏啊，你今天不去上班吗？吃过没有，来阿姨这里吃点儿吧。”

“不用不用，我吃过了。”盛夏顿时受宠若惊，“我今天休息。”

金姨是个寡妇，靠着房租养活自己和女儿，为人难免有些刻薄和抠门，自从知道盛夏在酒吧上班，她没少冷嘲热讽。

“这样啊，我就说嘛，小姑娘家不要太辛苦了。”金姨笑眯眯的，眼角的皱纹挤成一团，“远亲不如近邻啊，以后有什么事就来找阿姨。”

盛夏虚应了几声，心里暗暗纳闷她的变脸。

这时，一个不耐烦的女声插了进来：“妈，你跟她说这么多干吗？”

盛夏认出这是金姨的女儿金巧巧，她刚满十八岁，没考上大学，在一所大专读美术。她曾经私下和安妮吐槽，这姑娘是把自己当艺术品整了，染发、文身、漏脐装，怎么酷怎么来。

她笑了笑，继续往楼上走。

“哎。”金巧巧突然叫住了盛夏，她半倚在门上，微微斜着眼，痞痞地问道，“那个大帅哥真的是你未婚夫啊？挺有钱的嘛，出手又大方。”

什么大帅哥？盛夏不明所以地看着她。

“哼，不肯说就算了呗，真小气。”金巧巧翻了个白眼，转身又进了屋里。

金姨连忙打圆场：“你别理她。哎哟，你可真是好福气，这么好的事干吗不早说呢？”

盛夏一头雾水地上了楼。

大概是听到了她的声音，安妮小跑着过来开了门。

“安妮，金姨今天……”

她的话还没说完，安妮已经迫不及待地打断了她：“夏夏，有人找你。”

“找我？”

“对啊，他等了一个下午了，我还怕他是坏人呢。不过他给我看了你们以前的照片。”安妮小声地说道，“你手机是不是没电关机了？我怎么也打不通。”

盛夏正要开口，一个人影从客厅里蹿了过来，一把抱住她，呜咽着嚷道：“夏夏，你终于回来了！”

安妮的嘴巴张得大大的，这男的长得那么帅，原来脑子有问题啊！

“你……你是谁啊？”盛夏回过神，连忙拉开他。

“你竟然不认得我了？夏夏，你怎么能这样呢？”对方一秒换上了哀怨的表情，水汪汪的眼睛里写满了控诉。

盛夏将他上上下下打量了一番：真是一个帅气的小鲜肉啊，身材好，个头高，五官精致，加上一头软软的棕色头发，简直是个加大版的洋娃娃。

“他说是你的未婚夫。”安妮好心地提醒道，“据说，你们还是青梅竹马呢。”

啊？

盛夏惊讶地瞪着男生。

“我是高淼啊，你忘记我了？”对方撇着嘴，像个受气的小媳妇似的。

“高淼？哈哈哈。”盛夏乐了，她仔细地辨认了一会儿，然后像小时候那样捏了捏他的脸，笑道，“你真是‘女大十八变’啊，现在都这么帅了。”

高淼气鼓鼓地看着她，脸红透了，就像新摘的苹果。

“你还会脸红啊。”盛夏像发现新大陆似的，又捏了捏他的脸，还不忘感慨，“好像没有以前的手感好。”

安妮在一旁看得目瞪口呆：“夏夏，这真是你的未婚夫啊？”

“别瞎说，他是我最好的朋友。”盛夏勾住高淼的肩膀，兴致勃勃地往客厅走，“来来来，跟我说说你过得怎么样。”

高淼的经历其实乏善可陈，他去了美国留学，人生地不熟，不知道是水土不服还是饮食改变了，他竟然奇迹般地瘦了下来。

“瘦了多好啊！你以前不是难过没人跟胖子玩吗，现在大家是不是抢着和你做朋友？”盛夏笑着调侃他。

“我有你这个朋友就够了。”高淼可怜兮兮地看着她，小声道，“夏夏，你会不会生我的气？”

盛家出事后，高淼的爸妈就暗中开始安排他出国，渐渐减少了他和盛夏的接触。他起初并不知情，等发现不对劲时，已经被家里强制送上了飞机。

“对不起，我没有陪在你身边，也没有见到盛叔最后一面。”他越想越伤心，扑到盛夏身上哭了起来。

这情景让两个女孩子面面相觑。安妮尴尬地回了房，将空间留给久别重逢的两人。

其实盛夏心里也是有过埋怨的，但她也知道自己并没有资格去埋怨，事情已经过去了，她当然不会责怪高淼。

“我去了那里，他们说你已经出狱了，所以我就一路找过来了。”高淼抹着眼泪，怯怯地看着她，“我是偷偷回国的。”

“啊，你爸妈不知道？”盛夏一巴掌拍在他头上，“你胆子可真大。”

“他们不让我回国嘛。”高淼有些心虚，他从同学那里知道盛夏的事后，一直吵着要回国，家里始终不松口，他只能偷偷溜回来。

盛夏又好气又好笑，催促道：“那你还不快回去，你爸妈肯定急坏了。”

“夏夏，你跟我一起回去吧，反正家里一直有你的房间。”高淼眼巴巴地看着盛夏。

他没怎么变，依然懵懂而热忱。

她却觉得心酸。

重逢的喜悦过后，她意识到了他们的不同。他还是那个穿着名牌的富家少爷，而她住着一间破旧的公寓。光鲜漂亮的他，连同他买来的大大小小的礼盒，都和那张碎花布的旧沙发格格不入，就像她已经回不到锦衣玉食的曾经。

见她不说话，高淼慌张地问道：“你是不是还在生我的气？夏夏，你别住在这里了。你看，连空调都没有，你那么怕冷，冬天可怎么办啊？”

“你还敢嫌弃？”盛夏“啪”地拍在他头上，轻笑道，“等我挣钱了，再租一套大房子请你去做客。”

高淼眼泪汪汪地看着她：“你可以到我爸爸的公司上班啊。”

“你别管了，我现在已经有工作了。”盛夏摇了摇头，“你快回去吧，要是让你爸妈知道，他们肯定来追杀我了。”

“我才回来，你就赶我走。”高淼用水汪汪的眼睛看着她，就像一只被遗弃的宠物。

盛夏忍不住摸了摸他的头，松口道：“好吧，准你再多待一会儿。你吃晚饭了吗，我去给你煮面吃？”

“好啊好啊。”高淼满脸兴奋。

从这晚之后，高淼来得格外勤。据他自己说，他被爸妈痛骂了一顿，然而他坚持不回美国，他们也无可奈何，只得想方设法把他转回A大。

他长了一副好皮囊，又乖巧腼腆，每每来看盛夏，都拎着大包小包的东西，还不忘给房东也捎一点儿。金姨为此对盛夏热情异常。一向慢热的安妮也很喜欢高淼，甚至大方地给了他一把备用钥匙。

当天，盛夏下班回家，还没掏出钥匙，门就从里面打开了，迎接她的是一张灿烂的笑脸。

“你这是私闯民宅。”盛夏看着他身上的围裙，笑着调侃道，“你不用去上课吗，还有空到我这里来当保姆？”

“我现在只能重新读大三，好多课都上过。”高淼低头看着身上的围裙，傻笑道，“我给你炖了汤，等下就能喝了。”

厨房里飘出一阵诱人的香气。盛夏使劲地嗅了嗅，一脸的满足。自从高淼上次尝过她的厨艺后，就主动而积极地担起了做饭的重任，三不五时地过来下厨。

高淼连忙把做好的菜端上桌："可以吃饭了，我去叫安妮姐。"

松子炒玉米、板栗烧鸡、素炒西兰花，还有没出锅的玉米排骨汤。盛夏啧啧叹道："你这是跟谁学的啊，太贤惠了。"

盛夏自认为已经很贤惠了，毕竟她以前五谷不分，现在好歹还能煮面，做西红柿炒鸡蛋。

"就是啊，弄得我现在都不想吃夏夏做的饭了。"安妮走过来，笑嘻嘻地接话。

"安妮，你连粥都不会煮，怎么能嫌弃我呢？"盛夏试图挽回自己的形象，"高淼出现之前，是我用面条和蛋炒饭养活你的。"

"我一直没好意思说，真的很难吃。"

三人正欢快地斗着嘴，敲门声传来。

安妮露出一丝无奈，看着盛夏说道："她每天可真准时。"

高淼也怏怏地嘟起了嘴，埋怨道："为什么我们吃饭，她都刚好过来串门？"

"反正不是因为我。"盛夏看着"罪魁祸首"，恨恨地拿筷子敲了他一下，这才不情不愿地去开了门。

"夏夏为什么打我？"高淼的表情说不出的无辜。

安妮眼疾手快地往自己和盛夏的碗里各舀了一大勺鸡肉，刚要幸灾乐祸地说几句，金巧巧张扬的笑声已经传了过来："好巧啊，咱们又见面了。"

她直勾勾地盯着高淼，径直走到他身边坐了下来，直接无视盛夏和安妮。

盛夏简直要笑出声了，这人也太明目张胆了，简直要把"勾搭"两个字写在脸上了。她也不搭理，默默地拿过自己的碗筷，和安妮一样埋头吃饭。

"夏夏，你不给我盛饭啊？"金巧巧忽然点了她的名，"我还没吃饭呢。"

"那你回家去吃啊。"安妮抢先一步说道，"你干吗使唤夏夏？"

“关你什么事啊？”金巧巧的嗓子又尖又细。

眼看她们要吵起来，高淼连忙站出来当和事佬：“没事没事，我去帮你盛饭。”

“谢谢你啊，你人太好了。”金巧巧笑得灿烂极了，“不像有些人，又自私又懒惰。”

盛夏对她的挑衅充耳不闻，笑着给安妮盛了一碗汤：“这汤不错，多喝点儿，免得便宜了别人。”

金巧巧翻了个白眼：“你什么意思啊？这饭是高淼做的，人家都还没说话呢。”

她朝高淼挤眉弄眼，示意他说上几句话。

可惜这媚眼是抛给了瞎子，高淼根本没有看她，他眼巴巴地盯着盛夏，带着点儿窘迫和求救的意味。

盛夏暗暗觉得好笑，装作没有看到，将脸埋在了碗里。

等好不容易吃完饭，送走金巧巧，高淼发脾气了。他窝在沙发里一动不动，往常做得十分殷勤的家务也不动手了。

“怎么啦？”盛夏明知故问地逗他。

“你都不帮我。”高淼闷闷不乐地说道，“下次能不能别让她来了？”

“人家可是冲着你来的。”盛夏笑着捏了捏他的脸颊，“你没看出来吗，她在追你。”

高淼急切地嚷道：“我又不喜欢她。”

“好啦好啦，下次我会保护你的。”盛夏急着出门，随口哄了他两句。

高淼知道她又要去酒吧，满脸的不开心，觑了她好几眼，想说什么又不敢，最后只好悻悻地说道：“晚上我去接你吧。”

“不用，太晚了。”

盛夏扔下话，匆匆忙忙地出了门。

天气渐渐转冷，酒吧的生意依然火爆，好不容易熬到下班，凌晨的夜透着浓浓的寒意。

盛夏裹紧了大衣，心不在焉地走向公交站，脑海里还在想着经理刚刚的话。

“你年纪还这么小，有没有想过换个工作？我觉得酒吧并不适合你。实话跟你说吧，有人偷偷跟我打听你。你懂我的意思了吗？”

盛夏长长叹了口气，她也知道酒吧鱼龙混杂，长得漂亮的服务员总是比较危险，如果不是明姐帮衬着，她早就撑不下去了。

或许她应该辞了这份工作，但这样她就会失去一大笔收入，怎么去凑学费呢？

盛夏想得出神，没有留意到身边缓缓停下来的车。

“上车吧，我送你回去。”车窗摇了下来，露出季长生温和的笑脸。

不会这么凑巧吧？

盛夏愣愣地看着他，昨天也是这个时间，他等在酒吧门口，说是“刚好路过”，坚持要送她回去。

看着她呆呆的模样，季长生微微一笑，脸色更加柔和：“快上来吧，外面冷。”

盛夏深吸了一口气：“你是特意来接我的吗？”

季长生没有说话，安静地看着她，有一种无声的固执和坚持。

盛夏瞬间就懂了，酸涩和暖意同时涌上来，说不清，道不明。她察觉自己红了眼眶，慌忙低下了头：“你不用这样，我可以自己坐公交。”

她本来就不想过多地麻烦他，更何况他有了自己的新生活。

“你一个人晚上不安全。”季长生皱起了眉头。

“我之前都是一个人坐公交，不也没事嘛。”虽然看出他的不快，但她还是坚持不肯上车。

“之前是我不知道，现在我知道了。”季长生态度强硬地催促道，“上车！”

他正要下车，手机响了起来。

“你接电话吧。”盛夏连忙岔开话题。

季长生看了她一眼，再看看手机，脸色并不怎么好。

“对，我不在家。这么晚了，你找我有什么事？”

“大晚上的我就不能找你吗？”吴培洁的声音听起来有些气急败坏，“我在你家外面等了半个多小时了，就是为了给你一个惊喜。”

虽然不知道这样有什么惊喜可言，但这大冷天的让她等这么久，他确实有些过意不去。

“我在门口的盆栽下面放了备用钥匙，你先开门进去吧，我会尽快赶回去的。”

盛夏远远地站着，有些零星的话还是飘了过来，她听得又酸又涩，心里忍不住又埋怨起季长生来：既然约了女朋友，就不要来做雷锋嘛，免得让大家都纠结。很快，她就开始唾弃自己，明明人家是好心，她怎么能因为自己不痛快就发牢骚呢。

夜班车缓缓驶来，盛夏暗喜，她瞟了一眼还在打电话的季长生，飞快地跑向十米外的公交站。

“盛夏！”季长生急急地推开车门。

“我自己回去就好了，你有事就去忙吧。”盛夏挥了挥手，一溜烟地蹿上了车。

季长生又好气又好笑，连忙退回车里，驱车跟了上去。

“盛夏？”吴培洁惊疑地嚷道，“你在哪里？你和谁在一起？”

“我们回去再说把。”季长生低声道，“我在开车，先挂了。”

“季长生，你是不是和盛夏在一起？你现在、立刻、马上给我回来！”

电话里只剩“嘟嘟”的忙音，一声接着一声，就像在嘲弄她。吴培洁恼极了，再次打过去，这次却是无人接听。她不死心，开始接二连三的电话轰炸，最后收到的回复却是“对不起，您拨打的电话已关机”。

吴培洁气得眼泪汪汪，将手里的保温盒狠狠地砸了。那锅精心炖了一下午的汤，洒得满地都是。

她拿了备用钥匙，开了门，看着整洁而干净的一室一厅，越想心里越觉得委屈。

大家都说她有眼光，找了个好男友，她自己也很得意，无比庆幸当初的“要挟”。可是渐渐地，她开始不满足了，她希望他们能再亲密一点儿，像其他情侣那样，而不是彼此客气得像陌生人。

季长生会帮她找工作，却不会主动和她约会；他会当护花使者、当司机、当提款机，但不会牵她的手，更别提拥抱和亲吻；他会在人前介绍她“这是我女朋友”，却不会让她搬到自己的房子里。

其实她心里有答案，他不爱她，但她还是不想放手。想到刚刚听到的那个名字，吴培洁暗暗握紧了拳头。她不相信自己会输。以前是季长生配不上盛夏，现在是盛夏没有了竞争的资格。从始至终，最适合他的人始终是自己。

永远不要低估任何一个女人，她们是天生的侦探。吴培洁有心要调查季长生的行程，很快就抓住了把柄。

“十三月酒吧”，夜色里，五彩的霓虹灯闪烁着，招牌上的几个字显得清清楚楚。

吴培洁远远地站着。她以前也在酒吧兼过职，正因为如此，她知道这是个什么样的地方。想到现在的盛夏在这里上班，她有一种奇异的快感，混合着耻笑和怜悯。

没多久，她就看到了季长生的车。嫉妒和愤怒让她瞬间失去理智，她大步冲了过去。

“这么晚了，你来这里干什么？”季长生似乎没料到会在这里看到她。吴培洁的性格不算活泼，也有几分清高，很少来这种交际场合。或许她是和朋友来玩的？季长生没有深想，温声道：“我送你回去，已经很晚了。”

他永远这么体贴，这么彬彬有礼，却又隔着距离。

吴培洁心里五味杂陈，她站着没动，轻声道：“你送我回去？那等下你还要回来送盛夏吗？”

季长生皱了皱眉，诧异地看着她。

“怎么，你没有想到我会知道吗？”吴培洁看到他这样，忍不住提高了音量，“你觉得奇怪吗？自己的男朋友每天开车来接送别的女人，我当然要来问一问。我不能来吗？我没有资格来吗？”

“不是你想的那样。”季长生捺着性子解释道，“盛夏她不肯接受我的资助，一个女孩子，每天在酒吧上班多危险，我不想看她出事。你又不是不知道我和她的关系，她爸爸当年一直供我念书……”

“我就是知道才担心！”吴培洁委屈地流下眼泪，“你对我从来没有这样上心过。”

季长生愣住了。

两人僵持着，盛夏已经从酒吧里走了出来，她朝着公交站的方向走了几步，下意识地往停车处扫了一眼。这下，她和季长生的目光撞了个正着。

盛夏一眼就留意到了他身边的那个背影，风衣长靴，楚楚动人，大概是他女朋友吧。她隐约觉得熟悉，却不敢再细看，匆匆收回了视线。

就像前几次一样，盛夏坐着公交，季长生开着车尾随。

如果这个开车的人不是自己的男朋友，吴培洁简直要为他的体贴拍手叫好。她一路上忍了再忍。

盛夏到站，公交站那里等着一个帅气的男生，见到她，他喜笑颜开地迎了上去。

吴培洁留意到季长生脸上的疑惑，冷笑道：“看吧，人家可不缺你这个护花使者。”

季长生整个人都绷了起来，虽然隔着一段距离，但他还是看出了那两人的亲昵，盛夏甚至还挽着对方的手臂。

“你也看到了，她有男朋友了，根本不需要你操心。”吴培洁放柔了声音，“我相信你只是想照顾她，但是她男朋友不知道啊，你小心破坏人家的感情。”

季长生沉默着，但冷凝的表情还是泄露了他的不快。他甚至不无心酸地想，难怪她出狱后不来找他，难怪她时时刻刻想要保持距离，应该是怕男朋友误会吧。

盛夏并不知道这段误会。昨天是高淼的生日，她却忘得一干二净，他等到凌晨才走。为了表达歉意，她决定今天晚上去买个大蛋糕。

季长生看着她进了一家甜品店，然后拎着蛋糕出来，像往常一样走向公交站。他也不知道怎么想的，伸手按了按喇叭。

盛夏其实早就看到了他的车，但她依然选择了忽视。听到声响，她回过头，纳闷地看了一眼。

季长生沉默而执拗地看着她。

气氛里有些微妙的对峙成分，她知道他在生气，但她只是稍稍犹豫了一会儿，然后继续低头往前走。

季长生的脸色顿时黑了，一股无名火蹿了上来。他看着盛夏小跑着上了公交，顿了顿，才不紧不慢地跟了上去。

这股隐隐的怒火在他回到家时达到了顶点。

门是被人从里面打开的，季长生拿着钥匙的手僵在那里，而吴培洁正一脸笑容地看着他。

“你回来了？”她笑吟吟地拉着他往里走，语气里带着平时不曾有的亲昵，“累了吧，我给你捏捏肩膀？”

客厅被精心布置过，茶几上、桌子上、沙发上，甚至地面上都摆着大大小小的玻璃瓶，娇艳的玫瑰开得正好，热烈如火，香气袭人。角落里点着香薰灯，影影绰绰的光落在墙上，透着说不出的暧昧。

季长生沉默地看着她，脑子里飞快地组织着语言，试图阻止眼下这荒谬的一切。

“长生。”吴培洁的脸上带着两朵红晕，“你不会怪我自作主张吧？我就是想给你一个惊喜。”

“太晚了……”

季长生刚开口，吴培洁突然踮起脚，不管不顾地凑近他的唇。他慌忙后退，下意识地推开她，一抹愠色迅速爬上了眼底。

吴培洁大概没想到他反应这么大，整个人踉跄了几步。

“你什么意思？”说不出是羞恼多一些，还是难过多一些，她眼里涌现细碎的泪光，“我就这么让你讨厌？”

“我不是这个意思，但我……”季长生按了按额头，神色复杂地看着她，“我以为你明白，我从始至终都是在履行那个诺言，并没有爱上你。”

吴培洁的眼泪夺眶而出：“你终于说出口了。”

她怎么可能不知道，但她宁愿自欺欺人。她也心高气傲地相信，她一定能俘获他的心，他们才是最合适的啊！

“可是你也没有爱上别人啊？你为什么不给我一个机会试试呢？”吴培洁哭得楚楚可怜，“我们像其他情侣那样试试，不好吗？”

她咬着唇，用颤抖的手解开了身上的睡衣。

季长生这才留意到她是精心打扮过的，细眉红唇，一头卷发被拨到了胸前，随着那件浴袍式的睡衣落地，里面那件几乎镂空的短裙露了出来。

他第一时间转开了头，连声音都是冷的："我以为我们至少还能做朋友。"

"我不想和你做朋友。"吴培洁忍着羞耻，一步步走到他面前，恳求道，"难道这样你都不愿看我一眼吗？"

"是。"季长生干脆转回头，直视着她的眼睛，"我们分手吧，结束这种名不副实的关系。"

他走了几步，捡起地上那件睡袍，披在吴培洁身上。

吴培洁顺势一把抱住他的腰，低低地抽泣着："季长生，你真的一点儿都不动心吗？"

女孩柔软的身体就像新开的栀子花，洁白而芬芳。季长生慢慢地推开她，说道："你会找到一个真正对你好的人。"

抽泣声顿时演变成了号啕大哭，多少不甘心和说不出口的羞愤都藏在了其中。

等她的哭声渐渐小了，季长生诚恳地说道："不是你不好，是我浑蛋。吴培洁，不管怎么样，我心里一直很感激你，所以我才更要说清楚。这一年多的时间足够让我看清自己了，我不喜欢你，我不能拖着你。"

吴培洁紧紧地攥着身上的睡袍，头昂得高高的，仿佛刚才那个卑微到尘埃里的人不是她。

"好，我同意分手。"她看着季长生，表情又爱又恨，"我毕竟帮过盛夏，作为补偿，我要一笔钱。"

季长生并没有觉得惊讶，他一口答应了："我知道你想开一家画廊，最近我已经托人在打听合适的店面了。"

"你早就想到今天了？"吴培洁露出一丝嘲讽的笑，不知道是在嘲讽他，还是在嘲讽自己。

季长生微微叹气，站起身来：“我送你回家吧。”

他率先出了门，体贴地留给她换衣和洗漱的时间。

看着他离开的背影，吴培洁的眼泪再次流了出来。这一次，她没有哭出声。

季长生，如果我没有很多很多的爱，那我就要很多很多的钱，我一定要出人头地，然后站在你面前让你后悔。

第七章

可我现在想对你好

盛夏最近有些惴惴不安，小区附近一连发生了好几起入室抢劫案，有户人家的小孩甚至惨遭毒手，闹得沸沸扬扬，案子却一直没有破。盛夏和安妮心有戚戚，好几次跟金姨商量装防盗门，但对方都含糊其辞地敷衍过去了。

这天晚上在酒吧，盛夏的右眼皮一直跳个不停，心慌得厉害，她隐约有不好的预感。果然，还没到下班时间，她就接到了电话。

“盛夏吗？我是街道派出所的警员，这里有个伤患，需要你过来办些手续。”

千防万防，还是难防贼惦记。盛夏的脑袋里一片空白，她匆匆问了地址，连假也来不及请，就慌慌张张地跑出了门。

季长生刚把车停稳，就看到了神色匆忙的盛夏，她直直地冲到马路上，试图拦下一辆出租车。

她比平常下班早了快半个小时，难道出事了？季长生来不及细想，将车开了过去。

“上车吧。”

这一次，盛夏没有犹豫，拉开后车门，坐了进去：“去市中心医院。”

她带着明显的哭腔，眼睛红红的。他一连看了她好几眼，忍不住问道：“怎么了？”

盛夏实在太惊惶了，各种惨烈的画面在她脑海里闪过，一会儿是安妮倒在血泊中，一会儿是歹徒穷凶极恶地拿着匕首的画面，一会儿是手术室紧闭的门。

她断断续续地将事情说了一遍，季长生的脸色越来越白，沉声道："你也太大意了，真是一点儿安全意识都没有，为什么不早点儿告诉我？"

电视上的新闻他也看了，因为作案手法残忍，他还有些印象，却没有想到案子就发生在盛夏住的地方。只要一想到她随时有可能出事，他整个人都绷紧了。

盛夏捂着脸，低低地抽泣起来，两个肩膀微微地颤动，短发遮住了她的表情。季长生心里一颤，这样的她柔弱极了，他那些斥责的话再也说不出口。

"好了，别哭了。"季长生递过去一盒抽纸，放低了声音，"没事的，还有我在呢。"

盛夏胡乱地擦了擦眼泪，心里真的慢慢平静下来。不可否认的是，她相信季长生，好像有他在，什么事情都能完美地解决。她想着想着，一下子又笑了起来，明明警察在电话里说了"只受了点儿伤"，她为什么老往坏处想？

季长生狐疑地看着她，像是担心她吓傻了。

盛夏觉得难为情，装作没有看到，低头掰着自己的手指头。

十分钟后，他们到达了医院。

安妮的情况比想象中好很多，只是肩膀上被不深不浅地砍了一刀，缝了十来针，已经没什么大事了。不知道该说巧还是不巧，她是在回家时撞上了要离开的歹徒，幸好她机灵，听到了动静就跑，歹徒刚追上来，就有邻居闻声开了门，对方立刻脚底抹油溜了。

"吓死我了，以后咱们还是在包里准备辣椒水吧。"盛夏心有余悸。

季长生扔来一个不赞成的眼神，辣椒水？对方要是真起了歹心，辣椒水能保护她吗？再说了，她还打算继续住在那个公寓？

想到她才受了惊吓，他只得按下心里的怒气，沉声道："你朋友最好还是住院待两天吧，我去办手续。"

“哦，好。”盛夏忙不迭地点头。

等他出了门，安妮小声问道：“他就是你的小季哥哥？”

“你怎么知道？”盛夏曾经跟安妮提起过，没想到她还记得。

“你看他的眼神和看别人不一样。”安妮偷笑道，“我觉得高淼没有机会了。”

“你都这样了，还有心情八卦啊？”盛夏拍趴在床边，小心翼翼地看了看她的伤口，心疼极了，“你疼吗？”

“其实有点儿疼。”这会儿麻醉退了，神经似乎格外敏感，安妮咧咧嘴，又笑着说道，“不过我觉得挺刺激的，差点儿我就挂了呢。”

盛夏瞪了她一眼：“胡说什么呢，回去咱们就装防盗门。”

两人又聊了一会儿，等安妮睡着了，盛夏才离开病房。

季长生一直等在外面，神色疲倦，见了她，脸上才露出些许笑意。

“去哪儿？”他替盛夏拉开车门。

“我想回去收拾点儿东西。”盛夏一个人是没胆子住回去的，她打算找个小旅馆或者去投靠高淼，这家伙前两天在A大附近租了房子。

“住旅馆也不安全。”季长生一眼看出她的心思，淡淡地说道，“去我那里住两天吧，我先找人给你把防盗门装上。”

“不……不用了，太麻烦你了。”盛夏一惊，连话都说不利落了。

“你要是出了事，像今天晚上这样，我会更麻烦。”虽然知道她不会痛快地答应，但季长生心里还是有些压抑。

盛夏偷偷地拿出了手机：“我可以去高淼那里借住，不会有事的。”高淼反正可以回家住，再不济还能住学校，她暗暗地盘算。

季长生猛地停了车，声音不自觉地提高了几度：“高淼？”

“嗯，他从家里搬出来了。”盛夏后知后觉地说道，“你还不知道吧，高淼从美国回来了，现在在A大上学。”

“你之前没有跟我说过。”季长生握着方向盘的手紧了又紧。他那天晚上看到的人就是高淼吧，难怪他们那么亲密。

他重新发动车子，若无其事地说道："这么晚了，他应该已经睡了吧？就算开车过来接你也不方便。"

盛夏想了想，脸上浮起一丝为难。

"你去收拾东西，我在楼下等你。"季长生勾起了嘴角，"只是借住，麻烦高淼和麻烦我有什么区别吗？"

见她还有些犹豫，他揉了揉额头，叹气道："你再这么犹豫下去，天都要亮了。"

已经是凌晨两三点了，盛夏自己又累又困，季长生应该也好不到哪儿去吧。她的目光里顿时多了几分歉意："那麻烦你了。"

季长生微微地笑着，有细碎的光在眼里闪烁，就像温柔的星辰。

季长生的房子买在大学城附近，面积不大，布置得也相当简单。盛夏进了门，看着满眼的灰色和白色，心里暗暗地吐槽。

"我一个人住，所以不怎么讲究。"季长生正在给她热牛奶，回头看着她笑了笑。

盛夏脸上一热，原来她一不小心把心里的话说出来了。她站在客厅里有点儿局促，只好假装四处看看。茶几上零星地散着两枝玫瑰，她盯了很久，最后还是转开了视线。

"先把这个喝了。"季长生将牛奶递给她，叮嘱道，"你饿吗？要不我去煮点儿吃的，你先去洗澡。"

"小季哥哥，你什么时候变得这么体贴了？"盛夏心里忍不住冒酸泡泡。话一出口，她恨不得咬断自己的舌头，连忙改口道："我睡客房吗？我先把行李拿过去吧。"

季长生有些恍神，他体贴吗？怎么吴培洁从来不觉得呢。听到盛夏的问话，他顿了顿，脸上一热："你睡我的房间，我睡客厅。"

“啊？”盛夏没想到是这个情况，她更加局促了，“我睡沙发吧，我个子小。”

季长生瞥了她一眼，没有说话，径直拎起她的背包，往卧室里走。

盛夏愣了一下，连忙跟了上去。

不给她拒绝的机会，季长生利落地换了一套新的床单、被套。

“你将就一下吧。”他拿着换下的床单、被套出门，还不忘问她，“太晚了，我煮点儿粥可以吗？”

“不用了。”拒绝的话到了嘴边，看到他一脸认真地等着答案，不知道怎么她就改口了，“可以啊，我喜欢喝粥。”她下意识地摸了摸肚子。等反应过来，她有点儿不好意思，脑袋几乎低到胸前了。

季长生没忍住，伸手在她的头顶摸了摸，脸颊上的小酒窝若隐若现。

等盛夏洗完澡，收拾好东西，香喷喷的皮蛋瘦肉粥已经出锅了。她其实是不怎么爱喝粥，但被那诱人的香气吸引着，竟然喝了一大碗。

“小季哥哥，你手艺真不错。”喝水不忘挖井人，盛夏对季长生大大地奉承了一番。

季长生笑得有些孩子气：“我只会煮粥。刚才问你想吃什么，也是骗人的，要是你不想喝粥，我就只能煮方便面了。”

盛夏乐了：“你从学校搬出来这么久了，每天都喝粥啊？”

“我把附近能点的外卖都吃过了。”季长生一本正经地回答。

“哈哈哈，那你比我笨。”盛夏得意地说道，“我现在会做炒饭，还会做西红柿炒鸡蛋。”她津津有味地数着自己会做的菜色，脑袋微微歪着，眉角上扬，看起来快乐而天真。

季长生不眨眼地看着，心里有些柔软，又有些酸涩，他记得以前她削苹果都会伤到手，现在却这么能干了。

“以后有机会，让你尝尝我的厨艺……”盛夏停了下来，纳闷地看着他，怎么他一直不说话？

“那就明天吧。”季长生笑了笑，将重重心思掩藏，“你今天也累了，早点儿睡吧。”

盛夏乖巧地点点头，正要收拾碗筷，季长生已经抢先一步。她看着他进了厨房，在原地待了一会儿，然后悻悻地回了房间。

季长生的卧室就像他的人，干净而简单，除了床，就只有米色的衣柜和桌子，连窗帘都是浅色的。她有点儿睡不着，枕头和被套上都有一股淡淡的清香，她总觉得像季长生身上的味道，搅得她昏头昏脑。

客厅里的灯还亮着，门缝底下有一道窄窄的光，或许他还在忙？盛夏盯着看了一会儿，脑子里天马行空。也不知道过了多久，睡意终于袭来。恍惚中，房门开了，然后又被轻轻地合上，那微弱的光也随之灭了。

这一觉，她竟睡得意外地香甜，醒来时天已经大亮。

客厅里隐隐有声响，季长生应该早就起来了。盛夏用力地拍了一下脑袋，跳下床，开始手忙脚乱地整理。

换洗衣服在行李包里，不知道季长生昨天放到哪里了。她四处找了找，犹豫着打开了衣柜。季长生大概是处女座的，衣服叠得整整齐齐，按颜色分门别类摆放。她一眼看过去，连内裤都一丝不苟地装在收纳盒里。

盛夏忍不住多瞅了两眼，某些邪恶的念头不受控制地冒出来。她连忙甩了甩头，打开了另一侧的柜门。

小小的行李包放在柜底，但盛夏一眼看到的却是那件白色连衣裙。除此之外，这个柜子空荡荡的，别无他物。

白色的真丝裙，刺绣布满裙摆，那是鲜艳怒放的蔷薇花枝。盛夏愣愣地看着，呼吸渐渐急促，过了好一会儿，她才平静下来，若无其事地关上了柜门。

有些事情，好比那件被泼了脏咖啡的裙子，只能被压在箱底。就像季长生当初赔了一条仿版裙子，她骗他说退货了而从没穿过，兜兜转转，裙子已经不知道落在哪里了；就像季长生现在买了这条正版裙子，虽然美丽，却不见天日，早就没有送出去的机会。

虽然明白，但还是难以释怀，盛夏在晨光里泪流满面。

“盛夏，你起床了吗？”季长生走过来敲门，“出来吃早餐吧。”

“来啦。”盛夏瓮声瓮气地回了一声。

早餐是季长生去楼下买的，两屉小笼包、一份煎饺、一碗豆花、一份酱饼，还有油条。

“不知道你喜欢吃什么，每样都拿了一点儿。”季长生将热好的牛奶递给她，见她眼睛红红的，连忙问道，“是昨天没有睡好吗？”

盛夏点点头，咬着油条，含糊地说道：“我有点儿认床。”

“你认床？”不知道想起什么，他忍着笑说道，“你以前不是趴在桌子上都能睡着吗？”

盛夏噎了一下，表情讪讪的。他以前给她做家教的时候，她随时随地都能睡着，没想到他还记得。她又想起柜子里的那条裙子，心里一时忽上忽下，脸色慢慢地红了起来。

好在季长生没有留意，只是追问道：“我已经让人去你那里装防盗门了，你要过去看看吗？还是想去医院？我开车送你。”

“我想回去给安妮熬点儿汤，下午还要去兼职呢。”盛夏匆匆地吃完了一碗豆花，“你不用去上班吗？我自己坐公交就可以了。还有，那个装修费……”

在他似笑非笑的注视下，她自动地将话咽了回去，默默地咬了一口小笼包。

“也不知道那边今天能不能弄好，你先拿着钥匙。”季长生递给她一把钥匙，叮嘱道，“你要炖汤，就在这里弄，反正离医院近，楼下就有菜市场，你买东西也方便。”

盛夏没有接钥匙，怔怔地看着他，眼里有疑惑，也有无奈。

“你就先待在这里吧，没什么不方便的。我每天早出晚归，你也要上班。”季长生把钥匙搁在桌子上，不等她开口，已经站起身，微笑着说道，

“那我出门了。”

盛夏觉得自己反应有点儿慢，等她从错愕中回过神，屋子里已经只剩她一个人了。

季长生的心情很愉快，尽管他不说，但眼角眉梢带着春风，很难让人忽视。于是，整个公司都知道了，今天季总格外好说话，有什么策划案或合同，赶紧趁机交上去。

小四进了办公室，一眼就看到季长生扬起的嘴角，便促狭地问道：“我就不懂了，你一个失恋的人笑得跟交了桃花运似的，什么情况啊？”

季长生瞥了他一眼，目光重新落回电脑屏幕上。

“季总你今天真温柔，竟然没损我几句？”小四啧啧有声，他走过去，一把揽住季长生的肩膀，低声道，“我听说你和吴培洁掰了？还听说她要开个画廊，你出钱啊？”

季长生“嗯”了一声，脸上的笑容淡了下来。

“你跟吴培洁也就处了一年吧，也没见你们多恩爱，分手倒是挺大方的。”小四其实并不怎么喜欢吴培洁，这姑娘心气太高，又常常打着“为你好”的名义，插手季长生的事。

“就当是谢谢她吧。”季长生说得真心实意，不管怎么样，他始终感激吴培洁能在关键时候站出来。

“你傻了吧？开画廊可不便宜，这么大笔钱，你给得不心疼啊？我看着都心疼，上次那个游戏开发案白做了吧。”小四恨铁不成钢，愤愤地敲着桌子，嚷道，“你这么有爱心，怎么不去资助贫困小朋友啊？哦，你好像一直在资助孤儿院。那你怎么不给盛夏交学费啊？”

“你以为我不想给？”季长生一脸苦恼。

“啊？”小四顿时安静下来，他一个劲儿地看着季长生，好像要看出花来，慢慢地，他脸上浮出意味深长的笑容。

季长生被他看得不自在，咳了两声：“你没事做吗？待在这里干什么？”

“老大，你是不是脸红……”

“季总，今天是周五，我们公司不是要聚餐吗？定在哪里啊？”几个同事在外面等了半天也没见小四出来，他们索性嘻嘻哈哈地挤了进来，“大家想去海鲜城。”

被打断了话题的小四相当不爽，哼哼唧唧的：“吃吃吃，就知道吃，不知道替咱们老大操心一下个人问题啊！”

季长生把文件夹丢过来，给了他一个警告的眼神。

“什么情况啊？”吃瓜群众纷纷表示疑惑。

“地点你们定吧，我今天还有事，不去了。”季长生努力板起脸，那个若隐若现的小酒窝却让他没有了平时的淡定。

看到大家或惊疑或好奇或促狭的目光，季长生竟然觉得脸上发热。他自己也并不明白这是什么心理，但只要想到家里还有个人，他的心情就莫名地雀跃。

一到下班时间，季长生就迫不及待地驱车赶回家。

盛夏已经不在了，客厅被打扫过，干净整洁，茶几上放着她留下的字条：我回去了，谢谢小季哥哥的收留，我煮了山药排骨汤，你喝的时候热一热。

虽然心里了然，季长生还是忍不住打开了卧室的门。空荡的房间整洁如过往，但他忽然觉得难以忍受。他站了一会儿，很快转身拿了车钥匙，大步冲下楼。

一连串的抢劫案总算让小区的人警惕起来，家家户户都装上了防盗门，有些正在施工，老旧的公寓里不时传出声响。

季长生在昏暗的楼梯间踌躇，他并不知道盛夏住在几楼。

这时，一扇门“吱呀”开了，出来倒垃圾的金巧巧眼前一亮，目光灼灼地盯着这个英俊的年轻人。

“你找谁啊？”她飞快地将对方打量了一遍，这里的住户来来往往就那几个，绝对没有这样出色的。

"请问，你知道盛夏住在哪儿吗？"季长生松了口气，脸上挂着微笑，礼貌而温和。

金巧巧的眼里露出几分惊艳的神色，心里却更加嫉恨。盛夏，盛夏，怎么一个个都是来找盛夏的？她不就长得好看点儿吗？

"你是盛夏的朋友？她就住在四楼，喏，上去左转第一间。"金巧巧一边指给他看，一边酸溜溜地说道，"以前怎么没见过你啊？不过来找她的朋友太多了，个个都是大帅哥，我可能没记住。"她呵呵地假笑，故意上前几步，想要靠近他。

季长生暗暗皱了皱眉头，因为她话里的恶意而不快。

"我可没说假话，你别被她那张脸骗了，看着挺清纯的，谁知道背地里是什么样啊。"见他没有反对，金巧巧更加来劲了。

"至少你比好。"季长生面色冷冷的，再也不看她，抬脚往楼上走。

金巧巧气急败坏，她尖着嗓子嚷道："我是好心提醒你，不相信就算了。你以为盛夏是什么好东西，每天带男人回来！说不定你就是个备胎！"

季长生不为所动，但熟悉的人一眼就能看出，他在生气，而且是很生气。

他想过盛夏的日子会不好过，但没有想到，连个小小的路人甲都在背后造谣中伤她。想到那所谓的"带男人回家"，他又不无酸涩地埋怨，她和高淼再怎么亲近，也该避讳一点儿，难道她真的决定和高淼在一起？她能原谅高家当初的见死不救吗？

越往深了想，他的心情越糟糕，脸色冷凝如冰。直到站在那扇新装的铁门前，他的神情才缓和了很多。

"是你啊？"来开门的是安妮，她毫不掩饰自己的错愕，愣了一会儿，才连声邀请他进屋坐。她的动作有些笨拙，显然是身上的伤还没好。

季长生礼貌地问候了一句："你应该在医院多待两天的，新缝的伤口容易感染。"

安妮露出几分羞窘，低声道："我们积蓄不多，我现在不能上班了，夏夏还要攒学费，得省着点儿花。”

季长生有些说不出的气闷，他在客厅里看了一圈，问道：“盛夏不在吗？”

“她去上班了。”安妮解释道，“你要是有事找她，就只能明天上午过来了。她每天下午要去咖啡厅打工，晚上还要去酒吧。”

“她酒吧的工作还没辞？”季长生暗骂自己糊涂，只想着过来看看她，竟然忘了这茬事。他已经和她说过好几次了，她偏偏不听。

安妮似乎猜到了他的心思，连忙说道：“你放心吧，不会有事的，高淼现在每天接送她下班呢。”

她话音一落，想到他和盛夏之间的纠葛，又有点儿后悔自己的多嘴。

季长生坐不住了，起身告别，临走时又忍不住说道：“你们有什么事，尽管和我开口，不用客气。学费的事，如果可以，麻烦你劝劝盛夏，我不希望她那么辛苦。”

安妮有些惊讶，季长生冲她笑了笑，很快离开了。

第二天，安妮和盛夏提起这事，暗暗留心着她的神色。

“我觉得那个季长生对你挺好的。”安妮小心地试探，“他是不是喜欢你啊？”

“怎么可能？”盛夏立刻否认，轻声道，“他是同情我，而且我爸爸以前帮过他，所以……”

所以他才一次次地伸出橄榄枝，所以他才那么体贴，所以他才让旁人一次次误会，连小四都来打趣她。

可是她怎么会忘了，他曾经严词拒绝过她的告白，当她忐忑而甜蜜地说出心意，他只是用一副大哥哥的口吻告诉她，“你不能指望一个不喜欢你的人对你多好”。

那是藏在甜蜜的玫瑰花背后的刺，是青春的残忍。

安妮犹豫地说道：“或许他心里一直偷偷喜欢你，以前是不敢让你知道。”

安妮能看出季长生的关心和体贴都不是假的，他明明很在意盛夏，听到高淼的名字，他连脸色都变了。

“不会的，他不是那样懦弱的人。”盛夏摇摇头。她认识的季长生绝不是自艾自怜的人，哪怕再贫穷，他也不会自卑，也不会过度自尊，总是保持着恰到好处的上进和勤恳。

他只是不喜欢她，并不是不喜欢她的身份。

“他有女朋友。”盛夏咬了咬唇，想到小四跟自己说起的那些话，“虽然分手了，但是……”

但是，至少说明他喜欢过别人。这是她不想承认的事实。

“嗯，其实我觉得高淼也不错。”安妮不知道该怎么安慰她，在心里叹气，盛夏是不会接受季长生的资助的。

盛夏“扑哧”笑了起来，高淼在她心里就是最好的玩伴，他们一起度过了亲密无间的少年时代，他就像她的家人。

她伸手搂住安妮，两个人舒舒服服地窝在沙发上，享受着这难得的安宁。电视里放着一档真人秀节目，嘻嘻哈哈的笑声听着喜庆而热闹。风从开了一半的窗户里吹进来，暖暖的。

“安妮，你男朋友是个什么样的人？你怎么会那么喜欢他呢？”盛夏轻笑了一声，就像茶几上那盆水仙花，刚冒出花骨头儿，柔柔的。

安妮的脸上依稀有了笑意：“不知道啊，他站在我面前的时候，我会觉得很开心。”

那个男孩有什么好呢？回想起来，他很普通，爱打架、爱抽烟、爱逃课。可是，他也会骑着摩托车带她兜风；也会将一碗泡面都给她，自己喝汤，只为了不让她饿肚子；也会因为别人对她动手动脚而冲动地报复回去，结果丢了性命。

盛夏轻轻地闭上眼睛，时间一下子就回到了和季长生初见的时候。他坐在盛家的客厅里，微笑着看过来，风姿如画。

“进来吧。”

季长生头也不抬，应了一声，依然盯着面前的电脑屏幕，十指在键盘上飞快地跳动。

脚步声慢慢近了，一个清亮的声音笑道：“季长生，没见过你这样招待客人的。”

季长生冲茶几的方向瞥了一眼，不紧不慢地说道：“有咖啡，也有白开水，自己倒。”

“行，自己动手，丰衣足食。”对方给自己倒了一杯水，毫无形象地瘫在沙发上，一边四处打量，一边笑道，“你今儿叫我来干吗？你们公司有什么财务问题，还是产权纠纷？”

“姜然，你能不能闭上你的乌鸦嘴。”季长生没好气地说道，“我们公司好得很。”

姜然满脸的无辜：“你说你突然来找我，我一个律师，能不多想吗？”

季长生叹了口气，手上的动作停了，轻声道：“我还真有事找你帮忙，不过，是私事。”

等他有条不紊地说了自己的打算，姜然惊讶地从沙发上跳了起来，指了指他，又指了指自己，惊疑地问道：“你是说，你想资助盛夏一笔钱，但是想让我出面？”

季长生肯定地点了点头。

“你有病吧。”姜然毫不留情地吐槽道，“绕这么大一圈干吗？你要想报答盛叔的恩情，自己直接给她不就好了，难道她会不要？”

“她就是不要。”季长生苦恼地叹气，“你别说漏嘴了，就说是盛叔留下的钱，托你转交的。你不是律师吗，她应该会相信的。”

姜然下意识地反驳道：“难道我给她就会要啊……”

他的脸色突然变了，难以置信地看着季长生。他也是接受盛家资助的小孩之一，当年盛家出事时，他正在国外留学，详情他并不清楚，但他知道季长生为此付出了多大的心力。

“你这是报恩，还是以身相许啊？”姜然神色复杂地说道，“我都差点儿被你骗了。你说，你是不是还喜欢人家盛夏呢？”

季长生苦笑，自己都理不清楚的事，怎么跟他说？

“你别否认。”姜然瞪了他一眼，“以前人家喜欢你，你憋着不说；现在人家都这样了，你又去撩拨她。这算什么事啊，你倒是憋着呀。”

“总之，你帮我就行了。”季长生不自在地转开了脸。

“好，我帮你。”姜然拍了拍他的肩膀，叹气道，“但我还是觉得，你这事干得不漂亮。盛夏也真是可怜，遇人不淑，有眼无珠，芳心错付……”

季长生忍无可忍，一脚踹了过去。

有些问题是没有答案的，比如他是不是喜欢盛夏，比如他是不是很早以前就喜欢那个灿若玫瑰的小姑娘。但他没有告诉姜然的是，那天晚上，她住在他的卧室，他在一墙之隔的客厅里整夜都没有合眼。他想着她睡着的样子，他想着第二天给她买什么样的早餐，想着想着，他就会笑起来。

明明她什么都没做，但他就是觉得快乐。这种快乐，他从来没有在别人身上体会过。不管是那个娇俏的小女生，还是现在这个坚韧的姑娘，只有她，一直是她。

姜然虽然嘴贫，办事效率却很高，下午就上门找了盛夏。

坐在小小的简陋的客厅里，姜然也是感慨万分。他曾经见过盛夏。那时候盛家业带她去孤儿院，她穿着粉色的连衣裙，带着许多礼物和零食，大方地分给那些孩子，他就是其中的一个。

他永远都记得那个漂亮的女孩，高贵如公主，他甚至要鼓起勇气才敢开口和她说话。而她总是笑嘻嘻的，没有丝毫不耐烦。

“不好意思，我认识你吗？”盛夏的脸上是疑惑和歉意。她再次打量眼前这个年轻人，他个子不高，瘦瘦的，穿着休闲T恤衫，笑起来时露出小小的虎牙，整个人看起来特别有活力。

“我叫姜然，是一名律师。”姜然脸不红心不跳地撒谎，“我是受盛家业先生的嘱托，特意来找你的。”

“我爸？”盛夏眼里的狐疑越来越多。

姜然咳了两声，继续说道：“是这样的，盛家业先生临终前曾经给了我一笔钱，托我转交给你。可惜我后来出了国，一直没联系上你，现在才有机会转交给你。”

盛夏并没有立刻相信，她看起来有些黯然神伤，或许是想到了父亲去世的惨淡。

“这是我的律师证。”姜然连忙掏出证件，又把季长生给他的银行卡递过去，“这里面有十万块，密码是你的生日。”

“你和我爸爸认识吗？”盛夏并没有接。

“是盛叔花钱送我上的大学。我去医院看过盛叔，那时候你的案子还没判，公司里又乱糟糟的，他担心资产会出问题，所以特意托我保管这笔钱。”姜然的谎话越说越溜，“钱不多，可能是挪用大笔资金太打眼了。”

他的话其实漏洞百出，但有一份伪造的嘱托书在前，盛夏并没有怀疑，况且，她并不认为一个素不相识的人会自掏腰包拿出十万元。

送走姜然后，盛夏和安妮喜极而泣，她们终于可以不用那么辛苦了。

盛夏当天就辞了酒吧的工作，去夜校报了名。她现在晚上去上课，白天则仍然去咖啡厅兼职，生活忙碌而充实。

她犹豫了很久，还是给季长生发了短信，将事情一五一十地说了。

季长生对着手机微微一笑，起身拿起外套，准备出门。庆祝她顺利上学，这或许是个不错的理由，可以约她出来吃饭。

“老大，你去哪儿？”小四眼疾手快地夺过了手机。

“都下班了，你还不走？平常也没见你这么积极。”季长生轻轻松松地从他手里拿回手机，面色依然愉悦。

“这下可好了，盛夏终于能安心上学了。”小四笑着说道，“等下一定要好好恭喜她。”

季长生挑了挑眉，似乎在思索他话里的意思。

“你不知道吗？我之前给盛夏找了个兼职。”小四随口道，“就在公司附近，那家咖啡厅我们还去过呢。”

这可真是个惊喜，虽然说不清是“惊”的成分多一点儿，还是“喜”的成分多一点儿。季长生拍了拍小四的肩，意味深长地笑了笑，撇下他扬长而去。

正是下班高峰期，咖啡店人流如织，盛夏忙得团团转。

“服务员，点单。”一个娇俏的声音叫住了盛夏。

“好的，您需要什么？”

盛夏匆匆忙忙地跑过去，正低头写着单子，对方突然惊呼道：“盛夏？”

她蓦然抬起头，吴培洁那张俏丽的脸就在眼前。

没想到会在这里碰到熟人，盛夏既震惊又酸涩。她暗暗瞟向吴培洁的右手，心里七上八下的。浓浓的愧疚让她低下了头：“真巧。”

“是挺巧的。”吴培洁的声音又尖又细，带着说不出的讽刺，“想不到你也有这一天。”

她灼热的目光在盛夏周身扫了一遍，带着挑衅。她似乎变了很多，但并没有变得落魄，就算是穿着店里统一的白T恤，她看上去依然漂亮，杏眼桃腮，明眸皓齿。

吴培洁心里隐隐有些失落，却也不自觉地松了一口气。她不愿意见到一个光彩照人的盛夏，但更不愿意见到一个灰头土脸的盛夏。或许，承认自己输给一个灰姑娘，这更让她难堪。

她几乎是有些愤怒地想起了那天晚上听到的那声“盛夏”，那时候季长生就见过她了吧，旧爱重逢，难怪他迫不及待地提出分手。

“你的手好了吗？”盛夏见她脸色难堪，以为她还因为那次的事故记恨自己。

“怎么，你很希望我好不了吗？真是让你失望了。”吴培洁心里憋着一股气，她嘲讽道，“你现在假惺惺的有意思吗，你推我的时候怎么不想想后果？”

盛夏深吸一口气，平静地说道：“我给你道歉，是出于我的教养，不是因为我的罪恶。我不懂你为什么要诬陷我，如果你讨厌我，你那时候为什么又出庭给我做证呢？”

“你以为我想吗，我恨不得你在牢里待个十年八年。像你这样任性的大小姐，就该吃点儿苦头。”吴培洁压低了声音，一字一句地说道，“要不是季长生求我，我才不会帮你。”

盛夏愣住了，她第一次知道，这事竟然和季长生有关系。

“你很惊讶吗？”吴培洁冷冷地睨着她，看她的眼神就像在看一道丑陋的疤，“你这无辜的表情给谁看呢？那些祸都是你闯的吧，凭什么让别人给你收拾烂摊子！你爸也就算了，你为什么扯上季长生？你想害他像你爸一样去死吗？”

“我没有！”盛夏身体哆嗦着，尖声打断了她。

有人好奇地看了过来，只当她们是顾客和商家发生了纠纷，一时倒也没有在意。

“你怎么没有？你爸不就是你害死的吗？连你妈都不要你，宁愿跟着别的男人跑了。”那些恶毒的话不经思索地冒了出来，吴培洁觉得既痛快又罪恶。

“你胡说！”盛夏脸色惨白，粗重的呼吸透露了她的不平静，“你就是嫉妒我才胡说，你明明知道小季哥哥对我好，你明知道我妈失踪了，你故意挑拨！”

“季长生喜欢你？真好笑，我是他女朋友！”吴培洁被她三言两语激得失去了理智，“他就是同情你！你坐过牢，又没有学历，他看你可怜才对你好，你竟然以为他喜欢你？”

这些话就像一把荆棘，深深地刺进了盛夏的心里，她说不出任何反驳的话。

吴培洁知道自己的话奏效了，添油加醋地说道："你待在牢里，不知道你妈跟人私奔了，你现在上网去查，保准能搜到很多新闻，一年前这可是A市的大新闻呢。"

"你闭嘴！"盛夏不知道哪儿来的勇气，猛地朝她吼了一声。但她心里已经相信了，眼泪不受控制地滑了下来。

老板闻声赶过来："小夏，你怎么回事？你怎么哭了？"她忙不迭地给吴培洁道歉，"不好意思，这是个新人。"

"那你要么让她给我道歉，要么就炒了她。"吴培洁看了看盛夏，对方却失魂落魄的，完全没有留意到她的小动作。

经理为难地看着盛夏："这到底是怎么回事？"

盛夏抬起泪眼，看了一下吴培洁，突然推开经理，转身跑了出去。

下班的人行色匆匆，车流往来，路灯红了又绿，一切嘈杂而井井有条。

盛夏恍恍惚惚地出了大楼，站在热闹的街道边，眼泪泛滥成海。

她其实已经很久没有想起爸爸了，因为不敢。在心里某个深深的角落，她也觉得是自己闯祸害了爸爸。他明明可以去美国去做手术的，如果没有那起案子，他不会死的。也许妈妈也是这样想的，所以才从来不肯露面。

盛夏蹲在路边哭成了泪人。

"盛夏。"季长生气喘吁吁地赶过来，看到那个缩成一团的身影，他觉得心房也紧紧地缩着。

"小季哥哥，我妈是不是不要我了？"盛夏抬起头，满脸的泪痕。

季长生二话不说蹲了下来，扶着她的肩膀，温声道："当然不是，阿姨她肯定是不知道你出事了，不然她怎么舍得丢下你呢。"

"她会的，她早就想和爸爸离婚，早就想扔下我。"盛夏呢喃着，空洞的目光看着远方，不知道想起了什么。

“盛夏，你别这样想。”季长生放柔了声音，“没有人不爱自己的孩子，而且你那么棒，阿姨怎么会不爱你？”

他温柔地替她擦着眼泪，一只手在她背上轻轻地拍着。

“是我害死爸爸的啊。”盛夏再也忍不住，号啕道，“还有你，小季哥哥，我给你也惹了好多麻烦。其实我不想的。吴培洁说你为了照顾我，不得不跟她分手。”她哭得很凶，肩膀一颤一颤的，几乎连气都喘不过来。

季长生不管不顾地抱住了她，沉声道：“你宁愿相信吴培洁的话，也不相信我吗？”

盛夏无声地摇头，眼泪落在他的颈脖处，湿漉漉的，却有着火一般的灼热。

“盛叔那时候身体已经很糟糕了，做手术也没有什么意义，他是不想你担心，才一直瞒着你。”季长生涩涩地说道，“我一直陪着他，你不相信我吗？他走的时候还念着你呢。要是知道你这样胡思乱想，他会很生气的。”

盛夏已经哭不出声了，只是一阵阵地抽噎，身体颤抖得厉害。

“别哭了。”季长生一遍遍地给她擦着眼泪，“是不是和吴培洁吵了一架？吵架的话怎么能信呢？咱们得好好过，等哪天遇到阿姨了，你再当面跟她问清楚。”

盛夏说不出话，只是一个劲儿地点头，顶着一双红肿的眼睛，既脆弱又坚强。

“眼睛都肿了，还哭啊？”季长生微微松开她，修长的手指轻触她的眼皮，脸上满满的都是怜惜。

他越温柔，她越心酸。

盛夏忍了又忍，眼泪还是涌了出来。她慌忙用手去擦，颤声道：“小季哥哥，你为什么对我这么好？吴培洁说，你是可怜我。”她的脑袋越垂越低，声音细若蚊鸣。

季长生却听到了，他摸着她的头，声音是从来没有过的温柔：“那是因为我喜欢你。”

秋冬的风把他的话吹进她心里的每个角落。

“夏夏，以前或许是我不懂，可我现在想对你好。”

盛夏已经忘了自己是怎么回到家的，她最后的印象是窝在汽车后座上睡着了。她茫然地坐在床上发呆，白天的记忆渐渐回笼。

“夏夏，你醒了吗？”安妮推开了房门，“你饿不饿？我给你热了饭菜。”

“我睡了很久吗？”盛夏揉了揉肿痛的眼睛，一开口，发现自己的声音也哑了。

“现在都晚上十一点了，你吃点儿东西再继续睡吧。”安妮将饭菜摆在小桌子上，“是季长生送你回来的。喏，饭菜也是他订的，说你醒了肯定会饿。”

盛夏莫名地想起季长生的话。那算是告白吗？他真的喜欢她吗？而她呢，真的还有资格站在他身边吗？

安妮无声地握住了她的手：“那个兼职辞了也好，你就专心上课吧。我身体养得差不多了，明天就可以回去上班。你要是不想让季长生养，那就让我养着吧。”

盛夏被她逗笑了，一声不吭地抱住她，纷杂的情绪慢慢平复。

“好了，不想这些了。”安妮故意岔开话题，“过两天就是我的生日了，你可要好好地陪我。”

“放心吧，我和高淼早就在准备了。”

“好啊，那我就等着吃大餐。”

到了安妮生日这天，盛夏和高淼早早地到了预订的餐厅，点了安妮最爱的法国菜，还特意定制了一个大蛋糕。

安妮却迟迟没有来，眼看着菜都上齐了，盛夏再次给她打了电话。

“安妮，你在路上了吗？”盛夏着急地问道，“是不是路上堵车？”

“夏夏，你们先吃吧，别管我了。”安妮的声音听起来有点儿不对劲。

“怎么了？”盛夏没留意，仍然笑嘻嘻地说道，“你再不过来，我们要把菜吃光啦。”

安妮那边有点儿吵，声音也断断续续的，盛夏只听到“还没下班……突然有事，来不了”，电话就挂断了。她再打过去，却没有人接听了。

“怎么办？安妮好像来不了。”盛夏的情绪瞬间低落下去，她怏怏地看着满桌子的美食，“我们自己吃吗？”

“我们先吃，然后给她打包。”高淼连忙哄她，“可能是突然有事吧，你别担心了，吃完早点儿回去陪她。”

盛夏点点头。

或许是主角缺席的缘故，气氛有些闷。盛夏自己心不在焉，看得出高淼也有些意兴阑珊，时不时走神。

饭吃到后面，服务员上甜品时，突然拿出了一束玫瑰，笑吟吟地看着他们：“今天是我们餐厅成立两周年，凡是消费的情侣，都赠送一束玫瑰，祝你们用餐愉快。”

盛夏笑了：“我们不是……”

“真好看，谢谢。”高淼眼睛一亮，接过玫瑰花，递到盛夏跟前，“送给你。”

当着服务员的面，盛夏不得不堆着笑，伸手接了过来。等人走了，她立刻抱怨道：“你干什么呀，人家还真以为我们是情侣呢。”

高淼的脸涨得通红，小声道：“不可以吗？”

盛夏没听清，看着他，目光中透着疑惑。

“夏夏，我有东西想送给你。”高淼的喉结动了动，脸色已经绯红如云霞。他慢慢地掏出一个小盒子，轻声道：“我去给安妮买礼物的时候看到的，觉得很适合你。”

盛夏隐隐地察觉到了什么，脸色顿时复杂起来。

“你看看嘛。”高淼窘迫地催促。

她打开盒子，里面赫然躺着一条精美的项链，两个吊坠是小巧的冰激凌的样子，镶着粉钻，既别致又奢华。

“这么贵的礼物，我可不敢要。”盛夏慢慢地将盒子推了回去，她一眼看出它价格不菲。

“夏夏。”高淼的表情里带上了一丝恳求，“你跟我这么见外吗？我们不是好朋友吗？你一直对我很好，别人都嘲笑我胖，不肯和我玩，你却从来不嫌弃我。我现在瘦了，变好看了，但我还是只想和你做朋友。不对，不是做朋友……”

盛夏打断了他的话：“高淼，你永远是我最好的朋友。”

“不，不是的。”高淼几乎要哭出来了。他说得结结巴巴，但他知道盛夏明白的。可是她那双漂亮的眼睛里只有愧疚。

他缓缓地低下头，沮丧、难过和失落同时涌了上来。

“项链我就不要了，玫瑰花我收下啦，免费的呢。”盛夏心里同样不是滋味，她打起精神笑道，“我们回去吧。”

一路上，气氛始终沉默。高淼就像一只霜打的茄子，蔫蔫的，时不时地朝盛夏看上几眼。她察觉到了，回过头，他连忙又低下脑袋，一副怯生生的模样。

盛夏心里又软又酸。

高淼送她到了公寓楼下，磨磨蹭蹭地不肯走，再三犹豫，才不情不愿地说道：“那我回学校了。”他走了两步，又回过头来看她，眼睛湿漉漉的，就像被主人遗弃的小狗。

“高淼。”盛夏叫住了他。

他一瞬间就笑了，三步并作两步跑回来，欣喜地看着她。

盛夏只觉得鼻子发酸，她伸手抱住了高淼，在他背上拍了拍，低声道：

“对不起，高淼，我不能做你的女朋友。你要是难过，以后我就不在你面前出现了。”

高淼一愣，急急地要推开她。

盛夏却抱得很紧：“等你不喜欢我了，我们再做朋友，不然你会很难过的，我也会。”说完，她松开高淼，转身跑进了公寓。

“夏夏！”

高淼惊慌失措，愣愣地站着那里，他想追上去，又想到盛夏刚才在他耳边说的话：“别追，以后也别来了。”

他似乎有点儿明白，又似乎什么都不明白。

不远处的巷子口，季长生坐在车里，将这一幕看得清清楚楚。

第八章

我要把所有好的东西都给你

盛夏心事重重地上了楼，打开门，看到安妮一个人正坐在客厅里。她愣愣的，不知道在想什么，电视机开着，热闹的音乐传出来，但她的注意力显然不在这上面。

“安妮，你吃过饭了吗？”盛夏走过去，将打包的蛋糕递给她，“是你最爱吃的芒果千层蛋糕。”

“我不想吃。”安妮低下头，神情说不出的沮丧。她将自己缩成小小的一团，就像受了惊吓的蜗牛。

盛夏这才留意到她的异常，连忙追问道：“怎么了？”

她伸手拍着安妮的背，一下一下，就像在哄着一个闹脾气的孩子。安妮慢慢地抬起头，苦笑道：“我工作丢了。”

盛夏倒松了一气，她原以为是什么更严重的事。她笑着打趣道：“那我养你啊！”

有什么东西在安妮的眼底渐渐破碎，她看了看盛夏，嘴唇哆嗦着，几次欲言又止。

“没关系的，再找一个工作就好啦。”盛夏自己的心情也并不愉快，她勉强挤出笑脸，安慰了几句，“我等下要去咖啡厅兼职，你要不要也去试试？”

其实安妮性格内向，不怎么喜欢和人交际，咖啡厅的工作不是很适合她，盛夏只是随口问一问。

果然，安妮摇了摇头，脸色更加黯然：“我就不去了。”

她异常低落，盛夏急着收拾东西，没有放在心上。

小四的电话打过来时，盛夏正准备出门。

“盛夏，你来医院一下吧。”小四的声音又急又慌，“老大出车祸啦，你快过来。”

盛夏的脑袋里“轰”地一响，一下子空荡荡的，连话都说不利落了：“什么？车祸？”

“我们在市中心医院。”小四显然也不淡定，碎碎念道，“我真是慌了，也不知道通知谁，老大在这边也没有亲属啊。你快过来吧，我腿都软了。”

“哦，好，我马上过去。”她慌慌张张地去开门，着急之下，手指头被夹到了门缝中。她闷哼一声，眼泪瞬间哗啦啦地流。

安妮见状，连忙跑过来，手足无措地问道：“出什么事了？”

疼痛让盛夏稍稍冷静下来，她擦了擦眼泪，对安妮说道：“季长生好像出事了，我得过去一趟，可能晚点儿回，你自己在家小心点儿。”

安妮点点头，将她送出了门，原本糟糕的心情现在更糟糕了，这个生日过得可真是跌宕起伏。

二十分钟后，盛夏赶到了医院。

季长生已经做完手术，大概是麻醉药效还没过，他安静地躺在病床上。他右手才缝了针，左脚打了厚厚的石膏，看起来狼狈极了。

“这是怎么回事啊？”盛夏的眼眶顿时红了。

“和一辆货车撞了，那车还卡在防护栏那里呢，我都吓蒙了。”小四连连拍着胸膛，说道，“幸好没事，我真怕跟电视剧里演的一样，手术室的门一打开，老大蒙着白布被推出来。”他说着说着就笑起来。

盛夏狠狠地瞪了他一眼，嚷道：“别胡说。”

小四意识到这话有点儿不吉利，呸呸了两声，转开话题：“听说老大是在你家附近出的车祸，他是要去找你吗？”

盛夏一愣。她突然想到，从那天稀里糊涂地告白之后，季长生每天都坚持开车接送她上下班，虽然她一直不搭理他，他却风雨无阻，从未缺席。

难道他是在路上出了意外？盛夏刚忍下的泪水又涌了出来。

“哎，你别哭啊，老大要是知道了，肯定会揍我。”小四压低了声音，抓耳挠腮地说道，“人家司机报了案，我还得去趟派出所呢，你一个人留在医院行吗？”

盛夏忙不迭地点头，背过身去擦掉眼泪，有点儿难为情。

送走小四，盛夏给咖啡厅打了电话，打算请假，正说着，病房的门“吱呀”响了。

“谁啊？”她匆匆挂了电话，看到了一身西装革履的姜然，一时有点儿蒙，“姜律师，你怎么会在这里？”

姜然似乎没想到会撞见她，满脸的错愕，他的手还按在门上，整个人僵在那里，一时进也不是，退不是。

“其实吧，我呢，我和季长生的公司有些合作。”

什么样的合作对象，会在对方出车祸的第一时间赶过来探望？这可真是情比金坚。盛夏的脸上只差写着“不相信”三个字了。

姜然呵呵地讪笑，他想了想季长生以后兴师问罪的画面，再想想这个小子差点儿殉情的壮举，最后还是决定实话实说。

“你也猜到了吧，我和季长生很熟。”姜然破罐子破摔，摊了摊手，无奈地说道，“我是无辜的，钱是他给的，谎也是他让撒的，这事从头到尾就是他瞎琢磨的。”

盛夏心里五味杂陈，她转身看了看病床上的季长生，久久没有说话。

“先让我进去吧。”姜然露出讨好的笑容，拎着东西进了门。

盛夏低头想着心事，也没有搭理他。

他围着病床绕了一圈，对着季长生啧啧叹道："还好没伤到脸。哼，这小子靠着脸骗了多少小姑娘啊！"

盛夏怒气冲冲地瞪了他一眼。

"得，在你眼里我就是骗子对吧。"姜然唉声叹气，"始作俑者可是这位。等他醒了，你找他好好算账呗。"

盛夏扭过头去不理他。

姜然无奈地笑了笑，将一个袋子递给她："给你。我刚从车祸现场过来，这是他车上的东西。"

"什么东西？"盛夏莫名其妙地看着他，"给我干什么？"

"除了你，难道季长生还会给别的女人买礼物？"姜然戏谑道，"应该是要送给你的，结果出事了。"

盛夏攥着那个袋子，没有打开。因为姜然的话，她生出一些迟疑而隐蔽的期待："你为什么这么说？"

姜然刚开始还没反应过来，跷着二郎腿，不解地看着她。在她的脸色越来越红时，他终于回过神，一副欲言又止的样子。

"季长生这个闷骚男以前就一直喜欢你，不对，是暗恋你。"姜然决定好事做到底，"你绝对要相信他的真心，除了你，他对其他雌性动物，那是秋风扫落叶般无情啊。"

盛夏听到了自己"扑通扑通"的心跳声，低声道："我知道他有一个女朋友。"

"你说吴培洁啊？"姜然的脸色顿时复杂起来，"这个，这不是因为你吗？那时候吴培洁答应出庭做证，交换条件就是要和季长生交往。"

说起这个，他其实有些埋怨盛夏。为了她，季长生做出了那么大的牺牲，真傻。他想到这里，顿时又觉得自己不该撮合他们。

两人一时都没有说话，气氛有些微妙。

好在季长生很快醒了过来，浑身像被碾压了似的，他低低呻吟了一声，下意识地要伸展手脚。

盛夏眼疾手快，立刻按住了他："别乱动，你手上缝了十多针呢。"

"盛夏？"季长生看起来呆呆的，一双眼睛像蒙着水雾，直勾勾地盯着她，少了几分平时的沉稳，多了几分孩子气。

盛夏觉得脸上一热，松了手。季长生却不肯放，牢牢地握着她的手，目光更是一刻没有离开她身上。

"你们当我是空气啊？"姜然没好气地哼道。季长生这哀怨的嘴脸，他真是越看越生气，索性站起身："反正你也醒了，那我走了，有事再找我。"

季长生终于把目光挪了过来，微笑着"嗯"了一声。

"好好养着吧。"姜然丢下这句话，扬长而去。

他一走，病房里安静下来，盛夏顿时觉得有个话痨在也挺好的。

"你要不要喝水？"盛夏憋了半天，干巴巴地问了一句。

"要。"季长生低低笑了起来。他温柔地看着她，眉眼间仿佛有春风拂过。

他松开手，盛夏忙不迭地跑去倒水。手上似乎还残留着他的体温，暖暖的，挥之不去。她握了握拳，感觉脸上的热度越来越高，连忙打断了自己的绮思。

季长生看着她低眉顺眼的模样，脸上的笑容加深了。他作势要抬起右手，盛夏果然出声制止："你别动！"

她小心地将他扶起来，让他靠在大枕头上，自己则把杯子凑到他的唇边。季长生微微一笑，低下头，认真地喝着水。

从她的角度看过去，他额前的头发有点儿乱，卷卷的，格外可爱。他的睫毛很长，随着她的动作一颤一颤，说不出的撩人。他的唇也生得好，薄薄的，有水珠顺着嘴角滑落，一路到了下巴。

盛夏猛然回神，为自己的遐想脸红不已，她连忙抬起头，却正好对上季长生满是笑意的眼睛。

“还……还要吗？”盛夏结结巴巴的。

季长生摇摇头，目光随着她起身的动作，一路跟随。

“你怎么会过来？”

“是小四给我打了电话，他现在去派出所了。”说起这个，盛夏的眼眶红了，“你也太不小心了，怎么会撞上人家的车呢？”

被她责备的目光看着，季长生觉得甜蜜和痛苦搅在一起。他想说些什么，满脸的苦涩，却一个字都说不出口，只能黯然地转过头。

他也没想到自己会那么沉不住气，只是看到她和高淼交往，竟然一路上心神恍惚，险些酿成大祸。

他的闪躲看在她眼里就是心虚，她忍不住碎碎念：“下次你别这样了，多让人担心……”

“那个，是谁拿过来的？”季长生忽然打断了她的话，目光落在那个纸袋上，脸色有些古怪。

盛夏同样不自在起来，支支吾吾地说道：“是姜然拿过来的，他说，是你车上的东西。”

季长生深深地看了她一眼，犹豫、隐忍、挣扎和无奈同时闪过。他沉默了一会儿，低声道：“我本来是想送给你的。我买来很久了，一直没有机会，我本来以为，终于可以送出去了。”

盛夏立刻知道那个袋子里装的是什么了。

“其实我早就知道了，你根本没有退掉那条裙子，那些钱也不是商家给的。”

时间并没有过去很多年，可是那个娇俏爱笑的姑娘已经不在了，她永远不会再像过去那样，大大方方地走到他面前，笑着说：“小季哥哥，我喜欢你。”

“我那时候也没想过要你们赔，只是气话而已，你不用一直记得的。”盛夏躲着他的目光。

季长生却认真地说道：“我不是想赔偿。我只是想，如果有能力，我要把所有好的东西都给你，包括以前我做不到的。”

盛夏没有吭声，眼泪无声无息地流着。

“盛夏，你不能给我一个机会吗？或许我说不清什么是喜欢，什么是爱，但我清楚自己的心意，我是真的想要对你好。”季长生急切地看着她，小心翼翼地试探，“是因为高淼吗？你现在喜欢的人是他？”

盛夏连连摇头，她狼狈地转过脸，胡乱地擦着泪。

不是她不肯给他机会，是她没有勇气再给自己一个机会，犯罪、失学、无业，这样糟糕的自己，怎么配站在季长生的身边？

从前，她爱慕他如同向日葵追随太阳，亦步亦趋。现在呢，他光芒四射，成为大家的焦点，她却已经追逐不上。

“对不起，小季哥哥。”她努力平复着呼吸，哽咽道，“是我的问题，我不想谈恋爱，不，我不敢。”

她已经不再有任何奢望，从跌到谷底以后，她最大的心愿就是走出来。她没有能力，也没有勇气去爱人，甚至不敢好好爱自己。

季长生觉得，她的这些话比拒绝更让他受伤。

他用尚能活动的左手抱住她，温声道：“我愿意等，我可以一直等。”

不是情话，胜似情话，笃定如磐石，情深至动容。

在盛夏的鼓励下，安妮找了一份新的工作，就在小区附近一家便利店当收银员，因为是夜班，客人并不多，还算轻松。

安妮的情绪却依然低落，白天几乎都宅在家里，只有上班时才出门一趟。

盛夏问过几次，安妮总是说“熬夜太累了，想多休息休息”，她想想也是，就没有再勉强。她自己的生活倒是越来越丰富，渐渐跟上了夜校的课程，和同学也熟了起来，竟然还交了几个好朋友，对方并不介意她的过去，有什么好玩的活动常常叫上她。

最近，天气渐渐地转冷，冬天好像一下子来了。

外面的天色有点儿阴，风冷冷地拍着窗户。盛夏一把拉开了帘子，笑眯眯地说道：“是不是要下雪了啊？”

安妮窝在沙发上看电视，哈欠连连，却顽强地撑着。听到盛夏的嘀咕，她苦笑道：“要是下雪，咱俩可要冻死了。”

房子里没有装空调，平时在客厅里，她们都是抱着被子窝在沙发上，灌两个热水袋，要是下雪，这样肯定是不够的。

“要不我们去买电热毯吧？你昨晚没睡着吧，我早晨起来上厕所，还听到你翻来覆去的。”盛夏搓了搓手，说话时，已经有薄薄的白气跑出来了，“你要是冷，晚上就和我挤一起嘛。”

安妮“嗯”了一声，脸色有点儿发白，这几天她失眠的情况越来越严重了。

“我等下要和同学去泡温泉，你也一起去吧。”盛夏冷得直哆嗦，扑过来抱住安妮，冰冷的手往她怀里钻，逗得她咯咯笑。

“你去吧。”安妮一边躲，一边把热水袋扔给她，“我才不去凑热闹呢，你那些同学，我都不认识。”

“见了面不就认识了吗？”盛夏不以为然。

“我不想去。”不知道安妮想到了什么，脸色有些难看，她不自觉地伸手摸了摸自己肩膀上的疤痕。

盛夏扭过头看她，一脸的笑意：“怎么了？”

安妮摇了摇头。有些事情，她并不愿意说，也不知道怎么说。盛夏从来都不知道，她在夜校不是做什么助理，而是给美术班的学生做人体模特，尽管那些学生和老师并不会嘲笑她，也不会有任何鄙夷的态度，但她心里总觉得自己低人一等，总有种出卖身体的羞辱感。尤其是当那个美术老师委婉地辞退她时，尽管他没有明说，但她还是羞愤不已，肩膀的伤疤让她连这种卑微的工作都失去了。

自己真是一无是处啊！安妮偷偷地看了一眼盛夏，那灿烂的笑容就像夏日阳光，把这糟糕的天气都照亮了。

“好吧，那我自己去了。”盛夏挠了挠她的胳肢窝，笑着说道，“我下午早点儿回来，我们包饺子吃吧，你爱吃的香菇猪肉馅的。”

安妮眯着眼笑了，淡淡的黑眼圈衬着她苍白的脸色，有些触目惊心。

温泉之行到底还是泡汤了。季长生从小四那里听到消息，尤其是那添油加醋的“好像有个男生在追盛夏呢”，他整张脸都黑了。

“你问清楚了？她还约了男同学？”季长生直勾勾地盯着小四的手机。

“是啊，我骗你干什么。”小四的目光就没离开过手机，和盛夏在微信上聊得热火朝天，“她说晚上包饺子，问我要不要过去。”

季长生心里有些不是滋味，盛夏最近好像在躲着他，更别提主动联系了，偏偏他现在也算半个伤残人士，想做点儿什么都不方便。

“那你去啊。”他的语气不自觉地酸了，“反正我这里有护士。”

小四挤眉弄眼，贼贼地笑着，手飞快地按着键盘：“盛夏，老大说他也想吃饺子。”

盛夏咬了咬唇，看着这条信息出神。

“你就可怜可怜老大吧，他一个人孤零零地待在医院，你怎么能和别的男人去约会呢？”小四继续游说。

什么约会，明明还有很多同学。盛夏悄悄地红了脸，她犹豫了一下，回复道：“那我给他送一点儿过去？”

“老大喜欢虾仁馅的。”

“真是挑剔。”盛夏小声地嘀咕，脸上的笑容却怎么也止不住。她给同学发了道歉的短信，然后兴致勃勃地开始张罗：“我现在就去超市采购，安妮，你有什么东西要我带吗？”

“你怎么又突然不去玩了？”安妮有些奇怪。

盛夏只是傻傻地笑，有细碎的光从眼底溢出来，灿烂生动。安妮瞬间就懂了，她没有再追问，脸上却不知不觉地露出了几分羡慕的神色。

小四并没有将自己的小把戏告诉季长生，所以盛夏拎着保温盒来医院时，季长生结结实实地惊喜了一下。

“你怎么来了？”他看着她冻得通红的脸，皱着眉头说道，“外面挺冷的吧？你穿得太少了。”

盛夏啼笑皆非，瞟了他一眼，有点儿娇嗔的意思。她穿着厚厚的毛衣，外面还套了一件棉袄，乍然到了温暖的病房，她都觉得自己热得要出汗了。

“老大，你怎么婆婆妈妈的？”小四帮着搭腔，利落地接过保温盒，“正好我饿了。什么馅的？我不喜欢吃虾仁的，有没有别的？”

盛夏察觉到了季长生投过来的目光，热热的，那种想要流汗的感觉更强烈了。

“还有香菇猪肉馅的。”不知怎的，她有点儿心虚。

小四已经积极地忙活开了，将饺子和蘸料都拿出来，一一摆放在小桌子上，端到季长生跟前。

“这饺子不错。夏夏，你还会做饭啊？”小四眉开眼笑地说道，“真是贤惠。唉，现在这么贤惠的女孩子不多了。”

盛夏被他夸得不好意思了，讪讪地说道：“我就只会这个。”

她和安妮都吃腻了西红柿炒鸡蛋，于是她时不时琢磨新花样，多半以失败告终，还好学会了包饺子，现在也有模有样了。

“你别谦虚呀，我还想点菜呢。”小四眨了眨眼，“你这样，我都不好意思开口了。”

“吃人嘴软。”季长生面无表情地看着他，“你还是别开口了。”

盛夏偷偷地笑，一双眼睛弯成了月牙儿。

小四直接无视了季长生，兴致盎然地建议道：“这种天气最适合吃火锅了，咱们煮火锅吧。”

煮火锅？听起来好像没什么难度，把食材放在一起煮就可以了吧？盛夏犹豫着要不要答应，下意识地看着季长生，脸上是自己都没有察觉的询问表情。

这小小的动作莫名取悦了季长生，温热的虾仁饺子吃在嘴里也变得更鲜美了。

“哎，老大，你差不多也能出院了吧？”小四含糊不清地说道，“等你出院，我们去你家吃火锅吧，就算是庆祝你大难不死，必有后福。”

“好啊。”季长生心情大好，暗暗给了小四一记赞赏的眼神。不等盛夏表态，他笑吟吟地对她说道：“把你的朋友也叫上吧，人多才热闹。”

盛夏后知后觉，这事就这么定了？

两天后正好是冬至，A市下了一场不大不小的雪，走在路上，细碎的雪花迎面而来。

盛夏好不容易说服了安妮，两人一起去了季长生的公寓。小四正悠闲地看着电视，季长生则在厨房里。他腿上的石膏已经拆了，右手还伤着，于是当起了口头军师，指挥着姜然忙前忙后。

“海带不能这样洗，得用刷子刷才干净。”

“季长生，你怎么跟老太婆似的。”姜然没好气地挤对他，“你赶紧一边凉快去吧，我求你了，你等着吃还不行吗？”

盛夏听得有趣，浅浅一笑，说道：“我来帮你吧。”

“来来来，帮我洗菜，可别像季长生一样，光动嘴不动手，烦死人了。”姜然毫不留情地吐槽。

季长生摸了摸鼻子，看着盛夏，满脸讪笑。

“安妮，过来呀。”盛夏朝身后招了招手，“这是姜然，上次他来过我们家，你应该记得吧？”

安妮明显有些局促，她主动要求道：“我去帮你们收拾桌子吧，碗筷是不是可以摆上了？汤底也可以开始煮了吧？”

“谢谢啊。”姜然冲着客厅吼了一嗓子，“小四，帮人家姑娘一把。”

安妮腼腆地笑了一下，离开厨房时，神色轻松了不少。

盛夏低头切着土豆，姜然瞅了她好几下，最后还是好奇地问道：“我怎么觉得你这个朋友有点儿自闭啊？”

“哪有，她就是比较害羞。”盛夏立刻为朋友辩护。

“不是啊，我觉得上次见到她的时候，她好像开朗点儿。”姜然振振有词。

盛夏哼了一声，手上的动作更重了，将砧板切得咚咚响：“你那是上门送钱去的，谁会不开心啊？”

姜然马上抬起手，拿洗了一半的生菜指向季长生，脸上满是幸灾乐祸。

“咳咳，买牛肉了吗？我记得盛夏你最喜欢吃牛肉。”季长生说得无比诚恳，好像他们讨论的事和他无关似的。

姜然气不过，甩着手上的生菜，水花溅了季长生一脸。盛夏偷偷地乐着，低下头，嘴角一点点弯了起来。

没有什么比下雪天吃火锅更温暖了，啤酒则是最好的催化剂，将平时那些暗藏起来的痛苦浸泡得又软又酥，渐渐地，再痛也就不痛了。

安妮喝多了，回去的路上，她窝在盛夏的怀里不停地说话。

“夏夏，我真羡慕你，你有那么多朋友，还有喜欢你的人。”她像个小孩子似的缠着盛夏，“我性格又不好，人又笨，还坐过牢，怎么那么差劲呢。”

“安妮，你怎么这么想呢？”盛夏只当她说胡话，哄道，“你哪里不好了？不就是坐过牢吗？我也是啊！”

“你还有季长生啊，还有高淼……”安妮的声音渐渐低了，絮絮叨叨的，也不知道在说些什么，只是一个劲儿地哭，眼泪鼻涕都蹭在盛夏的羽绒服上。

“她好像喝多了。”季长生坐在副驾驶座上，回头看到这一幕，眉头拧了起来。

“嗯，可能她最近心情不大好，我刚才没拦住她。”盛夏懊恼不已，一下一下地拍着安妮的背，哼着不成调的曲儿哄她。

姜然插嘴道：“我觉得你有时间还是好好开导开导她吧，她太内向了，什么事都憋在心里，很容易出事的。”

盛夏点点头，心里打定了主意，准备找时间好好和安妮聊一聊。

第二天中午安妮才醒过来，醉酒的头痛让她看起来神色萎靡。

“下次不要喝这么多了，你酒量又不好。”盛夏将蜂蜜水递给她。

“现在几点了？”安妮张了张嘴，这才发现喉咙又干又涩。

盛夏在旁边坐下，替她按了按太阳穴，笑着说：“都到吃午饭的点了。头还痛吗？今天就不要去上班了，好好休息。”

“我昨天才请了假。”安妮摇摇头，“我没事，就是有点儿头疼。”

盛夏无奈，小声抱怨道：“你别让自己太辛苦了，我们现在也有点儿小积蓄了，不会饿死的。”

她本意是想逗笑安妮，结果安妮的脸色却立刻僵了，一双眼睛水汪汪的，泫然欲泣地看着她。

“安妮，你怎么了？”盛夏怯怯地叫了一声，心里有些不安。

安妮摇摇头，低声说道：“我有点儿饿了，我先去刷牙。”

她不敢看盛夏的反应，匆忙跑进了厕所。在小小的空间里，她才觉得安全，暗暗松了口气。几乎是同时，一种自我厌弃的情绪又涌了上来。她明明知道盛夏是好心，但她总是不受控制地钻牛角尖，盛夏越是优秀，她越是觉得自己鄙陋而可怜，但她们最开始是一样的落魄无助啊！

眼泪顺着脸颊滑落，就像她支离破碎的心事。

一连好几天，盛夏都觉得自己和安妮之间的气氛有点儿怪。安妮变得更加沉默了，除了那些必要的交流，她几乎都窝在房间里。盛夏试图缓和一下关系，但安妮反应淡淡的，似乎有意疏远她。

盛夏其实有些难过。出狱时，她和以前的朋友都断了联系，安妮是她唯一的朋友，况且她们还有点儿患难之交的意思，感情自然比普通朋友深厚。现在这种局面，让她有点儿手足无措，她也不知道能和谁说。换作以前，她肯定找高淼哭诉了，但现在高淼也成了渐行渐远的朋友之一，她越想越觉得难过。

季长生的右手康复后，他又开始了每天接送的护花工作。盛夏也不再像从前那样严词拒绝，担心他像上次一样，将自己折腾出车祸。

下班后，盛夏走出咖啡店，季长生的车已经等在外面了。

“怎么了？”她的脸色怏怏的，季长生一连看了她几眼。

盛夏想了想，忍不住将这几天的事讲了一遍。她愁眉苦脸地说道：“你说安妮是不是讨厌我了？她好像都不怎么愿意和我说话。”

“没有你想得那么严重吧。”季长生想了想，说道，“或许安妮只是性格太自闭，不知道怎么和你沟通，又或许她最近太累了。等过了这段时间就好了。”

盛夏点点头，整个人看起来依然闷闷不乐。

“我记得有家不错的餐厅，要不要去试试？”季长生转动方向盘，低笑道，“我们吃完饭还可以去看部电影。”

他嗓音低沉，笑意隐隐地在喉间滚动，带着磁性。盛夏禁不住这诱惑，再想想家里降至冰点的气氛，稍稍犹豫后就点头答应了。

原本只是一时软弱的躲避，到最后演变成一次快乐的放纵。走出电影院时，已经是深夜，季长生开车将她送到了公寓楼下。

“谢谢你，小季哥哥，我现在心情好多了。”盛夏想起自己煞有介事地诉苦，脸上闪过一些赧然。

季长生微微一笑，将打包的甜品盒递给她：“这是刚才在电影院外面买的，你带给安妮吧，就说是你买的。”

盛夏只觉得鼻子一酸，目光落在他白净修长的手指上。他对她真的很好，就像一个大哥哥似的，既疼爱又包容，那些边边角角的细节，他也会为她考虑到。

她慢腾腾地接过，也不说话，就那样怔怔地盯着他，目光有点儿热，有点儿呆。

季长生忍不住上前，微微倾身，在她的额头印下一个浅浅的吻，低沉的声音轻飘飘地钻进她耳朵里：“早点儿休息。”

盛夏瞪大了眼睛，惊讶和无措闪烁不定，就像湖水倒映着漫天的星辰。

季长生很快退开了，揉了揉她的头发，温柔地说：“快上去吧。”

盛夏猛地红了脸，结结巴巴地说不出话，在他含笑的注视下，慌不择路地跑开了。

一口气跑到了四楼，盛夏忍不住偷偷从走廊窗户往下看。季长生还站在楼下，仰着头，满脸微笑。她深深地呼了一口气，伸手按住胸口，心正怦怦地乱跳着。

这时，身后的门“吱呀”开了。盛夏吓了一跳，转身一看，却是安妮笑着站在门口。

“吓了我一大跳。”盛夏进了门，顺手将甜品递给她，“给你买的，晚上我和季长生在外面吃饭。”

她有点儿心虚，想起楼下那个挺拔的身影，甜蜜又一点点地冒了出来。

安妮看着她一会儿脸红，一会儿偷笑，脸色也跟着柔和起来："我都看到了，他开车送你回来的。你们去约会了？真幸福啊！"

"才不是约会呢，就是吃饭。"或许是两人之间太久没有这样轻松地谈话，盛夏打开了话匣子，"那家店的菜不错，有空我们一起去吃。"

安妮顺从地点了点头。

盛夏迫不及待地拆开甜品盒，笑着说道："甜品是季长生买的，你尝尝看。"

"刚好我有点儿饿了。"安妮顺着她的话说道，"他这算不算是爱屋及乌啊？"

盛夏没有留意她的打趣，反倒追问起来："你没有吃晚饭？要不要我去煮面啊？我以为你晚上会在店里吃。对了，你今天晚上没去上班啊？"

"嗯。"安妮应了一声，拿着蛋糕的手有点儿抖。

盛夏已经风风火火地跑进了厨房："好像还有点儿青菜，给你煮碗青菜火腿面？"

"好啊，你多煮点儿吧，我们一起吃夜宵。"

忙忙碌碌地吃完面、洗了澡，时间已经将近十二点，两人都哈欠连连。

盛夏很快就睡着了，或许是做了一个好梦，她发出了轻快的笑声。

隔着一道帘子，安妮睁着眼，直直地看着天花板。冬天的空气是冷的，仿佛把这个夜晚都冻住了，睡意稀薄的她则像是雪人。

客厅里的挂钟指针嘀嗒嘀嗒地走着，先是秒针，然后是分针，最后是时针，每一下声音都钻进安妮的耳朵里。她怎么都睡不着，但内心又不停地逼迫自己快睡，那种焦灼和无助让人崩溃。

不知道听了多少次嘀嗒声，安妮终于感到眼皮沉重而发涩。这时，隔壁床传来窸窸窣窣的声响，似乎是盛夏起床了。

“你还没睡吗？”盛夏从厕所回来，瞟了一眼手机，都已经凌晨两三点了。

“做了个噩梦，突然睡不着了。”安妮含糊地说道，“你睡吧。”

“我陪你聊会儿天吧，这样你就不害怕了。”盛夏打着哈欠，“你前阵子是不是工作太忙了？好像很不开心的样子。我还是喜欢你今天这样，多笑一笑嘛。”

安妮彻底没有了睡意，她沉默了一会儿，轻声道：“夏夏，我又丢了工作。我是不是太没用了？”

“怎么会呢？”盛夏已经睡得迷迷糊糊。

“可是老板娘炒了我鱿鱼，她怀疑我偷了店里的东西。”安妮说着说着就开始流泪。明明上夜班的不只她一个人，为什么老板娘要怀疑她？就因为她坐过牢吗？盛夏也曾经在监狱待过，为什么人家就可以顺利地开始新生活呢？说到底，还是自己太糟糕了吧。

盛夏渐渐地发出均匀的呼吸声，安妮的眼泪却越流越多。

第二天一大早，盛夏打着哈欠起床，安妮已经穿戴好，正准备出门。

“你这么早就出门啊？”她揉着迷蒙的睡眼，“回来吃午饭吗？给我带巷子口的生煎包吧，突然好想吃。”

安妮笑了笑，突然伸手抱住她。不等她反应过来，安妮又松了手，逃也似的出了门。

这算是两人正式和好了吗？盛夏捂着脸傻乐。

到了中午，安妮仍然没有回来。盛夏兴致索然地煮了泡面，正吃着，季长生已经开车到了楼下。她胡乱收拾了一下，匆匆出了门。

闻到那股淡淡的泡面味，季长生既好笑又好气，轻声责备道：“为什么不好好吃饭？”

盛夏讪讪地笑了笑。车子经过巷子口时，季长生停了下来：“我去给你买点儿吃的。”

她还来不及开口，他已经推开了车门。她轻轻地将脸贴在车窗外，看着他走向那些小吃店。即使是混在人群里，他挺拔俊朗的身形也一眼可见，那么出众。

难为情和甜蜜同时涌上了心头。

烧烤、生煎、麻辣烫、糕点，各种食物的香气混合在一起，将这条热闹的美食街装点得活色生香。

卖小笼包的老板正在和隔壁的小贩议论：“我听说今天上午可热闹了，街头那家店子闹起来了。”

“你上午没摆摊，没见到，啧啧啧，那老板娘可真泼辣，抓着那小姑娘的头发闹呢。”

“有什么好可怜的，我听说那小姑娘年纪轻轻，却是坐过牢的，知人知面不知心啊！”

季长生原本就等得有些心急，听到这里，他顿时拧起了眉头，语气不大和善地说：“老板，麻烦您快一点儿。”

一番热烈的八卦这才被打断了。

季长生回到车上时，脸色仍然不大好。

盛夏不解地看着他：“怎么了，你和老板吵架了？”

不过是几句闲话，季长生哑然失笑，自己是太在意盛夏了吧，就怕她受半点儿委屈。他把小笼包递过去，摸了摸她的头，轻笑道：“没什么事，你快吃吧。”

见她乖巧地点头，他又忍不住啰唆道：“以后不许再吃泡面，下午我来接你，我们一起吃晚饭。”

“我要陪安妮。”盛夏犹豫地拒绝了，她总觉得自己最近和季长生来往太密切了。

季长生不容置喙地说道："到时候叫上她一起。"

他说到做到，在经历一个忙碌的下午后，他准时出现在咖啡店里。盛夏匆匆地换了衣服，拿出手机给安妮打电话。

"我之前给她发了短信，她没有回我。"她向季长生解释，"要不咱们先过去吧。"

电话响了半天，那边始终无人接听。

"奇怪，她这个时候应该在家啊。"盛夏嘀咕着，再次拨打安妮的电话，结果还是没有人接听，她不安地皱起了眉头。

季长生安慰道："她不是要上夜班吗，可能提前出门了，没听到吧。"

"她那工作辞了。"盛夏继续拨着电话，"早上出门的时候，她还说中午回来吃饭呢，结果一直到现在都没接电话，你说她会去哪儿啦？"

"辞职了？"季长生眼皮一跳，不知道怎的，想起了早上听到的那些流言。

"不行，我总觉得心慌。小季哥哥，你送我回去吧。"电话一直没有人接，盛夏只觉忐忑不安。

季长生点了点头。

车子一路开得飞快，两人都有些沉默。尤其是盛夏，她立刻联想到了上次的抢劫案，脸色苍白如纸。等上楼开了门，看到满室整洁，她才松了一口气。

"可能是出门了吧。"盛夏一脸的庆幸，"我真怕屋里又进小偷了。"

季长生已经怀疑小贩口中说的闹剧主角之一就是安妮，他深深地看了一眼盛夏，沉声道："你再打电话试试。"

盛夏狐疑地看着他，顺从地拨了一串数字。很快，熟悉的音乐声在屋子里响了起来。

"咦，她在家啊？"她一边嘀咕，一边四处张望，判断着手机铃声的位置。

等季长生意识到铃声是从厕所传出来的时，盛夏已经先他一步上前，敲了敲门："安妮，你在里面吗？怎么不接电话啊？"

或许她是在洗澡吧。季长生这样想着，脚步就有些踟蹰了，他背过身，踱着步子到了窗边。

"安妮？安妮？"盛夏见他避开了，顺势扭开了门，"不会是泡澡泡晕了……啊……"

一声惊恐的尖叫后，她软软地倒了下去。

"盛夏！"季长生一个箭步冲过去，还没走近，一股浓浓的血腥味扑鼻而来。

小小的浴缸里，一个瘦弱的人蜷缩着，长发散开了，飘在水上如海藻，遮住了她的面容。花洒的水还开着，地面已经漫了一层水，但这些水都是红色的。那只垂在浴缸外的胳膊上还有血迹，几道狰狞的刀口触目惊心。

"别看。"季长生揽着盛夏，一只手遮住了她的眼睛。

"为什么？为什么？为什么……"盛夏抓紧了他的衣襟，惶恐地喃喃道，"快打120，快，我们把安妮送去医院！"

季长生无声地抱紧了她。

警车来得很快，一时间，消息传遍了整个小区。七嘴八舌的流言加上警察的调查取证，不到三个小时，案子就破了。

这并不是意外，事件的起因也很简单。为人一向刻薄的老板娘怀疑安妮偷店里的东西，趁机炒了她。安妮为自己辩驳，老板娘恼羞成怒，当众和她厮打起来，还极力嘲讽她的无能，将她坐过牢的事抖落出来。这听起来只是一场口舌之争，但对于自闭而敏感的安妮来说，这无疑伤害巨大，尤其是发生在她接二连三失业的时候，打击不可谓不深。

场面一时有点儿乱，警察进进出出，看热闹的人久久不散，金姨更是扯着嗓子哭喊："这年纪轻轻的，有什么想不开的，真是造孽啊！现在白白连累我。我是看她们两个小姑娘可怜，才把房子租给她们的，谁知道会出这样的事啊！"

反倒是一向乖张的金巧巧安静得很。盛夏几次要哭晕过去，她默默地待在一边守着。

盛夏整个人处于失控的状态，季长生帮着应付了警察，又联系了殡仪馆的人，一顿忙碌之后，他开始给盛夏收拾东西。

当天晚上，盛夏住进了季长生的公寓。

第九章

谢谢你肯给我一个开始的机会

冬天的夜晚来得早，没有月亮，只有幽微的路灯一闪一闪。小区里种了很多广玉兰，这个时节正在掉叶子，风一吹，那巴掌大的叶子就动了起来，发出“沙沙”的喧哗声。

时间已经很晚了，盛夏依然睡不着。她躺在季长生的卧室里，这个温暖整洁的地方并没有让她平静下来，她翻来覆去，一闭眼就想到浴室里的场景。

到底是积攒了多少失望，安妮才会把自己逼向绝路呢？盛夏默默流着眼泪，她想起了安妮存在手机里的遗书。

“夏夏，对不起，我不能再陪你了，我真的撑不下了。你好好地过吧，不管是季长生还是高淼，他们都是真心对你的，你一定要幸福。对不起，我要先走了，都怪我没用，什么都做不好，我已经没有别的路了。”

她写得很匆忙，或许在做出决定前，她也有过犹豫。

盛夏怨自己没能及时地发现，没能及时地劝阻。她咬着唇，拼命不让自己哭出声，眼泪慢慢濡湿了枕头。

房间的灯突然被打开了，光亮突然而至，她感觉眼睛一阵刺痛，微微眯起了眼睛。

“怎么又哭了？”季长生似乎是叹息了一声，快步走过来。

他俯下身，将埋首在枕头里的她拉了出来，见到那满脸的泪痕，他把温热的大掌覆了上去，仔细地替她擦着。

“我吵醒你了吗？”盛夏难为情地用手挡了挡眼睛，瓮声道，“我做噩梦了，没事的。”

“我也还没有睡。”季长生并不拆穿她，安静地抱住了她，轻轻拍着她的后背。

世上或许真的有心灵感应这回事，他躺在客厅的沙发上，明明已经睡着了，却会突然惊醒；明明没有听到她的哭声，却会担忧着她是不是躲在被子里掉眼泪。

当然，这些他都不会告诉她。

“我一想到安妮就睡不着。”盛夏渐渐平静下来，或许是季长生的肩膀太温暖，或许是这个冬夜太冷，她突然有了倾诉的欲望。

“我待在监狱的时候很辛苦，吃不惯那里的饭菜，每天都要做很多活，也没有朋友。”

“我觉得是我害死了爸爸，我到现在都不敢去看他。”

“有一段时间，我天天睡不着觉，也不知道自己在想什么，每天浑浑噩噩的。”

“出来后我和安妮吃了一个多星期的泡面，因为买不起别的东西。”

盛夏的眼泪在他的睡衣上洇开，湿了一片。

“我又累又怕的时候，也想过为什么老天要带走爸爸，为什么死的人不是我。”

季长生蓦然收紧了手臂。在他不知道的时候，她竟然有过这样的念头，万幸她没有犯傻，否则他将没有机会再见她。

“我舍不得死，是不是很软弱？”盛夏抽噎着说，“虽然爸爸不在了，我还有妈妈啊，她虽然不爱我，但肯定也不想白发人送黑发人。我还有姚姨、李叔，他们那么疼我，要是我死了，肯定会伤心的。我还想出来见你呢。”

她呜呜咽咽地哭着，不明白安妮为什么能狠下心，是不是自己平时给的关心和爱护不够，所以她毫无挂念地走了？

“不是你的错，安妮肯定也舍不得你，她只是一时犯糊涂了。”季长生涩涩地说道，“不要太难过了，安妮是去见她男朋友了啊。你不是说她找不到父母吗，或许她就是太想去见恋人了，所以才抛下你的。”

他不知道盛夏有没有听进这些话，她哭着哭着，累得睡着了。他小心翼翼地把她放在床上，看着那张布满泪痕的脸，低头吻上了她的额头，虔诚而动容。

谢谢你，我最骄傲的小公主，你没有被黑暗打倒，而是勇敢地从荆棘里走了出来，与我重逢。

安妮的丧事办得很简单。公墓的地址是季长生帮着选的，那个清秀内敛的姑娘在照片里微笑，留住了最好的模样。

“安妮，我一定会好好地活着，连同你的那份一起活。”盛夏将白菊花放在墓前，小声说道，“如果有机会，我会帮你找到爸爸妈妈的。”

泪水滴滴答答地落在花朵上，晶莹如露珠。

“她一定会感受到你的心意。”季长生上前搀扶起她，“这里风大，我们走吧。”

盛夏点点头。或许是蹲得太久，她起身时一阵眩晕，整个人软软地倒了下去。

“盛夏！”

两声惊呼同时响了起来，高淼几乎是条件反射般冲了过去，但他还未近身，季长生已经牢牢地将盛夏抱在了怀里。

“哪里不舒服？要不要去医院？”季长生的目光没有离开过盛夏身上，那张苍白的小脸让他的心都揪了起来。

盛夏摇摇头，勉强站稳了身体，对着众人歉意地笑了笑：“可能有点儿感冒了。”

“等下还是去医院看看吧。” 季长生不由分说地做了决定，他伸手理了理她脖子上的围巾，细致而温柔，“下次出门多穿点儿。”

高淼默默地看着这一幕，脸色的血色迅速褪了下去。他呆呆地站在一旁，目光一直跟着盛夏，就像橱窗里渴望被关注的漂亮洋娃娃。

“咳咳。”姜然看着不忍心，连忙出声道，“走吧走吧，这里怪冷的。”

高淼再次看向盛夏，她被季长生牵着，正低头说着什么，完全没有留意到这边，他的脸色更加黯然了。等到一行人上车，季长生坐在驾驶座的位子上，盛夏自然而然地拉开了副驾驶的门，他眼底的那点儿光亮顿时熄灭了。

车子出了墓地，姜然拍了拍季长生的椅背，问道：“你回公司吗？顺路捎我一段。”

“你的车送去保修了？”季长生向右侧了侧头，“你在前面地铁站下吧，我得去陪盛夏把房子退了……”

“我自己去就可以。”盛夏连忙打断他的话，“小季哥哥，你好几天都没去公司了。”

“没事，还有小四呢。”季长生轻声安抚她，“我看房东不怎么好说话，我陪你过去。”

他们低声地交谈，高淼则耷拉着脑袋，蔫蔫地靠在座椅上。半晌，他有气无力地说道：“我也在地铁站下。”

盛夏回过头，脸上说不出是感激还是歉疚：“你要回学校吗？谢谢你今天能来。安妮没有什么同学，看到你她肯定会开心的。”

高淼张了张嘴，有些字眼在舌尖滚动，呼之欲出，最后却融化了，拼不出完整的句子。

他还能说什么呢？明知道她避着自己，明知道她心里另有所爱，那些委屈或客套都说不出口了。他匆忙挤了个笑脸，一双眼睛弯了起来，眼睛里的悲伤却流露无遗。

盛夏鼻子一酸，慌忙回过头，心里有些厌弃自己，为什么要让高淼难过呢？低头间，身边突然伸过来一只手，紧紧地握着她，温热的触感传达着说不出的力量。她无声地侧过脸，正好迎上季长生含笑的脸。

季长生到楼下去和金姨谈退租的事，盛夏没有露面，她在客厅里呆坐着，有些触景生情，想起了刚来这里时的种种。

“哎，既然你都这么说了，那我也没什么，你让盛夏收拾一下就走人吧。”金姨的大嗓门从楼梯间传来。

盛夏站起身，打开门，却看到金巧巧杵在那里。她看起来犹豫了很久，一向骄纵惯了的人，突然换上一副扭捏的神态：“你真要搬走了？”

干巴巴的话听起来不像关心，倒像是质问。

盛夏点了点头，也不愿多说什么，向旁边让了两步。金巧巧却没有进屋，含糊其辞地问道：“你真的要搬走啊？”

也许是盛夏脸上的诧异太明显，她连忙遮掩道：“我才不是挽留你呢，我就是好奇问问。”

“安妮不在了，我不想一个人住在这里。”盛夏满脸黯然。

“你……你不要太伤心了。”金巧巧磕磕巴巴地说道，“天有不测风云，人有旦夕祸福，你好好保重。”

盛夏的眼神柔和下来。

金巧巧捏着手指头，有些不安地说道：“我以前说过你和安妮的坏话，但我没想到会这样，你别放在心上啊，我的话没有那么灵的。”她磕磕绊绊地说完这段话，明显松了口气，扭捏地抓着自己那头蓬松的红发。

季长生和金姨一前一后走过来，见到女儿，金姨连忙板起脸嗔道：“你来捣什么乱？还不快回去？”

季长生急着退房，半年的租金和大件家电都留下了，金姨原本还因为安妮的事有点儿芥蒂，这会儿倒又庆幸自己捡了个大便宜。

金巧巧撇撇嘴，假装不在意地瞥了一眼盛夏，悻悻地走了。

季长生抛过来一个询问的眼神，盛夏微微笑了笑，看向四周：“也没什么要收拾的了。”

说起来，她和安妮在这里也没住多久，东西少得可怜，说是收拾，其实也就带上几件衣服，几样生活必需品，连一个行李箱都没有装满。

等车子渐渐离开那栋老旧的公寓，盛夏的眼睛忽然湿润了。就在不久之前她还以为这里会是她人生的新起点，没想到却只是一个驿站。

人世变故太多，能握紧的东西实在太少，她不知不觉又想起安妮的那句话——“珍惜眼前人”。

“舍不得吗？”感觉到她的目光，季长生从驾驶座上侧过脸来。

盛夏摇了摇头，她看着那张俊美的脸，不知怎的就问出了心底的疑惑：“小季哥哥，你不会嫌弃我吗？”

不是每个人都能接受她和安妮，更多的是抱着“江山易改，本性难移”的猜忌，那个便利店的老板娘并不是个例。正是因为收到的恶意太多，所以她们过得远比别人艰难。

“你在我心里和以前一样。”他留意到她脸上的怔忪，握住她的手轻声回应，“就算有什么变化，那也只是变得更好。”

他心疼她的成熟和坚强，盛夏却并不领情，嘀咕道：“我以前在你心里可没什么好形象。”

“怎么会呢？”季长生挑了挑眉，嘴角也勾了起来，那点儿弧度格外诱人。

盛夏忍着脸上的热意，提醒他：“那时候我真的没有推吴培洁，但是你不相信我，连问也不问，只是生气。”

“我向你道歉，好吗？我应该再相信你一点儿。”季长生低低地叹息一声，停了车，握着她的手也用力了些，“但我不是因为你推了她生气，我是生气你做事太冲动了，不顾后果。”

盛夏咬了咬唇，眼睛湿润了。这些话，他从来没有对她说过。

“夏夏。”季长生叫着她的乳名，和以前相比，亲昵中多了点儿别的意味，“你不比任何人差，甚至比很多人都好，至少在我眼里是。我从来不觉得那件事是你的错。夏夏，如果我那时候在场就好了，我宁愿动手的人是我。”

“小季哥哥。”盛夏的眼泪夺眶而出。

季长生轻轻揽过她，低声道：“别害怕，以后我会一直陪着你。”

“谁要你陪。”她呢喃的声音听起来不像是拒绝，倒像是撒娇。

季长生忍不住笑了。

她窝在他怀里，隔着厚厚的毛衣也能感受他的喜悦。

“走吧，我们回家。”他重新发动车子。

“我还是去租个房子吧。”盛夏犹豫地看着他，“我总不能一直住在你那里吧？”

“为什么不能？”季长生轻笑，眼角的余光瞟过来，如同一阵和风，“女朋友住在男朋友家里，这不是很正常吗？”

“我们什么时候是男女朋友了？”盛夏的脸绯红如蔷薇。

季长生只是笑，目光无声地落在她脸上，柔情无限。盛夏佯装看风景，将头转向了车窗，眼里的笑意和羞涩却一点点泄露出来。

当两人回到小公寓，盛夏才后知后觉地想到一个问题：只有一个房间，难不成让季长生一直睡沙发？

“我把那间小书房收拾出来了，以后我就睡那里。”她的纠结一五一十地写在脸上，季长生暗笑，摸了摸她的头发，“你把行李拿去房间里吧，收拾收拾，我去做饭。”

盛夏觉得自己在他面前一下子就变小了，他的言行举止总透着宠溺，和以前相似，却又多了点儿亲昵。难道所有的男女朋友都是这样的吗？她愣愣地看着他，眼神里闪过懵懂和不解。

季长生有些挪不开目光，他慢慢低下头，温热的吻如同蝴蝶，落在她颤动的睫毛上，而后是鼻梁、脸颊、嘴唇。

原本是浅尝辄止的嬉戏，他却渐渐放不开了，生出留恋的心思。伴随着急促的呼吸，他收紧了放在她腰上的手，将她整个人往后推，压在客厅的墙壁上。她迷迷糊糊如溺水的人，慌乱中紧紧抱着他，任由那股甜蜜而陌生的战栗感席卷了她。

就在盛夏觉得再也无法呼吸时，季长生松开了她，他的气息喷在她耳边："夏夏，我真开心。"

这个缠绵的吻就像一个开关，正式开启了两人的甜蜜之旅，盛夏觉得自己简直像掉进了蜜罐里：季长生每天早上去上班，中午准时回来陪她吃饭；下午则和她一起出门，送她去咖啡店兼职；下班后两人手牵着手去买菜，回家做饭；她晚上有课的时候，他风雨无阻地接送。

如沐春风的季长生最近简直是公司的头号公敌，正赶上年底，谁不是忙得焦头烂额，偏偏这位大老板情场事业两得意。

"我不行了。"小四猛地推开了面前的键盘，抓了抓乱糟糟的头发，嚷嚷道，"老大，我脑细胞不够用了，能申请一点儿加班福利吗？"

"想吃什么？"季长生头也不抬，仍然盯着电脑屏幕。

"这大冷天的，想喝点儿骨头汤。"小四咂着嘴，"熬得浓浓的，喝下去暖胃啊！"

"楼下有家卖鸡丝粥的，不知道这个点关门没有？"

几个同事正聊着，一个人忽然惊叫起来："外面下雪了，咱们是不是该去吃炸鸡和啤酒？哈哈哈。"

沉闷的办公间顿时活跃起来。季长生看了看时间，略一思索，道："那今天就到这里吧，你们去吃点儿东西，回头我报销。"

小四一把揽住他的肩膀："老大，你不去啊？"

"人家是有情饮水饱。"

"老大要赶着回去陪女朋友吧。唉，可怜我们这些单身狗。"

在大家的哄笑声中，季长生淡定地起身离开了。

外面不知道什么时候开始下起了雪，地面一片莹白。霓虹灯也因此变得柔和了，没有了往日的张扬。季长生将车停在街口，掏出手机打电话给盛夏。

正是下课时间，夜校门口三不五时地走出来几个人，大多是年轻姑娘，叽叽喳喳的，见了季长生，免不了脸红心跳地偷看几眼，然后嘻嘻哈哈地笑着跑开。

盛夏走出来时，一眼就看到了站在车前的季长生，长身玉立，笑容温暖，她心里一甜，小跑着冲了过去。

“你不是在加班吗？”她说话的时候，一团白气冒了出来。灯光下，那张笑脸透着异常的红潮，不知道是因为冷，还是因为兴奋。

“盛夏，这是谁啊？长得可真帅。”两个相熟的女孩笑嘻嘻地挤眉弄眼。

盛夏脸上一热，佯装镇定地说道：“这是我男朋友。让他送你们回去吧。可以吗？”

说到最后，她转头看向季长生。季长生当然不会反驳，他含着笑，取了自己的围巾，三两下给她系上，然后招呼那两个女孩：“上车吧，车里暖和。”

两个女孩连忙道谢，对季长生的绅士交口称赞，还不忘向他“泄密”。盛夏作为校花，常常有追求者示好，女孩子讲起这些总是格外兴奋，而盛夏又窘又羞，时不时打断，一路上气氛倒很热闹。

等回到家里，盛夏依然显得兴致高昂，季长生去厨房煮面，她像小尾巴似的跟了过去，磨磨蹭蹭的不肯走。

“怎么了？”季长生好笑地看着她。

盛夏为自己的黏人难为情，但她心里高兴，不知道该怎么表达，索性鼓起勇气抱住了他的腰，瓮声道：“谢谢你。”

她没想到自己还会有这样开心的时刻，她有了朋友，还有了恋人，她的生活并没有停在那片灰暗里，而是有了新的开始。

她没头没脑的话让季长生一愣，随即又笑了。他手上还拿着刚洗的青菜，不能抱住她，他稍稍退了退，侧过身来，低头吻在她的发顶，轻声道：“我才要谢谢你。”

"谢我什么？"盛夏茫然地抬起头。

他的吻轻柔地落了下来。

谢谢她当众宣告他男朋友的身份，谢谢她肯给他一个开始的机会。这些话都变作旖旎的亲吻，在两人渐渐交缠的呼吸里融化。

锅里正煮着面，热腾腾的水汽冒上来，晕开一些朦胧的香气，让厨房里充满了意乱情迷的味道。咕噜的水声一串接着一串，就像此刻急促的心跳声，分不清是谁的。

"面好像熟了。"盛夏开口，但声音很快低了下去。

那一锅青菜鸡蛋面最终还是煮过头了，糨糊似的黏在锅底，白白喂了垃圾桶。盛夏只要一想起来就忍不住脸红心跳，直到第二天还不敢直视厨房的门。

"还是叫外卖吧。"她自我安慰着。外面还在下雪，季长生已经去上班了，她一个人吃饭就比较随意。

这时季长生的电话打了过来。

"起床了吗？"他的声音隔着电话也暖暖的，"外面还在下雪，多穿点儿。"

"我今天不出门。"盛夏拨弄着头发笑道，"我们店里有个同事和我调班，你中午不用赶回来接我。"

季长生听她絮絮叨叨地说着，明明都是些琐事，却甜蜜得要命，像是牵扯出一根一根糖丝，将他那小小的心脏都包裹了。他忍不住开口道："夏夏，过来和我一起吃午饭吧。"

话一出口，他自己先笑了。恋爱真是让人失去理智，他心疼她大冷天出门，却又渴望见到她，不过是半天的工夫而已，但是见不到面让他无法忍受。

他是在向她撒娇吗？盛夏甜蜜而错愕，嘴巴已经先于大脑答应了："好啊，我马上出门。"

"我去接你吧？"

季长生还想说点儿什么，电话已经被急匆匆地挂断了。他摇摇头，笑着放下了手机。

这一幕让姜然看了个正着，他忍不住酸溜溜地道："瞧瞧你荡漾的笑容，这哪里是冬天啊，这分明是春天。"

小四连忙在一旁搭腔道："春天来了，万物复苏，又到了动物交配的季节……"

季长生好脾气地笑了笑。他们公司打算在新的一年上市，姜然这个大律师也出了不少力，跟着他们一起加班加点，被他们嘲笑几句，他倒也不介意。

"午饭时间到了，你们自行解决。"季长生站起身，"我去接夏夏。"

"你们俩太黏了吧。"姜然无奈地耸耸肩，"季长生，我跟你说，这样下去盛夏会对你审美疲劳的。"

季长生轻飘飘地看了他一眼："你一个单身人士没有发言权。"

姜然顿时语塞。他最近苦追季长生公司里的一个小姑娘，可惜人家看不上他，正处于失落期，这种赤裸裸地秀恩爱的行为简直伤害值爆表。

小四在一旁笑得幸灾乐祸。姜然瞪了他一眼，转身勾住季长生的肩膀："我不管，我就要做电灯泡。你们去哪儿吃饭啊？我得给你们照明。"

"多一个不多，捎上我呗。"小四笑嘻嘻地凑热闹。

原本甜蜜的二人世界最终演变成四人聚会。面对姜然和小四火热的眼神，盛夏有点儿发窘，微微往季长生身边挪了挪。

"想吃点儿什么？"季长生自然地环住了她的腰，体贴地将菜单递了过去。

姜然做了个受不了的表情，悻悻地拿过菜单报了一串菜名："蟹黄豆腐、糖醋里脊肉、板栗烧鸡、蒜蓉西兰花，好了，这都是我爱吃的。"

"夏夏不吃螃蟹，你换个菜。"季长生充耳不闻，笑着问盛夏，"这家的招牌菜是牛蛙，你要不要试试？"

"秀恩爱，季长生你这是赤裸裸地秀恩爱，老子要举报。"姜然既好气又好笑。

小四连忙叫服务员："有狗粮吗？给我们来两碗！"

盛夏忍不住乐了，拿菜单挡着脸，露出一双弯弯的笑眼。见她高兴，季长生的嘴角也扬了起来，微微瞪着对面两个损友，却没有再开口阻止。

姜然有恃无恐地做了个鬼脸。趁着季长生去洗手间，他偷偷地和盛夏咬耳朵："告诉你一个小秘密，你回去看季长生的钱包，里面有惊喜。"

"什么惊喜？"盛夏和小四齐刷刷地竖起了耳朵。

"你凑什么热闹。"姜然一巴掌拍向小四的后脑勺，转头对盛夏挤眉弄眼地道，"你看看就知道了。"

盛夏还想再问，看到季长生走过来，只得将满肚子疑问压了下去。等到一行人离开时，季长生打算去柜台结账，她突然鬼使神差般说道："我来吧。"

季长生微微有些诧异，盛夏连忙解释："你去停车场把车开过来吧。"

她暗暗脸红，季长生摸了摸她的头，自然地将钱包递了过去。

"老大，你这交出去的财权，可没有要回来的道理哦。"小四冲盛夏促狭地眨眨眼。

盛夏顿时觉得手上的钱包有些发烫，她窘迫地瞟了一眼季长生，他该不会也是这么想的吧？

"别理他们。"季长生替她理了理围巾，"我去把车开过来，你就等在这里，外面冷。"

"我跟你一起。"姜然连忙拖着小四跟了上去，临走时还丢给盛夏一记意味深长的笑容。

钱包是最普通的款式，真皮、黑色，不大不小，实在看不出有什么特别。带着一点儿负罪感，盛夏忐忑地打开了钱包。

她一眼就看到了那张照片。十八岁的她笑靥如花，冲着镜头扮鬼脸，身旁的季长生趴在桌子上，只露出侧脸，阳光落了他一身，在那长长的睫毛上跳跃。

那不是他最好的时光，却是她的。

盛夏眼眶一红。她没想到季长生还留着照片。那是她拿手机偷拍的。那时候他太忙，除了家教还要兼职，又在学校勤工俭学，有一次他太累了，在她写试卷的时候睡着了，她偷偷摸摸地拍了一张两人的合照，结果却吵醒了他。他板着脸训她，她虽然不舍，但还是乖乖把手机交了出去，任由他把照片删了。他肯定是趁机把照片发到了自己的手机上，后来还打印出来。

盛夏抿了抿嘴，怅惘和甜蜜同时涌上了心头。

走出酒店大厅，她很快看到了那辆熟悉的车。季长生降下车窗，冲她挥挥手，笑容如暖阳。她不知道怎么就笑了，飞快地奔了过去。

“怎么了？”她的兴奋溢于言表，季长生一连看了她好几眼。

“不知道啊，反正我就是开心。”那双水灵的眼睛一动不动地看着他，就像依恋着主人的小猫咪。

他在开车，却还是偷偷地拉住了她的手。在后座看不到的地方，他们十指紧扣。这甜蜜的小动作让两个人都弯起了嘴角，车厢里顿时弥漫着一股说不出的缠绵，连偶尔撞在一起的目光都黏住了，难以分开。

季长生他们赶着回公司，盛夏没有让他绕路送自己，半路坐公交车回家。

不知道他什么时候会发现照片不见了？她心里有点儿恶作剧的淘气和快乐。这样想着，她开门的动作也轻快起来。

这时，屋子的门突然开了，一张笑脸露出来：“长生，你回来啦？”

两人同时愣住了。

“阿……阿姨好。”盛夏磕磕巴巴地打招呼。季母看起来没什么变化，穿着一件朴素的黑棉袄，脖子上系着一条红色的手织围巾，有些旧了，显出褪色的痕迹。这一切都和记忆里那个能干的中年妇女吻合。

季母似乎还没有从惊讶中回过神，她愣愣地看着盛夏，目光从那串钥匙上滑过，半天才憋出一句：“盛小姐是吧？进屋坐吧。”

“您叫我盛夏就行。”明明是熟悉的客厅，盛夏却觉得手足无措，讪讪地杵在那里。

“你要喝点儿热水吗？外面还在下雪吧，挺冷的。”季母心里同样别扭，面上倒很客气。

盛夏连忙殷勤地走向厨房：“我给您倒杯水吧。您坐车过来的吧？吃过午饭了吗？要不要我给您煮碗面？”

屋子里多了一个女主人，很多东西不知不觉就变了，譬如沙发上的抱枕、暖色的窗帘、茶几上的小盆栽，甚至连拖鞋都换成了情侣款。季母不是没有看到这些，她也进了那间卧室，这一切都显示着季长生并非单身了。她其实是欣喜的，心里想着等儿子回家后盘问一番。可是当这个同居对象变成盛夏，她的心里顿时五味杂陈。

“我吃过了。”盛母开口阻止了盛夏，她犹豫了一会儿，还是忍不住问道，“你和长生住在一起？”

季长生应该还没有跟家里提到自己的恋情吧，盛夏一时不知道怎么接话，沉默地点了点头。

季母表情有些怏怏的，她没有再多问，自顾自地开始收拾带来的行李。

盛夏站也不是，坐也不是，主动招呼道：“阿姨，我帮您吧。”

“没事。”季母一口拒绝，“长生住哪个房间？”

有那么一瞬间，盛夏的脸红透了。她该不会以为自己和季长生同居吧？盛夏慌忙指了指小书房：“他睡那间。”

季母心里暗暗松了口气，提着行李箱进了书房。

盛夏咬了咬唇，一抹难过和失落不可避免地爬上了心头。她很快甩开这些情绪，给季长生打了个电话。

季长生回来得很快。大冷的天，他进门的时候额头上却沁出了一层薄薄的汗。盛夏看到他，立刻从沙发上站起身，不安地看着他。

“没事。”她那点儿怯意和局促都落在他眼里，他上前几步，握紧了她的手，“我妈呢？”

“在小房间里。”盛夏小声说道，“要不，我还是搬出去住两天吧？”

季长生轻笑，屈起食指，在她额头上敲了敲，低声道："躲哪儿去？丑媳妇总要见公婆的。"

"谁是丑媳妇？"她轻声抱怨，手上的力道却加重了，仿佛要从他身上汲取信心和勇气。

季长生拍了拍她的背，安抚道："我去见见妈。你要是不自在，就先回房吧。"

盛夏看着他，欲言又止，最后只是点了点头。

季母早就听到了动静，她正一个人生闷气，看到季长生推门进来，脸上顿时露出不快："长生，你怎么和那个盛小姐住在一起？你们是不是在谈恋爱？你怎么都没跟家里说过？"

"妈，您一口气问这么多，我怎么回答？"季长生无奈地揉了揉额头，在她身边坐下，笑着问道，"您怎么突然过来了？也不给我打电话，我好去车站接您啊。"

"你别给我扯开话题。"季母不满地拍了他一下，"你妹妹之前不是说你有女朋友吗？你怎么又和她住在一起了？你可不许乱来。"

"妈，我和盛夏现在在交往。"季长生沉声道，"她是个好姑娘，我之前没来得及跟您说。"

季母看了他好几眼，有些话还是没憋住："她可坐过牢。咱们老季家虽然穷，但也是清清白白的，你条件这么好，什么样的姑娘找不到呢？"

"夏夏很好。妈，您别这样说。"季长生耐心地解释，"那事也不是她的错。"

季长生一向孝顺，几乎不会顶嘴，季母当下就黑了脸："不是她的错，人家能让她去坐牢？反正这事我不同意。她没爹没妈的，又犯过事，哪点配得上你？"

"妈，您怎么能这么说呢？当初要不是盛叔，我连大学都念不了。"季长生被这话刺得难受，微微提高了音量，"盛叔不在了，您也不能这样嫌弃夏夏。”

季母被他堵得说不出话，面子挂不住，一把甩了正在叠的衣服，嚷嚷道：“儿大不由娘，你这是嫌弃我了，我这就回家去。”

季长生连忙好言好语地赔不是：“妈，您知道我不是那个意思。”

“那你什么意思？我儿子的女朋友，我不能说两句吗？”季母愤愤地说道，“你要报答盛先生的恩情，我也不拦着，给她钱不就好了？”

“妈！”季长生语带哀求。

“我看她就不像好姑娘，还没结婚呢，就和你住在一起了，这像什么话？”季母絮絮叨叨着，“现在的小姑娘都精着呢，你可别犯糊涂。你们不住一个屋吧？”

饶是季长生一向淡定自若，这会儿也忍不住红了脸。

“妈，您别瞎琢磨了。”他无奈地说道，“你坐了那么久的车，休息一会儿吧。我去订餐厅，晚饭咱们出去吃。”

“花那个冤枉钱干吗？咱们自己做饭。”季母悻悻地嘀咕道，“你看看，她连饭都不会做。”

季长生连忙顺从地接道：“好好好，那我去买菜，您歇着啊。”

好不容易从母亲的责问中脱身，季长生长长地松了一口气。他有些头疼，没想到母亲会这么反对他和盛夏交往。

主卧的门悄悄开了。盛夏难得看到季长生发呆的模样，有些想笑，嘴角提到一半又落了下去：“你和阿姨吵起来了？”

“是啊，想不到我也会遇到婆媳问题。”季长生没有隐瞒，笑着牵起了她的手，打趣道，“你会不会好奇，你和我妈同时落水我会救谁？”

盛夏在他腰上掐了一把，娇嗔道：“你还有心情开玩笑？”

她知道季母不喜欢自己。换成哪个妈妈都不会喜欢这样的儿媳妇吧，没爹没妈，还有案底，以前留下的印象也不好，哪有资格得到季长生这样好的人。

“别担心，有我在呢。”季长生怎么会不知道她的心思，他揉了揉她的头发轻笑道，“走吧，我们去买菜，晚上在家吃饭。”

“可是我们俩都不会做饭啊。”

“有我妈在，哪里轮得到我们动手。”

这顿饭吃得并不愉快。季母心疼儿子，包揽了家务，但这并不等于她能接纳盛夏的笨手笨脚，尽管有季长生从中调和，季母的不满还是挂在了脸上。到了睡觉的时候，房间分配问题则引发了新的矛盾，盛夏和季母分别睡一间房，季长生就只能窝在沙发上了。这寒冬腊月的，季母当然不愿意委屈儿子。

“长生，你还要上班呢，赶紧去房间里睡吧，睡在沙发上着凉了怎么办？”她不由分说地推开了两人，利落地将被子铺在沙发上，念叨道，“你们年轻人多灾多病的，我这把老骨头没那么讲究。”

季长生当然不肯：“妈，要不您和盛夏睡一晚吧。”

季母手上的动作并没有停。

眼看着局面僵了，盛夏也不知道哪儿来的勇气，一把夺过那床被子，不由分说地坐在沙发上：“阿姨年纪大了，小季哥哥要上班，还是我睡沙发吧。”

“夏夏。”季长生皱起了眉头。

盛夏暗暗递给他一个哀求的眼神，再争执下去大家都没法睡了，就让她在未来婆婆面前表现一下吧。

季长生略略思索，妥协地点了点头，对母亲说道：“就这么定了，妈，您睡我的房间吧。”

盛夏有些诧异，明明她的房间更好一些，他怎么不让阿姨睡这间呢？等季长生安置好季母，从小房间走过来，她忍不住问出了自己的疑惑。

“那间房的床太小了，睡不下两个人。”季长生微微一笑，俯身看着她。

盛夏眨了眨眼睛：“什么意思？”

“意思是我怎么能让你睡沙发呢？”季长生连同被子将她一把抱起来，“幸好当初这张床买得够大。”

盛夏险些尖叫起来，想到一墙之隔的季母，她生生憋了下去。等她回过神时，整个人已经躺在了大房间的床上。她慌忙拉过被子，将自己从头到脚罩了个严严实实。

“你……你真的要跟我睡一起啊？”盛夏将被子稍稍扯下，露出一双水汪汪的眼睛，想看他，又不敢看他，目光到处乱瞟。

季长生觉得这样的她格外可爱，忍不住伸手在她鼻子上捏了捏，一本正经地逗她：“是真的，所以你要把持住，不要对我动手动脚。”

盛夏的脸涨得通红，连说话都结巴了：“我……我才不会呢，谁要对你动手动脚啊。”

季长生已经拿出了另外一床被子，在她身边躺下，两人之间其实还隔着一定距离。盛夏这才反应过来他是故意逗自己，心里的紧张和害羞也消散了不少。她嘀咕道：“小季哥哥，你以前不会恶作剧的，现在越来越坏了。”

季长生微微一愣，随即笑了起来。他自己也觉得奇怪，在和盛夏交往之前，他不知道自己还有这样柔软的一面，除了沉稳、聪明和上进，原来他也会对她露出温柔、细致和孩子气的一面。

“你不喜欢吗？”他往盛夏的方向挪了挪，低声道，“你只喜欢以前的我？”

盛夏觉得自己的心跳有点儿不受控制了。他离得那么近，他的呼吸就像一阵风，拂过她的耳朵和发梢；他说的每个字好像是活的，偷偷钻进了她心里，撩拨得她痒痒的。

她不吭声，偷偷往被子里钻。

季长生低低地笑，伸手扯开她的被子，打趣道：“难道不是你偷了我钱包里的照片？那可是证据。”

“什么证据？”盛夏傻眼了。

她呆呆的样子真是迷人，他忍不住探身啄了啄她的唇，呢喃道：“你喜欢我的证据。夏夏，你说，你是不是以前就觊觎我？”

盛夏已经无力再回答他，她整个人都融化在他热烈的吻里，思考和理智都化作灰烬。她的手不自觉地绕上他的颈脖。这无异于某种鼓励，季长生眸色一暗，缠绵的吻渐渐往下移。

当季长生突然停下来时，盛夏还有些茫然，那张巴掌大的脸已经红透了，混合着天真和妩媚，让人挪不开目光。他再次吻上她的唇，这次却是浅尝辄止，很快放开了她。

“睡吧。”他拉起被子，将她裹得严严实实，然后抱在怀里。

盛夏渐渐恢复了清明，她有些难为情，又有些甜蜜，小季哥哥是真的喜欢她吧。她悄悄抬起头，格外想看看季长生此刻的样子。

“别动。”她的小动作让季长生更加难熬，他苦笑着，狠狠地在她额头上亲了一下，“还想不想睡了？”

他幽深的眼睛里好像燃烧着一团火，落在她身上，带着热意，盛夏立刻乖乖地闭上了眼睛。

季长生心里柔软得不可思议，他在盛夏的发顶落下一个吻，对着满室黑暗，无声地弯起了嘴角：晚安，我的夏夏。

此时，客厅的灯却亮了。季母看着空荡荡的沙发，脸上露出一丝不满和担忧。她看着那扇紧闭的卧室门，想了又想，暗暗做了一个决定。

第十章

我全部家当都给你，要不要？

季母一直有头疼的老毛病，这次来A市主要是想去大医院看看，结果碰上这糟心的事，她索性两眼一闭，假装病重。

季长生连忙把老太太送到医院做各种检查，结果显示没什么大问题。但老太太就是嚷嚷着不舒服，头疼胸闷没食欲。他没办法，老老实实办了住院手续。但这住了院就得有人照顾，季长生医院、公司两头跑，忙得焦头烂额。

盛夏往医院跑得也勤，但季母并不搭理，她端茶、倒水、送饭，十分勤恳，老太太却憋着气，一整天不和她说一句话。

盛夏倒没有抱怨，但季长生怎么会察觉不到，他既心疼又无奈，一时左右为难。

对于他从春风荡漾到愁眉苦脸的转变，小四幸灾乐祸之余，也兴致勃勃地打听了一番，他拍着胸脯保证道："阿姨这是非暴力不合作呢，看我出马，我帮你说服她。"

下班后，小四跟着季长生到了医院，他还煞有介事地提了个果篮。季母对儿子的这个室友并不陌生，显得格外高兴，拉着他的手说个不停。

季长生的目光在病房里转了一圈，案几上放着熟悉的保温盒，碗里的鸡汤冒着热气，碟子里还有削了一半皮的苹果，盛夏却不见人影。

"妈，夏夏呢？"外面的雪还没停，他有点儿担心。

"接了个电话就出去了。"季母瞥了他一眼，"你让她以后别来了，我看着心烦。”

季长生拧紧了眉头，不悦地说道：“妈，您怎么能这样呢？夏夏她多担心您啊，天天在这儿照顾着，您就不能念着她的好？”

“我不要她照顾。”季母硬邦邦地甩出这么一句话。或许婆婆天生对媳妇是有敌意的，看着季长生千方百计维护盛夏，她憋了一肚子气。

季长生脸色微变，刚要说话，小四连忙推了他一把，嘻嘻哈哈地岔开了话题：“老大，你去洗点儿水果吧，阿姨不是喜欢吃葡萄吗？我买了很多。”他一边说，一边使眼色。

季长生无奈，拎着果篮出了门。

走廊里空荡荡的，冬天的医院似乎格外冷，那片铺天盖地的白色看着像厚厚的雪。季长生叹了口气，拿出手机给盛夏打电话。

“小季哥哥……你下班了？”盛夏的声音断断续续，混合着呼呼的风声。

季长生皱起了眉头，追问道：“你在哪儿？”

“我在家。”她顿了顿，“你回来吃饭吗？”

“我在医院照顾妈呢。你好好在家待着，外面冷，小心感冒了。”季长生想到那碗还冒着热气的鸡汤，心不知道怎么揪了起来。

盛夏乖巧地应了，很快挂了电话。

或许她是在医院受了委屈，不想让自己知道？或许她是有事要瞒着他，起因就是那个不知名的电话？不管是哪种情况，季长生都觉得难受，为那个拙劣的谎言，也为自己的无能为力。

他在走廊上坐了很久，脚下大大小小躺了好几只烟蒂。直到经过的护士出声阻止，他才回过神，拎着原封不动的果篮回了病房。

小四和季母聊了半天，看他进了门，诧异地问道：“你这半天都干吗去了？水果呢，怎么还没洗啊？”

“医院停水了。”季长生随口扯了个谎。

他坐在病床前，身上那股烟味有些重。季母不快地瞪了他一眼："你又抽烟了？"

季长生苦笑，告饶道："就抽了一根。这不工作太忙了嘛，有点儿心烦。"

季母当然不相信他的说辞，但他满脸的疲倦骗不了人。想到小四刚才说的那番话，她又有点儿心软了，怀疑是不是自己将儿子逼得太狠。

"你快回去休息吧，我这没什么事。"她在心里叹气，催促着季长生离开。

季长生心里记挂着盛夏，却又放不下母亲，犹豫着说道："您晚上一个人在医院，我不放心。"

"还有那么多医生和护士呢，担心啥？我有没有病，你不清楚啊？我能吃能睡，手脚利落着呢。"季母没好气地看着他，第一次把话挑明了，"我就是心里不痛快。"

季长生抹了一把脸，既好气又好笑。为了陪夜，盛夏一连跟学校请了好几天假，敢情老太太就是瞎折腾呢。

"好了好了，阿姨这都是为了你好啊！"小四蓝过季长生的肩膀，推搡着他往门外，"走走走，你还没吃饭吧？阿姨，您好好歇着，我明天再过来看您啊。"

他好说歹说地拉着季长生离开了，出了门，自然又是一番耳提面命："你瞎激动什么呀，我的思想工作都白做了。"

"你跟我妈说什么了？"季长生怀疑地看着他。

小四笑而不语。他把季长生和吴培洁的事添油加醋地告诉了老太太，在他巧舌如簧的描述里，吴培洁就是一个学历好、相貌好、家世好的心机女，勾搭上季长生之后，又一脚踹了他，还不忘捞一笔，而季长生自然是一个受了情伤的可怜人。

“有了对比就有伤害，盛夏虽然个人条件差一点儿，但她对你好啊，你看她对老太太多上心。”小四自鸣得意，“娶妻娶贤，你这两天再装个病，让老太太看看盛夏对你的真心，她会明白的。”

季长生并不觉得这个方法管用，他连白眼都懒得给，一个人径直上了车：“我回家了，你自己打车吧。”

“哎，你有没有点儿人性？喂，你认真的啊！车费报销吗？”

季长生第一时间赶回了公寓，开了门，满室黑暗。冬天的夜晚来得早，路灯已经亮了，楼上楼下不时传来脚步声，还有隐隐约约的饭菜香，这会儿正是吃晚饭的时候。

他没有开灯，一个人在沙发上坐了许久。

外面的风声渐渐大了，卷着零星的雪花，偶尔扑在路人脸上，又冷又凉。

盛夏推开车门，一股风冷不防地钻进脖子，她立刻打了个哆嗦。

“夏夏。”高淼连忙从另一边车门绕过来，撑开了一把伞，“我送你上去吧。”

盛夏摇了摇头，低声道：“今天谢谢你了。”

她的眼睛又红又肿，脸色苍白，一头短发被风吹得乱蓬蓬的，看起来有些糟糕。

高淼下意识地走近了，笨拙地安慰道：“你别伤心了，我会继续帮你打听的。”

盛夏心里乱糟糟的，点了点头：“你回去吧。”

她失魂落魄地上了楼，一路上强忍着的泪水终于夺眶而出。她胡乱地擦着，进了门，连灯也没开，滑坐在地上，呜呜咽咽地哭了起来。

……

“我怎么知道你妈去哪儿了？她连你这个女儿都不要，难道会要我这个姘头？”

“我们早掰了，我接近她就是为了钱。”

“你恨我有什么用？你爸的公司本来就有财务问题，他半死不活地躺在医院，我当然要趁机捞一笔。”

……

那些恶毒的话就像大冬天的冰激凌，吃下去让人一肚子寒意。盛夏越想越伤心，紧紧攥住了拳头。她一想到那个斯文败类的脸，心里就觉得作呕，她不敢想象妈妈就是为了这样一个人抛家弃女。

季长生在第一时间开了灯，盛夏一惊，猛然抬起头，满脸的泪痕暴露在灯光下。

“小季哥哥，你怎么回来了？”她愣愣地看着他，连眼泪都忘了擦。

季长生快步走过去，一把将她拉进怀里。他反复摩挲着她冰冷的脸，低声道：“你去哪儿了？为什么不告诉我？”

她整个人都是冷的，不受控制地颤抖，在他温热的胸膛里，才一点点活过来，那些委屈、伤心和难过一下子成倍增长，连她都惊讶自己的矫情。

盛夏攥着他胸前的衣襟，小声地抽泣道：“我去监狱看了他，他就是妈妈的那个情人。”

她说得断断续续，季长生却听明白了。原来高淼从父母那里打听到了消息，盛氏集团那个携款潜逃的经理落网了，而传言和他一起私奔的盛母却不知所踪。

“都快两年了，她肯定听说了我和爸爸出事的消息，她从来没有来找过我。”盛夏哭得上气不接下气。

有姜然帮忙打听，季长生当然早就知道这些，他一直瞒着，就是担心盛夏难过。盛母明明和情人拆伙了，但她迟迟不露面，显然是不打算管这个女儿了。

“你还有我呢。”季长生温柔地哄着她，心里既责怪自己大意，又恼恨高淼多事。

“我才不要理她，我再也不想听她的任何消息。”盛夏紧紧地抱着他，抽噎着说，“我不是故意要哭的，就是没忍住。”

她嘴上说得满不在乎，季长生怎么会不知道她的难过呢。她一向责怪自己骄纵任性，一事无成，现在季母又对她百般挑剔，她这时候得知亲生母亲不闻不问的态度，心里该有多伤心。

“夏夏，别人都不知道你的好，但我知道。”季长生低低地叹了一口气，耐心地吻去她的眼泪，“你有我就够了。”

她哭过的眼睛泛着一层粉色，楚楚可怜，他轻轻地吻了上去，温柔细腻。

原本只是一个安慰的吻，渐渐地却变了意味，他的怜惜和疼爱织成了一张柔软的网，紧密地包裹着她。盛夏顺从地抱紧了他，从他温厚的怀里跌落到宽宽的床上。

“夏夏。”他低声叫她，有轻浅的喜悦，亦有不知所措的羞赧。

她伸出手，十指穿过他细密的头发。季长生轻轻地笑，低下头，火热的吻落下去……

房间里的空气燃烧了起来，那些眼泪和焦虑化作灰烬。

盛夏是被饿醒的。她昨天急着去医院，连晚饭也没吃，后来被高淼叫走，光顾着伤心了，这会儿她的肚子早就抗议了。

“饿了？”季长生早醒了，见她呆呆的样子，忍不住笑了，“我叫了外卖，差不多该到了。”

在微亮的晨光里，他的笑容可真好看，像是一朵开到正好的花，微微地舒展，赏心悦目。盛夏看着看着就脸红了。

她偷偷地往被子里钻，季长生的笑容更深了，手一伸，将她锁在怀里。

“你……你离我远一点儿。”

“夏夏，你要对我负责。”

这个冬天的早晨变得格外缠绵而旖旎，一直到出门，盛夏脸上的红晕都久久没有散去。

季长生坐在驾驶座上，目光时不时地瞟过来，她的头则越垂越低，娇羞而甜蜜。

车子向着郊区的方向开去，盛夏后知后觉地问道：“我们不是去医院吗？”

“先陪我去一个地方。”季长生的眼神柔和下去。

他们的目的地是一片公墓，季长生牵着盛夏，停在了一块墓碑前。

“清明节我来看过。”季长生把手里的鲜花放下，低声说道，“盛叔见到你，肯定高兴坏了。”

盛夏的眼泪大颗大颗往下掉，她蹲在地上，泣不成声。

“夏夏。”季长生轻轻拍了拍她的背，柔声道，“盛叔从来没有怪过你，他临走前还惦记着你呢。以后我们常来看他，让他知道你过得很好。”

盛夏呜呜咽咽的，只是一个劲儿地点头。

“盛叔，对不起，我还是和夏夏在一起了。”看着照片上那个慈祥的中年男人，季长生的神色认真而虔诚，“我知道您肯定会谅解的。您放心，我一定好好照顾夏夏，就像您爱护她那样。”

盛夏错愕地抬起泪眼，因为他话里的深意感到不解，难道爸爸不愿意他们在一起吗？

“盛叔只是太关心你而已。”季长生没有多说，在她额头上印下一吻，“你肯定有很多话要对你爸爸说，我去车上等你。”

他转身要走，盛夏却忽然扯住了他的衣角。季长生不明所以。她拉着他一起走到墓前，擦掉眼泪，努力笑道：“爸，对不起，我觉得没脸见你，一直没来看你，对不起……”

她再次失控地哭了起来，季长生无声地抱住了她的肩膀。

“我特别特别想你。”

“我在读夜大，我想拿到文凭，找到工作，再来看你的。现在你会不会觉得很丢脸？我什么都没做好。”

“妈妈不要我了，不过没关系，我自己也能过得好好的。”

“爸爸，我和小季哥哥在一起了，我很喜欢他，你以前就知道的，他对我很好。”

……

离开公墓时，盛夏已经哭累了，靠在后座上睡了过去。即使是在梦里，她也依然抽泣着，睫毛上还挂着细碎的泪珠。季长生一阵心疼，将她送回了家。

抱她上楼的时候，她惊醒了，睡眼惺忪地问他：“不去看阿姨了吗？”

“我等下过去。”季长生将她放在床上，拉过被子细心地裹住她，“你睡吧，等你睡着了我再走。”

盛夏虽然觉得不妥当，但她折腾了一上午，又累又困，很快就迷迷糊糊地睡着了，还不忘拉着他的手。

季长生细细抚过她的眉眼，她皱了皱眉，松开手，转过身继续睡。

季长生轻笑，替她掖了掖被角，悄悄地退出了房间。

季母在医院住了一个星期后，终于回家了。据小四说，那是因为她无意中看到了医院的账单，心疼季长生的钱。

不管怎么样，她肯出院已经让季长生松了口气，他心疼盛夏大冷天还医院、家里两头跑。不过，他很快发现自己高兴得太早，晚饭后，盛夏煞有介事地抱了一床被子到客厅。他顿时瞪大了眼睛，质问的目光瞟了过去，大冬天的，难道要让他孤枕难眠吗？

盛夏被他炽热的目光看得抬不起头，脸红扑扑的。她并不是矫情，实在是脸皮薄。总不能当着未来婆婆的面，堂而皇之地和季长生睡一个房间吧。

“睡什么客厅。”季长生抱起被子，一手拉着她往卧室走，还不忘跟母亲打招呼，“妈，您也早点儿睡。”

房门很快关上了，季母沉着脸，既不满又无奈，最后都化作了一声长长的叹息。

“完了完了，阿姨肯定更讨厌我了。”盛夏的脸已经热得能煮鸡蛋了，她压根儿没敢看季母的神色。

“谁说的？说不定她还等着抱孙子呢。”季长生从背后抱住她，下巴搁在她肩窝处，舒舒服服地叹了一声，“你要是睡客厅，那我今天晚上要失眠了。”

盛夏同样留恋他的温暖，但又忍不住担忧：“阿姨会不会觉得我是坏女孩？”

季长生闷声笑了，拍了拍她的背，哄道：“睡吧，还有我在呢，山人自有妙计。”

还没等盛夏从他嘴里套出是什么妙计，季长生就病倒了，他怏怏地躺在床上，在电话里部署公司的事。

季母急得团团转，煮了姜茶，又嚷着要去医院。

“妈，您别忙了，我睡一觉就好了。”季长生看起来虚弱极了，脸色苍白得像一张纸。

季母心疼极了，一边拿热毛巾给他敷额头，一边念叨：“还是这个脾气，打小就不爱去医院，有什么头疼脑热都撑着。妈等下给你煮一锅鲫鱼酸菜汤，你最喜欢喝这个了，发了汗，睡一觉就好了。”

“阿姨，那我去买鱼。”盛夏急急忙忙地去换鞋，“家里的退烧药也没有了，我再去买点儿。”

“夏夏。”季长生要坐起身，季母立刻把他按了回去，“好好躺着！”

这头话音还没落，盛夏已经出了门。

季长生苦笑，看了看外头的天气，懊恼自己没让她多穿点儿。

季母的脸色倒是缓和了一些，想起小四说的那些话，忍不住嘀咕道：“虽然笨手笨脚的，还好她对你上心。”

“妈，我娶老婆，又不是找保姆，您别操心了。”季长生趁势握着她的手，恳求道，“我真喜欢夏夏，也不想逆了您的意思，这不两头为难吗？愁得我头发都白了。”

他一向独立早熟，很少有这样撒娇的时候，季母一下子就心软了，却仍然嘴硬：“你先养好病。”

季长生这一病，盛夏几乎是二十四小时围着他转。季母看在眼里，心里一时倒有点儿五味杂陈。

晚上只剩两人时，季长生老老实实地交代了自己的“罪行”：“我是骗妈的，你怎么这么傻，我看你都快哭了。”

盛夏愣了愣，随即气得揍了他一拳：“你怎么能骗我呢？你知道我有多着急吗？”她的眼眶瞬间就红了。

季长生忙不迭地道歉，将她搂在怀里好言好语地哄着：“这不是为了我妈吗？她生病，我只能跟着生病，等她心疼我了，就不会再这么闹了。”

盛夏知道他是为了自己，眼眶更红了：“你真的没事吗？”

季长生吻住她柔软的唇，呢喃道：“要不你来检查一下？”

季长生料想得没错，母亲没多久就鸣锣收兵了，他甚至听到她在客厅给父亲打电话。

“孩子们大了，能自己拿主意，你瞎掺和什么？净给他添乱！”

“我也是担心长生。”季母为自己辩解。

“你赶紧回来吧，长生那么能干，他心里有数。”季父倒是很干脆，“我看他的病就是让你气的。这孩子孝顺，嘴上不说，心里肯定特为难，你咋不知道心疼呢。”

这通电话之后，季母的情绪明显低落了很多，还暗地抹了一回眼泪。等季长生“病”好了，她就提出了要回老家。季长生拗不过她，将她送到了火车站，拎了大包小包的礼物。

“过年的时候，你带她回家，让你爸看看吧。”季母看了一眼正在整理行李的盛夏，神情有些别扭。

季长生微微一笑，故意捡她爱听的话说：“知道了，说不定到时候您有孙子抱了。”

听他这么一说，她的眉头也舒展了，虽然儿媳妇不如意，但至少儿子要成家了。

抱着这个心思，她临走前还念念不忘地盯着盛夏的肚子。

送走季母，盛夏立刻追问道：“你跟阿姨说了什么？”

“你真的想知道？”季长生笑了笑，眼角挑了起来，眼神流光溢彩。

他每每使坏时，就是这个表情，说不出的惑人。

盛夏慌忙转过身去，脸上的热度却久久没有散。

随着春节的来临，盛夏在夜校的课程也正式告一段落。她已经和季长生商量好了，打算年后再报考一个设计类的课程，一边工作一边上课。

季长生忙着筹备公司上市，并没有打算回老家过年。盛夏心疼之余，倒很高兴，兴致勃勃地为春节做准备。

年三十的晚上，他们叫上了小四和姜然，一伙人在一起包饺子。

“我说盛夏，你这厨艺见长啊。”小四忍不住打趣，“有了对象的人就是不一样。”

玉米排骨汤、葱煎蛋、五香牛肉、土豆炖鸡，清蒸鱼、凉拌海蜇皮、素炒西兰花，虽然都是些简单的菜，但摆在一起也像模像样。

盛夏红了脸，嗔道："吃了我的菜，是要给红包的。"

"我只是个打工的，长生才是个资本家，找他要！"

小四笑得贼贼的，蹿到正在开酒的季长生跟前嚷道："你得替盛夏给我红包才对啊，改口费，知道不？我以后得叫她大嫂了。"

季长生的眼睛倏地亮了，他慢悠悠地点了点头："有道理。"

盛夏羞赧地瞪了他一眼，飞快地进了厨房。

没多久，姜然端着一盘糖醋里脊出来，笑吟吟地打趣道："不知道怎么回事，他们家的菜都不用放糖，光是闻一闻就甜得掉牙。"

小四装模作样地接话："这就是恋爱的味道啊！"

几个人说说笑笑，吃了一顿热闹的年夜饭。

等人走了，盛夏也不觉得冷清，和季长生一起窝在沙发上看电视，窗外的烟花一朵接着一朵盛开。

"我给你准备了新年礼物。"盛夏趴在他身上昏昏欲睡，有一茬没一茬地闲聊，"我有红包拿吗？"

季长生低头亲了她一下："我全部家当都给你，要不要？"

盛夏咯咯地笑着，一时没反应过来，等看到他手里的小盒子，她整个人都呆住了。

"本来想找个更好的机会，但我等不及了。"季长生松开她，慢慢地单膝跪了下去，"夏夏，我们结婚吧，我想每天都能陪着你。"

电视机里，倒计时的呼声一阵高过一阵；窗外，烟花将整片天空装点得五彩缤纷。然而，这些都比不过他简单的一句"我们结婚吧"。

"小季哥哥。"盛夏哭得稀里哗啦，不管不顾地扑进他怀里。

季长生一颗心还悬着，可她已经哭成了泪人，像只树袋熊似的，黏着他不放。

“这么感动，嗯？”他好笑地抱着她，“那快点儿答应我。”

盛夏摇了摇头，抬起头，泪眼模糊地看着他：“我现在不能答应。”

季长生当然不会质疑她对自己的感情，只是不解地追问道：“为什么？”

“我现在还一事无成。”盛夏的声音很低，却很认真，“我想让自己变得更好一点儿，这样才配站在你身边。”

她立志要做一名服装设计师，她自小对名牌耳濡目染，以前并没有留心，现在反而开始感兴趣，老师也夸赞她有天赋。

“我已经向高氏集团投简历了，应聘设计师助理的职位。”盛夏抱着他不撒手，“等我正式成为一名设计师，我会穿着自己设计的婚纱，嫁给你。”

季长生很快抓住了重点：“高氏集团？”

他知道高氏集团是服装行业的佼佼者，对盛夏而言是个绝佳的平台，但他还是控制不住心里那股酸意。

她和高淼曾经有过口头婚约，而他只是个沉默的旁观者。

他手上的力道不自觉地加重了，盛夏低呼一声，乖巧地抱紧了他，哄道：“我还给好几家公司投了简历，说不定人家都不要我呢。”

“我们夏夏那么棒，那些人都瞎了眼吗？”季长生亲了亲她的脸颊，“这里还有个人求你去公司呢。”

他恨不得把盛夏放在眼皮子底下才好，几次想要她进自己的公司，又不愿勉强她。

看着他温柔的笑脸，盛夏鼻子一酸，眼泪又涌了出来。

“小季哥哥，我爱你。”她紧紧地搂着他的脖子，主动送上了自己的唇。

“我也是。夏夏，我爱你。”他低下头吻她，眼里光彩熠熠，绚丽如烟火。

如果时间静止在这一刻，应该也没有遗憾了。在季长生怀里睡过去之前，盛夏迷迷糊糊地想着。

新年的第一天，季长生醒过来时，床上已经空了一半。

“夏夏？”他坐起身，刚掀开被子，低头就发现了胸前的异样。

他脖子上不知道什么时候多了一条链子，吊坠正是一枚钻戒。这分明是他用来求婚的戒指，他买的是对戒，另一只却不知道哪儿去了。

正想着，盛夏轻快的脚步声近了：“懒虫，快起床。”

他坐着没有动。房门一开，盛夏笑眯眯地冲他奔过来。他一伸手，将她抱了个满怀。

“这么早就起来了？”季长生低下头，看到另一枚戒指隐隐地躲在她胸前的衣襟下。

盛夏察觉到他的目光，从衣服里拉出那条链子，解释道：“我怕你反悔，所以还是先把戒指保存在我这里吧。”

“只要你想嫁，我随时愿意娶。”季长生一脸的宠溺。

盛夏心里甜丝丝的，她想到了什么似的，连忙从柜子里拿出一条浅紫色的围巾：“这是我自己织的，喜欢吗？”

季长生含着笑，目光盯着她脖子上那条浅紫色的围巾，眼角眉梢的愉快怎么也掩饰不了。

明明是小情侣才喜欢的把戏，季长生却似乎找到了乐趣，除了同款围巾，他又兴致勃勃地拉着盛夏去买了情侣装、情侣鞋，连帽子都是情侣款。

于是，年后上班，公司上下都猝不及防地被季长生喂了一把狗粮。小四怒得直拍桌子：“我大嫂呢，她也不管管？这还让不让单身狗活啊！”

盛夏最近已经没有闲暇来管季长生了。她收到了高氏集团的试用通知，开始忙碌起来，每天不仅要去公司报到，还要去辅导班上课，回到家时，已经累得半死不活。

季长生虽然心疼，却也替她高兴。他看得出来，盛夏是真心喜欢这份工作。

“明天周末，你们公司还加班吗？”盛夏同样心疼季长生，他真是太忙了，每天还抽时间接送她上下班。

季长生点点头，露出些许歉意：“等忙完这阵，我一定好好陪你。”

“那我明天给你送爱心午餐。”盛夏从背后抱住他，“你喜欢排骨汤还是鸡汤？”

“喜欢盛夏。”他咬着她的耳朵，小声呢喃。

盛夏这一觉睡得很香甜，醒来时，季长生已经出门了，床头还贴着他留的便利贴：“记得吃早餐。”

她傻傻地乐了一会儿，然后才起床洗漱。

简单地吃过早餐之后，盛夏就出门采购了。冰箱里没什么存货，她打算多买点儿食材。

今天是个难得的晴天，出来走动的人很多，连隔壁那只懒洋洋的狗也出来晒太阳了。公寓底下那些小叶女贞冒出新绿，看着就让人心情愉快。

盛夏的愉快在看到母亲的时候戛然而止。盛夏几乎没认出她来，记忆里那个高贵优雅的女人一下子就老了，穿着暗色的羽绒服，剪了短发，脸上没有任何脂粉，显出几分疲惫。

“夏夏……”她露出踌躇的神色，似乎难以启齿。

“你怎么会在这里？”盛夏打断了她的话。

盛母连忙回道：“我是来找你的。”

“找我？”盛夏似乎听到一个好笑的笑话，她忍不住提高了音量，“你早干什么去了？”

她出事的时候，妈妈在哪儿？她坐牢的时候，妈妈在哪儿？她和安妮相依为命的时候，妈妈又在哪儿？

盛夏忍了又忍，眼眶还是红了。

“不是的，夏夏。我一开始根本不知道公司出事了，也不知道你爸去世了。”盛母急急地解释，“我只是想离婚，而你爸一直不答应。你知道我们一直没什么感情。”

“我不知道，我只知道你跟别人私奔，而那人后来抛弃你了。”盛夏木木地说道，“你没有后悔过吗？”

越是亲密的人，越是懂得戳对方的伤疤，她从来不知道自己可以这么刻薄。

“对不起，妈妈做错了，妈妈现在只有你了。”盛母哀哀地哭诉着，但盛夏皱着眉头飞快地走开了。

她不是圣母，这种事后的嘘寒问暖就像夏天里的棉袄，是多余的，也是可笑的。

或许是因为这个意外的小插曲，盛夏一连几天都情绪低落。季长生追问了好几次，她不想拿这点儿小事烦他，只借口说工作太累了。

她最近的确有点儿累，常常顾不上吃饭，睡眠也不大好，她并没有在意。晚饭时，她看着桌子上的红烧排骨和清蒸鱼完全没食欲，胃里一阵泛酸。

“夏夏。”季长生迟疑地放下了筷子，“你这几天胃口都不好。”

盛夏点点头，心里想的还是那天遇见母亲的事：“我一忙就忘了吃饭，现在有点儿饿过头了。”

季长若有所思地看着她，脑海里一簇微妙的光快速闪过，他整个人瞬间绷紧了。

“我看你最近精神也不好，总犯困。”他的眼睛越来越亮，小声道，“你这个月月事是不是迟了？”

盛夏刚开始没明白，只觉得他有些异常的兴奋，等回过神，她下意识地摸上了自己的肚子。

“不会吧。”她呢喃道。

季长生喜形于色，连饭也不吃了，冲到她身边，小心翼翼地抱住她：“我们去医院吧。”

他的快乐显而易见，那张清俊的脸笑得有点儿傻。盛夏原本还有点儿无措，这会儿也被他感染了，心里不知不觉升起一股希望——他们要有一个孩子了。

“现在这么晚了，去了也没用。”盛夏总算阻止了一个快乐到失去理智的准爸爸。

季长生讪讪地停止了动作，不一会儿又蠢蠢欲动：“我给妈打个电话吧，好多事我都不懂。”

“还没确定呢，要是我们弄错了怎么办？”盛夏无奈地夺过他的手机。

季长生点点头，这样想也对，但他就是有些坐不住，满腔的喜悦和期待喷薄而出，迫不及待地想找人分享。

这样的季长生是她从未见过的，盛夏心里软软的，轻轻靠在他的肩头，笑道：“你这么开心？”

季长生握紧了她的手，认真地回道：“特别特别开心。”

他之前以为自己不喜欢小孩，但只要一想到会有个小萝卜头叫自己爸爸，长得像盛夏，他就忍不住开心得想笑。

盛夏抱紧了他，呢喃道：“我也是。”

对她而言，这个孩子的意义更深重。除了妈妈，这是她唯一的血亲，她会很爱很爱他。

第十一章

只有你，我才愿意等待

这一晚，他们两人都睡得不安稳，天刚亮，季长生就积极地开车到了医院。

尽管事先做足了心理准备，但医生的诊断还是让盛夏失望了。

“你并没有怀孕，月经推迟可能是由于压力过大。另外，你有轻微的胃炎，需要好好调养。”

季长生同样有些失望，但他很快平复了，向医生咨询起胃炎的用药。

回去的路上，盛夏有点儿难为情：“幸好你没有告诉阿姨，好丢脸啊！”

“革命尚未成功，同志仍需努力。”季长生丢了一个意味深长的笑容。

盛夏红了脸，双手下意识地摸上了肚子。她有点儿恍惚，原来小生命的光顾是一件这么值得高兴的事，那妈妈在怀她的时候呢，是不是压根儿没有期待？可妈妈还是生了她啊！

在纠结了两天之后，盛夏决定去见见母亲。或许她们可以和解，做最熟悉的陌生人，彼此安好。

她们再次见面是在马路上。如果不是她开口叫住自己，盛夏根本不会想到，这个灰头土脸的清洁工会是妈妈。

盛母依然穿着上次那件暗色的羽绒衣，外面罩着清洁工统一的条纹制服，整个人显得臃肿而狼狈。而盛夏呢，从衣服到配饰都是季长生精心挑选的，唯恐委屈了她。

“夏夏，你怎么了？”季长生着急的声音从电话里传过来。

“没事，我刚刚在过马路。”

“过马路还敢打电话？好好看路。”季长生不放心地叮嘱道，“回家了给我发短信。”

盛夏挂了电话，目光有些复杂地看着眼前的母亲。她深吸一口气，问道：“你上次找我有什么事？”

盛夏其实有满肚子的疑问，为什么她会做清洁工？她不是卷走了一大笔钱吗？她来找自己是为什么？要钱吗？

盛母苦笑了两声，低头看了看身上皱巴巴的制服，心里不知道是悔恨还是难堪。

她的遭遇说来并不复杂，拿了公司的钱，跟着花言巧语的男人远走高飞，偏偏遇人不淑，那个财务经理不过是借着她敛财，得手后很快抛弃了她。四五十岁的女人，除了手头还有点儿钱，已经一无所有。她那点儿钱也很快不够用了，因为她被查出来有子宫癌。

“夏夏，妈妈不求你原谅，妈妈只想陪陪你。”盛母满脸哀凄，她没有住院接受治疗，只想将那点儿存款留给女儿。

盛夏深深地看着她，大悲和大喜交替闪过：“我现在过得很好，你不用担心，好好过自己的日子吧。”

她转身就走，盛母拉住她哽咽道：“夏夏，妈妈没多少日子了，妈妈只想尽可能地多看看你。”

她知道盛夏不肯接纳自己，找这份清洁工的工作，也是因为这里离盛夏住的小区近，她时常能看到女儿。

“你说什么？”

“是真的，我真是活该，这是报应……”

盛夏木然地走了两步，突然又回过头，一把攥住母亲的手，两人拉扯着，拦住了一辆出租车。

“去市中心医院。”

坐在主治医生的办公室里，盛夏整个人还有点儿晕，就像一脚踩在棉花上，使不上劲儿。

“她的子宫癌已经是晚期，再不动手术，可能真的没救了。我建议病人立刻住院……”

她没听清医生又说了些什么，顺从地去办了住院手续。回到病房，盛母还在闹脾气：“我不住院，夏夏，我的钱是留给你的，别浪费在这里。”

她能有多少钱呢？都被那个男人骗了，剩下的远远不够做手术。她也不想做，只想把这点儿钱留给盛夏，这是她这个做母亲的最后一点儿心意。

“我不要你的钱。”盛夏异常冷静，“我已经办了手续，你要么留下来做手术，要么走得远远的，不要让我看到。”

盛母怔怔地看着她，一时竟然忘了说话。

盛夏心烦意乱，将医生交代的话复述了一遍，很快离开了病房。

她在寒风里走了很久，直到双脚麻木了，才叫了一辆出租车。到了家，她一声不吭地掀开被子，钻了进去。

她需要好好地睡一觉，好好地理一理那些乱糟糟的事。

季长生回来时已经是深夜，他轻手轻脚地上了床，她立刻靠了过来，在他怀里找了一个舒服的位置。

“我吵醒你了？”季长生拍了拍她的背，“睡吧。”

“小季哥哥。”她紧紧地搂着他，就像抱着一只大大的玩偶。

“怎么了？”季长生笑着亲了亲她的额头。

盛夏摇了摇头。半晌，她听到他均匀的呼吸声。她偷偷探出脑袋，借着微弱的月光打量那张脸。他最近实在太忙了，即使在睡梦里，眉头也是皱着的。

她不能为他分担任何苦难，她只想不增加他的麻烦，但现在这也成了奢望。

盛夏一夜没睡，天刚亮她就悄悄起了床，在厨房里忙活。

“好香。”季长生从背后抱住她，刚睡醒的他脸上还带着稚气，“我想吃煎火腿。”

“好啊！”盛夏一口应允。

“还想吃皮蛋瘦肉粥。”他的脑袋在她肩窝处蹭来蹭去。

“给你做。”

“还想喝豆浆。”

盛夏乖巧地点头：“去给你买。”

“还想吃……”他得寸进尺，偏过头来吻她。

等两人依依不舍地分开，季长生笑得格外得意，那个酒窝若隐若现：“糟糕，我好像没有刷牙。”

吃过早餐，季长生照旧开车将她送到公司。

等他走了，盛夏走出大楼，给公司打电话请了事假。

手术费大概需要二十万，还有后续的疗养也花销不菲，况且盛母的病已经是晚期，为了降低风险，去国外动手术会更好，那还需要再准备一笔钱。

凭盛夏目前的能力，她负担不起。在和主治医生深谈之后，盛夏心里已经有了决定，毕竟是亲妈，她不可能见死不救，但她不能再拖累别人了。

她能想到的第一个人就是高淼，她需要他的帮忙。

高淼赶到医院时，仍然处于震惊中。他对这位盛太太并没有太多好感，但她现在卧病在床，潦倒落魄，实在是出乎他的意料。

“我妈这病得治，我总不能让小季哥哥去卖房卖车吧。”走廊里，盛夏无奈地说出了自己的打算，“分手对他来说是好事。”

“我可以借钱给你啊。你需要多少？”高淼急切地阻止。

又不是一万两万，高淼哪儿来的钱？要是他爸妈肯借，当初就不会看着她落难，不闻不问；她出狱后，他们也不会三番五次禁止高淼和她来往。

“我去求我爸。”高淼这话说得没什么底气。

盛夏并不知道，当时她凭实力应聘上高氏集团的设计师助理，高父还想撤下她，是高淼闹绝食才让他作罢，但高父依然暗中让人盯着她。

“算了，我连男朋友的钱都不用，自然更不会用别人的钱。”盛夏认真说道，“我之前报名参加了那个全国服装设计大赛，我们部长也说了我有潜力，我已经拿到晋级赛名额了。我想争取拿下头奖，奖金也够我们支付手术费了。”

高淼迟疑地问道：“要是拿不到呢？”

“我妈手上还有点儿钱，还能撑一段时间。”盛夏苦笑道，“要是拿不到奖金，我们就在国内做手术。钱不够，我就去借，将来一点点还。”

如果说母亲是个累赘，那也只能盛夏自己背负。

“季长生会帮你的。”高淼这时只恨自己死读书，连一笔私房钱都拿不出。

是啊，如果她开口，或许季长生连公司都不顾了。但她怎么忍心呢？那是他一点一滴创建的，还会走得更远，她凭什么理所当然地享受这些？就仗着他爱她吗？

盛夏不愿多说，匆匆终止了话题。

在医院奔波了一天，回到公寓时，季长生仍在加班。她掏出手机，第一眼看到的就是他的留言：“晚上别等我，早点儿睡。”

眼泪悄无声息地流下来，盛夏狠了狠心，回了他一句：“小季哥哥，我们分手吧。”

她关了手机，开始收拾自己的行李。

看到短信的季长生愣了一下，底下的员工正齐刷刷地看着他，他连忙回过神："刚刚说到哪儿了？"

不出十秒，他的心思又飘到了短信上。分手？她怎么突然开这个玩笑？他不知不觉拿起了手机。

"夏夏，以后不许开这样的玩笑。"

"我在开会，等会儿给你回电话。"

"今天没去接你下班，你生气了？"

一分钟、五分钟、十分钟，手机始终没有动静。

季长生的脑子里微微有点儿乱，他一边听着员工的汇报，一边分神地猜想，有没有可能她是认真的？

不会的！这个念头一冒出来，他立刻掐灭了。早上出门时，他们还那么甜蜜。他越想越心慌，抬手制止了下一个做汇报的员工："休息十分钟。"

不顾那些错愕的面孔，季长生第一时间拿着手机出了会议室。

"对不起，您拨打的电话已关机，请稍后再拨。"

机械的声音让季长生彻底慌了，他匆匆忙忙地往外冲。

"老大，你去哪儿？不开会了？"小四诧异地追了出去。

季长生已经坐上了车："今天就到这里，让大家回去吧。"

对于员工来说，这无疑是个好消息，而季长生一路上却心乱如麻。

当他回到家，看到那熟悉的灯光和身影，他才松了口气，上前轻轻地抱住她："为什么关机？我还以为你出事了……"

他的话戛然而止，目光落在客厅那个行李箱上。

"你要出差？"他自欺欺人地想着，放在她腰上的手却紧了紧。

盛夏猜想过他的反应，却没想到他这么快就赶回来了。她低下头，忍着眼眶里的泪水："我要搬走。"

"你说什么？"季长生似乎没听清。

盛夏慢慢地推开他的手，一字一句地说道："那条短信是真的，我们分手吧。我要走了，你好好照顾自己。”

她伸手去拉行李箱，季长生猛地拉住她，一脚踢开了那个箱子。

“什么分手？我们不是好好的吗？夏夏，我爱你，你不是说过吗，你也爱我啊！”他的眼眶瞬间就红了。

“对不起。”盛夏艰难地编造着谎言，“我妈来找我了，你也知道的，我和高淼以前有过婚约，她希望我能嫁给高淼。”

“是阿姨不同意我们在一起吗？没关系，我可以向她证明，我能给你幸福。就像对盛叔那样，他担心我做不到的，我都做到了。”季长生的眼睛一亮，心里有点儿忐忑，又有点儿后知后觉的苦涩。他这才知道当初盛家业对他说那番话时，他多么渴望自己能有今天的底气，能说出今天的这番话。

可是盛夏依然推开了他的手：“我也觉得和高淼更适合。我会和他订婚，然后一起出国读书。小季哥哥，其实我不喜欢上班，我什么都不会，我也许只能做一朵温室里的花吧。”

她的话一下将他推得远远的，他可能永远也给不了她想要的温室，就像盛叔当年质疑他一样。

“你不喜欢上班就不上，还有我呢。”他奇怪自己居然还笑得出来，她不是说喜欢他笑吗？

盛夏摇摇头，眼泪哗哗地流了下来。她宁可大大方方地告诉他，她只是心疼他，不想拖累他，也不想编造谎言，可是她怕，她怕他不顾一切，为爱孤注一掷。

“夏夏。”季长生的心一会儿冷，一会儿热，她的眼泪让他瞬间崩溃。他替她擦拭眼泪，就像从前一样温柔耐心：“别哭了。”

盛夏猛地后退，匆匆抹了抹眼睛，低声道：“小季哥哥，你不要来找我，求求你了。”

她的话让他瞬间僵在那里。

她拉过行李箱，慌不择路地逃出了门，没有回头再看他一眼。

这已经是季长生罢工的第四天，公司里一堆事等着他处理，小四终于忍无可忍，直接杀到了他家。

“老大，你开门啊！”

在吼破了嗓子之后，小四一遍又一遍地拨打季长生的电话，却始终无人接听。他嘀咕了几句，又拨了盛夏的号码。

电话响了好久才被接起，盛夏的声音有些忐忑：“你找我有什么事吗？”

“哦，老大已经失踪好几天了，叫门没人开，电话没人接，你们不在一起吗？”

盛夏急急地说道：“门口地毯下有备用钥匙，你进去看看。”

这时，一阵高亢的女声插了进来：“306号房家属，这里需要签字！”

小四一头雾水：“盛夏，你在哪儿？”

盛夏已经匆匆挂了电话，他摇了摇头，找出钥匙开了门。

一股酒味和烟味扑面而来。

“天啊，老大你喝了多少酒？”小四用脚踢了踢地上的酒瓶，找到了那个瘫在沙发下的人。

突然亮起的灯光让季长生眯起了眼睛，他抬手挡了挡，等看清是小四，一抹失望浮上眼底。

“你这是怎么了？失恋啦？”小四捏着鼻子，没好气地开始替他收拾。

季长生点了点头：“嗯。”

“嗯什么嗯，你……”小四突然明白过来，难以置信地看着他，“你和盛夏分手了？真的假的？你们感情那么好。”

季长生也觉得不可思议，他抬手按了按左胸口。明明只是半年的时间，这个屋子里却到处都是她留下的痕迹，他的心里也都是她留下来的痕迹。

小四想到电话里那个突兀的声音，再想想他们感情那么好，心里顿时有了许多猜想。

“老大，我跟你说，你得把事情弄清楚。盛夏你还不了解吗？人家小姑娘多年前就暗恋你了，多深厚的感情啊，这里头肯定有误会！”他越说越激动，将季长生拖了起来。

小四的话让季长生的眼睛亮了一下，但很快又暗了下去，他始终记得她泪眼婆娑地求他不要去找她。

“你怎么不想想，或许是她妈妈不同意你们在一起呢，又或许是她的青梅竹马出来搞破坏。”小四激动地说着自己的猜想，殊不知每一下都戳在他的伤口上。

季长生把手搭在眼睛上：“她妈妈不同意，她想和高淼一起出国。”

小四很快听明白了，他有点儿恨铁不成钢：“老大，你是不是傻？盛夏和她妈妈关系不好吧，怎么会听她的话？至于高淼，她要是想和人家双宿双飞，还有你什么事？要在一起早就在一起了。”

季长生猛然坐起了身，那双通红的眼睛里闪着异样的神采。

关心则乱，他只伤心她选择高淼，却忘了她和高淼有无数在一起的机会，但她从来没有接受过。

见他想明白了，小四拍了拍他的肩膀：“盛夏是个好姑娘，她肯定遇到什么为难的事了。对了，我刚给她打电话她好像在医院。”

季长生立刻起身往外走。

“唉，老大，你能洗个澡换身衣服吗？你比鲱鱼罐头还臭。”

一个小时后，小四和季长生双双出现在中心医院的大厅。

季长生的脸色有些焦急，眼底满是隐忍的心疼和自责。他刚刚打听过了，盛母患病住院已经有段时间了，他忙于工作，竟然一无所知。

"你别急，等下你也别露面。"小四安慰他，"我约了她在外面那家咖啡厅见面，你就背对着她坐。"

"为什么？"季长生拧起了眉。他现在只想把这个自作主张的傻姑娘揍一顿，然后抱着她不让她离开。

小四白了他一眼："你不想知道她为什么分手吗？你不想知道她心里的想法吗？老大，说不定就是因为你太大男子主义了。"

季长生沉默了。

盛夏来得很准时，看得出她形色匆忙，脸上也透着疲惫。

"你找到小季哥哥了吗？他没事吧？是不是病了？"不等小四开口，她已经开始一连串的追问。

她并不知道，身后那个人瞬间绷紧了背部。

小四若有似无地瞥了季长生一眼，夸张地说道："还好我去得及时，老大没日没夜地酗酒，差点儿没命了。"

盛夏的眼泪一颗一颗往下掉。

"你别哭啊。"小四慌了，手忙脚乱地找纸巾，他已经感觉到季长生杀人般的目光了。

"对不起，我不是故意的，我就是心里难受。"盛夏清楚自己的失态，但眼泪怎么也忍不住。

"你们俩怎么回事啊？一个个要死要活的。"小四索性把话挑明了，"老大说你们分手了？为什么啊？我看你们俩感情挺好的呀。"

盛夏越听越伤心，也不说话，只是一个劲儿摇头。

"哎哟，这又不是演电视剧，有什么不能说的呢？你要是遇到什么困难，说出来大家想办法。"小四试探地问道，"要不是从电话里听到你在医院，我都不知道你妈妈生病住院了。"

盛夏平复了心情，低声道："我妈的病是子宫癌晚期，我想带她去国外做手术，七七八八的费用加起来要三四十万吧，我不想拖累小季哥哥。”

木椅在地面刮出刺耳的声音，眼看着季长生要站起身，小四重重咳了两声：“你这么想就不对了，盛夏，老大是你的男朋友，这些事情他都愿意和你分担，你不能替他做决定。”

“我知道他会帮我，他永远都会帮我的。”盛夏说到这里，露出一个浅浅的笑容，“可是我不能这么自私啊，他的公司要上市，我什么忙都帮不上，难道还要让他为我卖车子和房子？”

“公司可以重建……”小四有些迟疑，其实他也不愿意老大为了美人不顾事业。

盛夏笑了：“你也觉得不值得吧？我不想让小季哥哥为难，也不想让他自责，所以干脆不告诉他，我会自己处理好的。”

小四也哑口无言了。

“偷偷告诉你吧，从以前到现在，一直是小季哥哥帮我收拾烂摊子，他都习惯了，可我不能习惯，我总要学着自己长大。”

这些话落在季长生耳里，他真是又心疼又生气。如果可以，他愿意给她收拾一辈子的烂摊子。但不可否认，她的话确实有道理，他的小姑娘真的长大了。

他正恍惚着，对面突然坐下一个人。

“你都听到了，我和夏夏的事是假的，为了骗你。”高淼苦涩地说道，“夏夏喜欢的人一直是你，从她见到你第一天开始。”

季长生回过头，盛夏和小四已经离开了。

“夏夏参加了一个国际大赛，她已经进入半决赛了，她想争取奖金给阿姨看病。”高淼将一张入场券递给他，“这是后天半决赛的票，你有时间就去吧。”

“谢谢。”季长生说得无比诚恳。

“我只是想让她高兴。”高淼低头搓着手，“如果有一天你不喜欢她了，能不能转告我，我愿意陪着她。”

季长生微微一笑：“不会有那一天的。”

轰动服装行业的创业设计大赛在经历了热闹的预赛后，终于迎来了最终的决赛，而地点就设在作为主办方之一的高氏集团。

和衣香鬓影的观众席不同，设计师们在后台忙得团团转。

“怎么办，我好紧张。”盛夏深吸了一口气，再一次检视自己的作品。

“不要担心，我看好你。”说话的正是高氏集团设计部的部长，也是盛夏的顶头上司。

盛夏给自己打气：“嗯，我也相信部长你的眼光。”

两人相视一笑。

这时，工作人员跑了过来，嚷道：“盛夏，又是你的花。”

一大束漂亮的向日葵被递了过来，明艳灿烂，如同笑脸。

盛夏的嘴角顿时扬了起来。这一路比赛过来，不管多忙，他总是会送一束向日葵，会坐在第一排的位子看秀，他是不是支持她的决定呢？

“男朋友送的啊？好漂亮。”

“盛夏，你有男朋友了？”

热闹的气氛一时倒冲散了不少紧张的情绪，盛夏笑笑没否认。

盛夏的作品是最后一个出场，季长生几乎是望穿秋水，但是当模特身穿那件白色礼服走出来时，他一瞬间红了眼眶。

那是一件婚纱，白色的云锦华美而细腻，完美地勾勒出女性的窈窕。最精妙的设计在于，它一半是最朴素的缎面，光滑无一物，甚至故意撕扯了，做出褴褛的视觉效果；而另一半缎面缀满了碎钻，还多加了一层白色的纱，轻透飘逸，用手工绣满了白色的山茶花，整件婚纱既富丽又素雅。

随着模特款款而行，那层纱左右飘拂，如同仙雾缭绕，而左边的简陋与右边的华丽既冲突又融合，巧夺天工。

盛夏这件名为“成蝶”的作品一举拿下了大赛头奖，实至名归。

站在领奖台上，盛夏泪如雨下。

“我们每个女孩或许都曾灰头土脸，但是，只要我们钻出茧，我们都会变成蝴蝶。这是我为自己设计的婚纱，我希望有一天，我能穿上它，做一只最漂亮的蝴蝶，飞到他身边。”

她的目光在观众席扫了一圈，掌声轰动，却独独不见那个清俊的身影。

盛夏有些失落，又有些不安。

回到后台，姜然捧着一束花过来了。

“他们俩有事撤了，让我在这儿表示一下祝贺。”姜然并不知道她和季长生分手了，还打趣道，“季长生太不靠谱了，公司有再大的事也不能扔下女朋友啊，你回去罚他跪方便面。”

盛夏倒有点儿急了：“是不是出什么事了？”

姜然摇摇头，他对计算机行业一窍不通，只听到什么泄密，估计很棘手吧。

“对了，听说你这冠军还能免费去国外深造呢，什么时候走？我们给你饯行。”姜然笑着问道。

盛夏心里的失落更深了，为了让盛母尽快手术，高淼已经帮她订了明天上午的机票。

“这也太急了。”姜然不明所以，安慰道，“他们有事，饭是吃不成了，明天大家一起去机场送你吧。”

或许小季哥哥没时间到机场送自己呢。盛夏勉强笑了笑，怎么看都有些寂寥。

次日，人来人往的机场，多少聚和离都在匆匆上演，眼泪和笑容仿佛双生花。

提醒登机的广播响了两次，盛夏冲姜然和高淼挥了挥手："我走了！"

"一路顺风。"姜然哼哼道，"季长生竟然没赶过来，不合理啊！"

盛夏原本黯然的脸在听到这句话后更暗了几分。她四处看了一圈，那个心心念念的人始终没有出现。

不过就在她怏怏转身，准备往登机口走时，身后的姜然突然吹了一声口哨。

她发誓，她从没觉得他的声音那么好听，他说："盛夏，你男朋友来了！"

一时间，空气的流动速度似乎都放慢了，冬日的阳光化作一圈温暖的金黄色，轻轻笼罩在那个熟悉的身影周围。

盛夏脸上一亮，回过头，果然看到一个熟悉的人朝这边奔过来。她又惊又喜，连忙跳起来挥了挥手。

人头攒动的登机口，她穿着一件白色的连衣裙，精致的刺绣从裙摆一路蜿蜒，美丽如云雾。

季长生的表情有一瞬间的呆滞。隔着人潮，他眼中的她也笼罩在一圈金黄色的梦幻光圈之中。他认得，她套在大衣下的白裙正是他藏了两年才送出去的那件……

不论我们相隔多远，不论还要花几个两年，只有你，我才愿意等待。

